毒盃

doku-hai

佐藤紅緑

町田久次・校訂

論創社

目次

毒盃

一

　去る年の十二月であった。露国《ろこく》ペトログラード××街の一隅《ぐう》、石造《せきぞう》や煉瓦《れんが》造りの、高い家並が、曇った灰色の空に、単調な色彩の雪や氷柱で飾られた軒並の中ほどに、懐かしい日本文字で、御手軽料理と筆太に印された、看板が掲げられている。

　この荒涼たる露国の雪の市街に、この看板を見たならばあまり意外なのに驚くであろう。けれども子細をただせば、敢《あえ》て驚くほどのことではない。先頃逝去した米国の紳商《しんしょう》モルガンがかつて我が京都の芸者お雪《ゆき》を落籍《ひか》せた事実は、いまだ我々の耳の底に新事件の余韻となって残っている。と共に少し以前に遡《さかのぼ》って、横浜の名妓芳江《めいぎよしえ》が露国の豪商ロスレッチに落籍《ひか》されて彼の妾《めかけ》となり、露国に渡航した事実もまた朧気《おぼろげ》ながら、我々の記憶を惹《ひ》き起すことが出来るであろう。彼《か》の女はその後ロスレッチの助力によって、日本亭という料理屋をここに開業してもっぱら在露同胞間に持て囃《はや》されておったのである。

　今しもこの夕暮近い市街の家並は一としきり、雪を交えた、朔風《さくふう》に襲われて、吹雪の中に埋れたかと思われる位であったが再び低い灰暗色の空を明《あきら》かに現わした時は、もう夜の帷《とばり》は地平線の彼方《かなた》より迫ってきておった。

　白くぼかされて、吹きつけられた雪の家々が死んだような、淋《さび》しみを以《もっ》て静まり帰って、家並の窓々が深く閉じられて人通りは全く杜絶《とだえ》た。この沈黙の市街は正《まさ》に起らんとする何者かに威嚇《おど》されて呼起《よびおこ》される時の悲しさを以て覆われているにかかわらず日本亭の奥まった一室は陽気なお客を以って賑わされていた。お客は領事館に出勤《つと》めている、村瀬《むらせ》と呼ぶ五分刈頭で口髯を短かく刈った、円頭《まるあたま》の小肥りに肥った三十二三の男。と今一人はこれも村瀬とは同僚で先年本国の商業学校を卒業して首尾よく外交官補の椅子を獲た二十五六の貴公子然とした、好男子平野《ひらの》という男である。

　二人は円テーブルを前に、差向いて頻《しき》りに日本酒の杯を挙げておる。傍《そば》に侍《はべ》って二人の話に合槌《あいづち》を取って興を添えている女は、お磯《いそ》と呼ぶ日本亭の下女とも酌婦とも抱《かか》え芸者とも見れば見らるる輩《やから》の一人である。

「お磯君、まあ一杯やり給え」

　と平野が杯をお磯に与える。

「お酌は我輩がする」

　と村瀬が燗徳利をとる。

「あら、どうしましょう、殿方にお酌などをして戴いては、恐《こわ》いような気がして戴けませんわ」

「男に酌されて恐い年でもあるまい」

と注《つ》いでやる。

「おい村瀬、それでも人によっては飲めない事もないという謎だぜ」

「お戯談《じょうだん》でしょう、そんな人がある位ならこんな寒いロシア三界《がい》まで来るものですか。今頃は隅田《すみだ》の奥の陀《わ》び住居《すまい》で可愛い人と四畳半に差向いで雪見の酒でも戴いておりますわ」

「ヘエ、そんな事もあったというんだねえ」

と村瀬はわざと真面目《まじめ》くさる。

「村瀬さんは何故、そうお口が悪るいんでしょう。お国にいらっしゃった時によほどあの方に仕込まれたと見えますわねえ」

「お前がその人に仕込まれたというのかハハハハハ、道理で口が悪い」

としらをきる。

「エッ、憎らしいッ、エエ、エエ、仕込まれましたとも、ウンと可愛がられて、いとしがられて、他の男に指もささせないといっていましたわ。あたりまえじゃありませんか、女と生れて二十八になる今日《こんにち》まで、男の二人や三人出来なきゃ、世の中の女の顔が立ちませんわ。そうじゃありませんか、ねえ、平野さん」

眼尻の下った、しゃくった顔に愛嬌《あいきょう》の笑《えみ》を浮べていった。

「オヤオヤ逆襲ときたね。平野、しっかりせんとその外交的凄腕《すごうで》で味方に引込まれるぞッ」

二

「イヤ僕はあくまで厳正中立の意志は枉《まげ》ないから、どちらへも味方はせん」

と平野は独りニコニコしながら、杯を重ねている。

「サア御返杯」

とお磯《いそ》が杯を村瀬《むらせ》に献《や》る。

「これを機会に我輩は講和を申込むよ、お磯君」

「いつもの貴方《あなた》に似合わず、今晩はまた馬鹿にお腰がお弱いのねえ」

「戦争は我輩達の本職ではないからさ、ハア……時に登茂《とも》ちゃんは今夜はどうしたんだ」

「今晩は頭痛がするとかで、下に臥《ふ》せっておりますよ」

「風でも引いたのか」

と平野《ひらの》が云う。

「イイエ少し飲み過ぎたんでしょうよ」

「なにッ、酒を呑んだのか？　ありゃ酒が嫌《きらい》なはずだったがなア」

と村瀬が不審そうにいう。

「エエ、一体は嫌な質《たち》ですが何か気障《きざわ》りな事でもあったんでしょうよ。昨晩お客さんがお見えになって、私達もお対手《あいて》して十二時頃まで騒ぎましたわ」

「お客は誰だい」

「まだ二三度しか、お見えにならない方ですの」

「誰だろう」

と平野は村瀬と顔を見合せた。

「お馴染《なじみ》が浅いから、なにをなすっていらっしゃる方だか、お名前を聞いてもいませんので」

「はてなどんな男だろう」

と村瀬はいよいよ不審の眉《まゆ》晴れず。

「目もあり鼻もありますのよ」

と突込む。

「ハハア、今度は乗ったねえ」

と磊落《らいらく》に装うたが、中々《なかなか》彼の心の中には傍《そば》で見るほど平気なものではなかった。というのは村瀬が領事館に赴任して日本亭へ来るようになってから、日本亭の養女、登茂子《ともこ》に心血を絞ったことは並大抵ではないのだ。ただに村瀬ばかりでなく、この登茂子の仇姿《あだすがた》に出《で》遇《あ》った人々は、必ず一度はそのチャームフルな点に魅《み》せられない者はない。大抵は心臓の血を踊らせる輩《はい》が

多いのだ。現在村瀬の同僚平野なども、胸の中にはやる瀬ない悶《もだ》えを抱《いだ》いて、表面は淡々として色気のないような顔をしている一人なのだ。
で一度登茂子のチャーミングな素振《そぶり》に酔うた人達の結果は、どれもこれも必ず同じような径路に行きつくのである。すなわち進んで肱《ひじ》鉄砲を受けるか、退いて片思《かたおもい》に悶えるかの二つの途《みち》に出《い》ずるのだ。村瀬と平野はその二つの道の一つずつを歩んで苦しんでいる、代表的人物ともみられる。でこれまで幾度も今いったような二つの途は登茂子の周囲の男によって繰り返された。中にも留学生で或《あ》る華族の令息と在露貿易商で村《む》井《い》某という男と村瀬の三人は、覗《ねら》い違《たが》わぬ白羽の箭《や》から受けた手傷はもっとも重いものであった。村瀬がそのもっとも心血を絞った絶頂は、全く職務に対して敏活を欠き遅鈍な、茫然として気抜がしたようになって、領事館の事務も手につかなかった。そのくせ夕方になって日本亭へ出かけて酒を呑んで、洒落《しゃれ》をいって綺麗に金を使い、何につけても登茂子の気を引くように努める事だけはもっとも正確にもっとも敏捷にやって退《の》けた。が、そろそろ領事からの信用が失われ、自分の登茂子に灌《そそ》ぐべき力がようやく尽きた頃、彼は目が覚めて自分を領事の前に懺悔《ざんげ》して、以後そういう心を誓って持つまいということを領事に告白したのである。とはいえ一度受けた重傷《いたで》は中々に癒えそうもない。折に触れ、事に臨んで登茂子に対する注意だけは怠らなかったのだ。

三

「村瀬《むらせ》さん、厭《い》やに沈んでいらっしゃるのねえ。忘れられぬが身の因果《いんが》とかいうんじゃなくって？」

「馬鹿いえ。そ、そんなことはあるもんか」

　と星を指《さ》されて狼狽《うろたえ》気味になり、平野《ひらの》に向い、

「男という奴は、未練なんぞはあるもんじゃないねえ、君。世界の女は皆我者《わがもの》と思ってさえいりゃ、なんのこともないさ」

「でもあの時の貴方《あなた》ったらありゃしなかったわ。二言目には登茂子《ともこ》さん登茂子さんといって、お酒を召上ると登茂ちゃんと一緒になれなきゃ死んでしまうとかいって泣き出すんですもの、丁度駄々子《だだっこ》よ」

「虚言《うそ》つけ。ありゃ戯談《じょうだん》だ」

「戯談で、涙を流して泣けるものですか」

「あの時はあまり暴れたから汗が出たんだろう」

「目から汗とは随分苦しい言い訳ねえ。こんなにすっぱ抜いてはお気の毒だわ、勘弁して上げましょうねえ」

「村瀬、大分旗色が悪いねえ」

「ハハハハハ敵に間道《かんどう》を覚《さと》られたんだ。しかしあの時は若気《わかげ》の誤りさ」

「でも家《うち》の登茂ちゃんばかりは駄目ですよ。酒と男は嫌いなんですから誰方《どなた》様が何んと仰有《おっしゃ》ろうと、糠《ぬか》に釘ですわ」

「しかしそんなはずはないがなア」

　と平野は疑《うたがい》を挟みながら、

「ねえ、村瀬、女という奴は、変転極《きわま》りなき活力を持っているから、うっかりすると尻《しっ》ぽを出すからね」

「イヤ、我輩の見るところでは、登茂ちゃんだけは大丈夫」

　と真面目《まじめ》に弁解する。

「世の中で君一人が色男ではないそうだよ」

「ナアニ、登茂、登茂ちゃんは大丈夫さ」

　酒が廻《まわ》った。言葉の調子に淀みが出る。戸の外に軽いノックの音が聞えて、お磯《いそ》が開けた戸口から這入《はい》って来たのは、噂に高い登茂子である。年の頃は二十か、十九位にしか見えない。渋い鉄色地に茶の格子模様あるお召《めし》の重ねですらりとした背に着こなしよく着物の色合が肌の白さを明瞭《ありあり》と見せた。顔は長くなく、円くなく、中庸を得た上に一体の肉付のよいふっくりした輪廓で頬の辺りのふくらみは無邪気な小児を思わせる、目は湿《うるお》いのある、パッチリした表情に豊かな鋭敏な処《ところ》がある。銀杏《いちょう》返しに結いなした黒髪は、飾気《かざりけ》なく地味

で、どことなく一体に気品が高い。

村瀬は登茂子を見るや、否や、よろよろした足を踏みしめながら窓側にある椅子を持ってきて登茂子に進める。

「どうも恐れ入ります」

と、会釈しながら腰を下して、

「今晩は少し頭痛がして休んでおりましたんですが、

あまりお賑《にぎやか》なもんですから、つい釣り込まれてお邪魔に上りましたわ」

と愛嬌《あいきょう》を振りまく。

「噂をすれば影とやらで、お二人とも散々《さんざん》待ち焦《こが》れていらしたのよ」

と座を立って、燃え残りの灰ばかりになった、ストーブを掻廻《かきまわ》して石炭を入れる。

「あら、一層《そう》来なかったら好《い》いのじゃなくて？　ホホホホホ」

「来なかったら焦れ死んでしまったでしょうよ」

「女一匹のために焦れ死ぬなんて、殿御《とのご》方の估券《こけん》が下りますわ。ねえ、平野さん」

「そうでもないよ」

「オヤ、大分気前を見せますのねえ」

「登、登茂、登茂ちゃん、君は頭痛だそう……頭痛がするそうだが、なんともないかい」

村瀬は酒のために朦朧《もうろう》とした眼を妙に据えて、幾度か舌なめずりながら、危《あや》く言葉の調子を外し損《そこな》って、どうやらこうやら云って退けて、隠しながらハンカチを引張り出して、ヤケに幾度も口を拭うた。お磯は思わずふき出したが、咳《せき》にまぎらして可笑《おか》しさを堪《こら》えて出て行った。

四

「有難うございます、もう何《な》んともありませんわ」

と登茂子《ともこ》は村瀬《むらせ》に礼を云う。

「でも、何んだって飲めない酒なぞ飲んだんだい」

とどこまでも甘い調子である。

「ただ飲みたかったから、飲んだのですのよ、ホホホホホ」

「相手は誰だい」

と村瀬の血走ってぼんやりした眼が妙に輝く。

「そんなに、問い詰められると、罪でも犯して巡査《おまわり》さんに調べられるようですこと、ホホホホホ」

「それを聞かんと我輩《わがはい》の気が済まないんだから……」

と真面目《まじめ》になってどもる。

「当地《こちら》へいらっしゃってからまだ間もない方ですの。名前は森山《もりやま》さんとかいいます、お自分ではただ遊んでいらっしゃるのだとばかり仰有《おっしゃ》ってその外《ほか》のことは何んにも仰有いませんから、お商売は分《わか》りませんが、学生らしい淡泊《あっさり》したお方よ」

「森山？」

と平野《ひらの》は急に頸《くび》を傾《かし》げて、

「ウム、一辺領事館へ来たことがある奴だ」

「ど……どんな奴だい」

「一月ばかり前に日本から来た奴だ。領事と懇意に話しておったようだ」

「オヤ、そうですか、それじゃ満更《まんざら》知らない方じゃないのねえ」

「村瀬、君の敵は段々《だんだん》多くなってくるねえ」

と平野が揶揄《からか》ったつもりの言葉は、酔うた村瀬の頭には非常に切迫したという覚醒を促されたように響いたのである。酒を飲まない時の村瀬は、総《すべ》ての点からいうても立派な紳士的態度を崩さない男だ。が酒に呑まれた暁にはもう総ての平静な意識が失われて意気地《いくじ》のない点を惜気《おしげ》もなくさらけ出してしまうのである。

「僕は、僕は三年以来もう身も世もあらず、登茂ちゃんを思うているんだから登茂ちゃんの身体《からだ》に起るどんな事でもちょうど自分の身体に起った時と同じように心配しているんだからねえ」

と慄《ふる》えを帯びた調子で目には涙さえ溜まっている。

平野は友の意気地ないこの様《さま》を見て、

「馬鹿な奴」という卑《いやし》みの情がむらむらと沸《わ》いたが、
さあらぬ体で、

「そんな懐古《かいこ》は止《よ》し給《たま》え。そんな事を思ったりする事は、君が現在登茂ちゃんに対して懐《いだ》いておる純潔な決

心が鈍るばかりだ」

「本統《ほんとう》にお戯談《じょうだん》はおよし遊ばせよ」

と登茂子は、再び煩《わずら》わしい事の醸《かも》されないように、宥《なだ》めて村瀬の心持《こころもち》を戯談にさせてしまおうとした。

「戯談じゃないッ、真面目だッ」

と乱調子になる。

「真面目だとしてもだ。君は現在でもそういう心持《こころもち》でいるんか、君は領事の前で誓ったというではないか」

村瀬にとっては領事という言葉はもっとも恐ろしい大事件に響くのである。だから村瀬の酒の上の乱暴なぞを取静めるにはもっとも宜《い》い薬である。その効験《ききめ》は万即膏《ばんそうこう》で創傷《きず》を治するもより著しい。

村瀬は急に改まって、投げるように、

「そんなことは昔のことだい。昔の話をしてる我輩に現在を強《し》ゆる必要はあるまい」

と村瀬はいい訳をいう。

五

登茂子《ともこ》は当年二十四歳である。十八歳の時横浜で登茂江《ともえ》と名乗って、左褄《ひだりづま》を取った女であるといえば、アア芸者かと一言《げん》のもとに鵜呑《うのみ》にされない理由をちょっというておかなければならぬ。

そもそも彼《か》れの家というのは、新萬《しんよろず》というて横浜でも有名な芸者家であった。当時この土地で、嬌名《きょうめい》を走《は》せた仇者《あだもの》は大抵この家の抱えであった。日本亭の女将《おかみ》、芳江《よしえ》もまたその一人で、登茂子の両親からは真身《しんみ》も及ばぬほど愛せられた。芸者家に生れた登茂子は、幼ない時から自家の商売を嫌って、小学校を卒業すると間もなく、東京の叔父、当時裁判所の判事を奉職しておった人の家に預けられて、万事頑固な叔父の下《もと》で教育せられた。これは登茂子の両親が固く育てば好いという娘の行末を案ずる一徹から出たことで、やがて登茂子も長い間には学校の感化やら、叔父の感化やらで、両親の思惑《おもわく》通りに成長して、学校の方も珍らしいほど、成績がよく、かつ校中の美人を以《もっ》て評判が高かったが、高等女学校を卒《お》ると間もなく、両親はかなりの負債を残して、一年の間に両人とも死んでしまった。父が死ぬ少し前、重い病のとても長らえる見込がないことを覚り、娘を枕辺に呼んで、負債のことから親戚等《ら》と衝突して以来、金のことでは憚《はばか》りながら御心配を掛けないからときっぱりいい放った、男の意志を通さなけりゃ死なれないとは思ってもみたが、もうこうなった身体では、明日をも知れない命、こんなことを、お前に頼んでは親として私の恥、またお前の本意では無論なかろうが、といって今更《いまさら》頭を下げ、親類廻りをするのも、多年意気地《いきじ》で通って私の名折れとなることであるし、それかといって力に頼むのはお前より外《ほか》に誰一人持たないこの私、どうか厭《いや》であろうがこの父さんの意気地が通るようにしてくれい。こんな親を持ったのがお前の不運と断念《あきら》めて、親のいい分を通してくれと頭を枕に擦り付けての頼み。言葉の裏には身を売って負債を返してくれろ、という意味が含まれていたのである。人に物を頼んだことをただの一度も見たことがない、また頼むことの嫌いな父が、最期《さいご》の際《きわ》に手を

合せて拝まんばかりの不愍《ふびん》さと意地らしさを見ては、子としてどうして否《いや》といわれよう。身を粉《こ》にしてもこの事だけは仕遂げなければならぬという固い決心を以て、臨終《いまわ》の父を喜ばしたが。これが登茂子の芸者になった動機なのだ。芸者としての登茂子は、客に対してあくまでも従順で同情に富みそしてどこか気品が高く犯し難い処《ところ》があって同輩に対して信実で、後進に対して親切な諸点は痛く内外の同情を得て、幾ほどもなくかなりに売れるようになった。であるから大抵のものは、この芸者に対して蔭では胸を焦《こが》そうとも、極端な不浄なことは仕得《しえ》なんだが、しかし多くの鼻下長連《びかちょうれん》は、確かにあらぬ思いに憧憬《あこが》れて深入りしたことも、登茂子にとっては商売上非常に得策であったことは云うまでもない。二年の後、登茂子にとって最も喜ばしい事件が出来《しゅったい》した。それはロシアにいる義理の姉芳江からの音信《たより》があったことである。負債の残り幾分を送り越し、かつ登茂子を養女として引取る旨を、細々《こまごま》としたためたものであった。これは芳江が前半生を恩顧になった義父への花向けであった。以上は登茂子が日本亭に現われた原因の摘要である。

六

平野《ひらの》は、村瀬《むらせ》が男としての威厳を崩して登茂子《ともこ》にベタベタしながらも、登茂子を我物顔に振る舞う様を見ては、同じ思《おもい》に胸を焦《こが》す男として、黙って見ているほど寛大な男ではない。表面では村瀬の不甲斐《ふがい》ない様子を見て、嘲笑の色を浮べて卑《いやし》みながら、自分の心を慰めもし、超然として好男子を気取っているものの心の中は甚だ平静でない。こうして話している間でも喉笛がつまっていう言葉が妙にかすれてしまうほど、嫉妬の情に駆られておった。で今幸い村瀬が、領事という、一言を聞いて、訳もなくへこたれてしまった隙に乗じて、登茂子を話相手に奪わんとの野心を起した。

「登茂子ちゃん、君は一体男にラブしたことがあるかねえ」

と登茂子の解決いかんによっては、已《おの》が心の秘密を明《あか》して、先登《せんとう》第一の名誉を担わんと、短刀直入に斬り込んで先決問題を提出した次第である。

「ホホホホお話が難かしくて、私達にはお答が出来ませんわ」

「イヤ真面目《まじめ》に聞くんだ」

「そんなことを、お尋ねになってどうなさるの？」

「僕等《ら》は全く女としての君を疑っているのだ。本統《ほんとう》に君は疑問の女だから、本人の君からその心持《こころもち》を聞いておいて、後日の参考にしようと思ったまでさ」

「オヤ女を生捕《いけど》る参考にですか」

「イヤ、そういう訳でもないさ」

「私だっても女でございますもの、満更《まんざら》殿方が嫌だというもんでもございませんわ」

「ウム、それから」

と興《きょう》がりながら、平野は相手がストーブの温気で上気して頬の辺りに薄く紅《くれない》を散らした、表情に巧みな顔を注視した。と出し抜けに、

「登茂子ちゃん、注《つ》いでおくれよ」

登茂子は村瀬に注ぎながら、

「女の疑い深くって、嫉妬が烈《はげ》しいのに比べましても、殿方の方は淡白《あっさり》して好きですわ。けれども、私がお知《しり》合《あい》のお方の中で、特別に好きだという方もございませんよ。ですから、あの方を愛しますとか、この方に惚《ほ》れたなぞということは、この年に成りますが一辺もご

ざいませんの」
「不思議だなア、すると君は男に対することは女に対するときと同じなんだなア」
「まア、そうでございますわ」
「まア、という処《ところ》に意味があるんだねえ」
「イイエ、その意味とは全く違ったなんにもないという意味ですわ」

「すると、やはり恋する力がないんだ」
「ないのかも知れませんが、私が初めてお酒の席に出まして、殿方とお知合になった以来五月蠅《うるさ》いほどに色んなことをいわれました。お前を愛するとか、一生忘れないとか惚れたとかいう言葉は違いますけれども、皆な同じ意味で繰返して仰有《おっしゃ》るのです。でも初めは男の方からそういう言葉を頂戴するんですから、嬉《うれ》しくも思いましたが。御出《おいで》になる方々が皆んな残らず申合《もうしあわ》せたように同じ意味のことを仰有るんですから。驚きましたわ、殿方はよくもこう出し抜けに惚れることの出来るものだとその時思いましたの。私のような女はどうしてもそういう殿方に『はい惚れました』と真面目くさっていうことは出来ませんのよ。考えてみると馬鹿々々しいじゃありませんか、急に出遇《であ》って『お前となら一生を犠牲にしても惜《おし》まん』といわれて『ほんとうに私もそう思います』などと申上げたら随分変な物じゃありませんか。なんだか私新派の芝居でもしてるような気がしてなりませんわ」
　と銀鈴《ぎんれい》のような声と、流るるような調子で語り続ける。

七

登茂子《ともこ》に引付けられた平野《ひらの》は茫然《ぼんやり》して、腕拱《こまね》く。村《むら》瀬《せ》はよろよろ立上り、

「我輩《わがはい》は帰る」

「あら、村瀬さん、宜《よろし》いじゃありませんか、今ウイスキーでも抜きますわ」

と棚に並んでいる種々《いろいろ》な瓶の中から一つを下して手早く口を取り、

「さア、村瀬さん」

と柔《やさ》しく、何気なき様子を装いて出された杯は、村瀬の不快を治するに余りあるものだった。

「そうか、それでは一つ戴こうか」

とニコニコもので席に就《つ》いてグッと呑んだが、酒精《しゅせい》の強さに咽《む》せて、

「ギャフン」

と逆もどり、卓上の食物はことごとくウイスキーの霧を浴びて、喉が焼けるような苦しさに渋面《じゅうめん》作った口髭には鼻汁《はな》の提灯《ちょうちん》がぶら下った。


風は止んだが、降りしきる雪は、暗黒な空から、更《ふ》け渡った市街へ、綿を散切《ちぎ》って放《な》げるように降ってくる。街頭に並んで立てる瓦斯《ガス》の光りはほとんど隙間もなく降る雪に遮られて薄暗くボッと曇った火の玉の暗《やみ》に並べて下げられたよう。鈴を鳴らした橇《そり》が突如として雪の中から雪へ鈴の音を残して消えた跡は、身を斬るような寒さに恐れて通るものもない。微《かす》かに残る鈴の音がやがて聞《きこ》えなくなると、慌《あわた》だしい歩みにつれて外套《がいとう》を深く着けて帽子目深《まぶか》に頂いた人影が、日本亭の前に佇《たたず》んだと思うと、消えてしまった。と再びその跡からまた人影が現われて四辺《あたり》に気を配る気息《けはい》、丁度この人影が日本亭の前に立って中の様子を伺っておった時、二階の日本室の電気がお磯《いそ》の手によって灯された。

荒木造りではあるが、杉の床間《とこのま》に掛けた応挙《おうきょ》の虎の掛図の下、床の間の真中《まんなか》には日本を偲《しの》ばせる、不自然に曲りつくねた松の鉢植が据えられ、床の間に向い合った欄間《らんま》には頼山陽《らいさんよう》の偽筆らしい額が掲げられている。金箔を散らした襖《ふすま》間模様、総《すべ》て日本的に飾られた室《しつ》である。室の真中には小さい鉄板製のストーブが据

えられて、外側が真赤《まっか》になっているほど盛んに燃えている。やがて障子《しょうじ》が開いて這入って来たのはお磯が噂した丈《た》け高い若い日本の青年であった。

「さア、どうぞ」

とお磯が座蒲団を進めると、真直《まっすぐ》に棒立《ぼうだち》になったまま、

「やア、失敬」

と、張《はり》のあるしっかりした声でいい放った。そして
コサック形の帽子を床の間に投げて、粗末な雨具代りの外套を脱ぎながら、

「よく降るねえ」

というて日本出来らしい身体《からだ》にしっくり合っていない黒羅紗《くろらしゃ》の背広服のズボンを引き上げながら、どっかと腰を下した。

「当地は雪が名物で、お国からいらっしゃる方は大抵驚きますのよ」

と青年の顔をじっと見る。

少し長目な顔は日に焼けて、広い額のみが際立って白く、大きな黒い目、日本人としては中位の鼻の隆起、固く結んだ口等《など》はこの青年の沈着で男らしいことを証拠立てる。

八

時として燃《もゆ》るような目が神経的に動《うご》かされる場合は、底知《そこしれ》ぬ心の深さを思わせて、気味悪い感じを相手に持たせないでもない。何事にもあまり多くをいわせない、この青年の常として女小供にはあまり好まれる質《たち》ではない。青年はお磯《いそ》の言葉を聞《きこ》えぬもののように少し下向き気味にじっと何事をか考えている。漆黒で長く無雑作に分けられた頭髪《かみのけ》は額を少し覆うて太い眉毛との間には何んとなく不安の色が現われている。

お磯は手持無沙汰に相手の注文を待っておったが、言葉がないので、

「日本酒になさいますか」

と問《とい》を発する。

「ア、そう、そう急に暖かくなったから眠気がしてつい忘れた」

と空々《そらぞら》しく顔を上げる。

「おさかなは？」

「さかなは有り合せでいいよ」

といいながら立って山陽の額を見てその文句を口ずさむ。

お磯は急いで出て行く。跡は再び青年の物思わしげな沈黙に返った。

青年の名は森山《もりやま》とのみ、知る人は知った。

「いらっしゃいまし」

と障子を開けて這入ってきたのは、お酒の精《せい》で、ほんのり薄紅を散《ちら》したような顔に笑《えみ》を湛《たた》えた登茂子《ともこ》である。

「どうして、こんなに晩《おそ》くいらっしゃったの」

「今日は領事館の方へ廻ったので晩くなった」と気のないいい方。

「貴方《あなた》、どうか遊ばしましたの？　お顔の色が少しお悪いようですが」

登茂子は対手《あいて》の心持《こころもち》を酌《く》むに敏《さと》くある。

「イヤ、何《な》んともないが。そんなに変な顔かねえ、寒さの為《せい》だろう？」

と打消す。処《ところ》へお磯がお調度《あつらえ》の品を運んで来る。

「さア一つ」

と、お磯が出す杯をちょっと会釈して受取った森山の一挙一動はかかる場所に足を入れる人とは思われぬ。厳格な真面目《まじめ》と初々《ういうい》しさとが目立って見ゆるほど整然としたところがある。こういう社会の空気の外に育ったお磯などには馬鹿々々しく野暮《やぼ》な人とも思われる。また一時も座を同《おなじ》うして窮屈を感ぜずにはおられなかった。

「いつもお愛想がございませんで」

とお磯はそこそこに出で去《い》った。跡で青年は重々しく口を開いて、

「日本におった時は早く当地《こっち》へ来てみたいと思う心が寝ても起きても忘れずに、出発の日ばかり待ち焦《こが》れておったものだが、来てみるとやはり日本が好《い》いねえ。まだ来てから三月位にしかならないが何んだか帰りたくなった」

と肉付のいい頬に小供《こども》のような笑凹《えくぼ》を浮べて語り出す。

「お勉強なさる方が、今からそんな事ではこれから先どうなさいますか」

と、訓《さと》すというよりは、諌《いさ》めるような口調である。

「しかし君等はよく当所《ここ》に寂しがりもせずおられるねえ、ウム、君はこの家の娘さんだからそんなこともなかろうが……」

「イイエ、やはり淋しくも悲しくもなりますわ。一旦こんな社会に身を沈めた、人様に卑《いやし》められ、弄《もてあそ》ばれておる私のような女には、もうそんな情が削り去られて無いようにも見ゆるでしょうが、南へ来た雁《かり》が北を懐《した》うて、時節が来れば忘れずに帰って行くではありませんか。これでも人間の端くれに生れた女ですもの」

と常にない感情的な言葉は、青年の淋《さび》しい故国を恋する情緒と、共鳴して一座の気分がしみじみと身に応《こた》える。

「人間のこういう感情は男も女も皆同じだ。しかし君が芸者をしたからって、別に卑められる訳はあるまい」

「そりゃ、自分ではお客様のお機嫌を取ったからというて、お酒のお酌をしたからというて別に女の操《みさお》を傷《きず》つけた訳ではございませんし、何の疚《やま》しい処もございませんが、世の中というものは妙なものでして、芸者の中に身体《からだ》を売り物にするものが多いだけ全体をみだらなものと見做《みな》してしまわなければ承知しないものですから、いくら自分を真面目にしても駄目ですわ」

「ウム、どうしても習慣には負けるね。君ばかりではないよ、男でもそうだよ」

「貴方々《あなたがた》と私達とはとても比較にはなりませんわ」

「人間は皆同じさ」

九

真の自分という者を、現《あら》わに暴《さら》け出して語ったことは、登茂子《ともこ》がこの家業に這入《はい》ってからは一度も無かったというてもよい位、客の席では心にもない甘言《かんげん》に弄《もてあそ》ばれ、やる瀬ない悲しみを隠して笑顔を作って客の歓心を買わねばならぬ。家に帰れば朋輩共の駄磊落《だじゃれ》や客の品定《しなさだめ》に時を費す。こういう間にも辛うじて書物や雑誌を繙《ひもと》いて、自分の真心に問答することが語るに友なき登茂子にとっては唯一の真面目《まじめ》な日課でありまた慰《い》藉《しゃ》であったのだ。

でこうして話している間にも、今までの自分の生活、浮《うわ》調子な、そして偽《いつわり》の多い浅薄《せんぱく》な歓楽、この穢《よご》れに満ちた空気で包まれた中に恥を忍んでよくもおられたものだと思うにつけ、校中の秀才で美人の誉《ほまれ》高く、全校の尊敬と愛慕に満ちた当時の自分の生活が懐《おも》い偲《しの》ばれるのである。

淡い夢のような理想に若い血を躍らせて、未来の宰《さい》相《しょう》夫人を以《もっ》て任じたこともあった。あるいは篤志《とくし》看護婦にあるいは教育に全生涯を捧げんとしたこともあった。また健《けな》げにも哀れな貧民の救済に一生を送らんとしたこともあった。このようなことは、よし実際に照《てら》せば煙のような空想であったとしても、自分にとっては再び得られざる純潔な頭脳に映じた、少女の気高い品格から映じ出た片影《へんえい》の賜物であるのだ。この果敢《はか》ない幼い追懐《ついかい》が、この青年と対している自分の脳裏に絵巻物を繰り返すように映ずるのである。そして現在の自分という意識に返った瞬間は、堪えられないほど、この初々しい真面目な青年の前に恥かしい自分を見ることが堪《たま》らなく嫌であった。

丁度薄暗い荒果てた広野に色褪《いろあ》せた自分の骨と皮ばかりに疲切《つかれき》って、ほとんど形骸《けいがい》に等しい身体《からだ》を横《よこた》え、淋しい手頼《たよ》りない思に涙も尽きて、果ては血涙を絞って嘆くような自分がまざまざと見ゆる心持《こころもち》がすると急に眩暈《めまい》がして頭が一時に沸き返って、危《あやう》く倒れようとして、

「アッ」

と叫んだ。

「どうかしたかッ」

と青年は力ある声で呼びかけながら自《おの》が腕《かいな》に倒れようとする登茂子の青ざめた顔を掻い抱《いだ》いた。

「イイエ、お酒が利《き》き過《すぎ》たのです」

という声も息苦しそう。

「動いては悪いからしばらくじっとして居給《いたま》え」

と、素早く座蒲団を円《まる》めて枕をさせてやり、窓を開いて雪をハンカチに包んで、登茂子の額に宛てた。

「どうも、恐れ入りました」

と、微《かす》かに礼を述べた。

青年は再び起ち上って、階下《した》へ告げようとして出ると、最前から障子の蔭に息を殺してこの様子を覗《うかが》っておった村瀬《むらせ》の逃げ損じたよろよろ腰に突当った。

「ドシン」

と地響《じひびき》して、小豚のように肥《ふと》った村瀬が尻餅を搗《つ》く。

「誰だッ、危ない」

と大喝されて首を縮め、

「ああ、痛いターターイ」

叫ぶ声が夜深《よふ》けて静まり返って廊下に吠えるように響くと森山は跡をも見ずに階下へ下りた。と階下の暗《やみ》から大きな人影が現われて、室《へや》の様子を伺っておる。

十

村瀬《むらせ》は十時近い頃、手足の折々の痛むのと、冷たい板の間のアンペラの上に、汚れてジトジトになった毛布一枚に包まって寝ておったことに気が付くと、驚いて跳ね起きて四辺《あたり》を見廻した。狭い淡暗《うすぐら》い室は、妙な臭気を放ってむさ苦しい。壁は頑丈な石畳で、上の方に小さな金網を張った窓がある。そこから辛うじて室内に光と空気とを供給しておる。この窓を透して外の日影の具合で、もう登館《とうかん》の時間《じこく》が過ぎたということだけは首肯《うなずか》れる。出ようと思うても、小さな窓に覆いのある重い鉄の戸が動きそうもない。

「失策《しま》った」

と心の中でいいながら、鉄の戸の固く閉じられて、虫の這い出る隙もないのを見ると、こんな所へ押込まれた自分がつくづく情けない。この身のいかになり行くやを今更《いまさら》非常に気遣った。そして口惜しいような、やる瀬ないような思《おもい》に気も狂おしく獄内の彼方此方《かなたこなた》と歩いてみた。

村瀬は牢屋へ入れられたのだ。

昨夜歩みもならぬほどに酔うて、日本亭を出た彼《か》れは、とある曲り角で巡査と衝突して争論の末、格闘を始めた巡査に負傷させたとかで、留置場へ入れられたのだ。

警察署では村瀬のポケットから現われた名刺によって、彼が日本領事館員であることを知った。で一応領事の許《もと》まで照会しておいた。

村瀬には別に何等《なんら》の説諭もせず放免せよという署長の命令に従って、丈《た》け高い鳶色《とびいろ》の頭髪が独逸《ドイツ》形の帽子からはみ出た、若い巡査が三十号とアラビヤ文字もて彫刻された鍵の付いた木札を下げて、重々しい足歩《あゆみ》で三十号と書いた戸口へ立止り、ガチャンという音と共に重い戸が遠雷のような音を立てて開かれる。

莚《むしろ》の上に整然《きちん》と足を組んで座った村瀬は、外見にも不憐《あわれ》に見ゆるほど不安の情と慚愧《ざんき》の心に満ちた顔色が蒼白く、目には涙さえ浮んでいた。

白地に赤味を帯びた角張った顔に深く凹《くぼ》んだ目の眼《まな》眤《じり》が下って、目と目の間が離れておる、鼻の大きく円《まる》

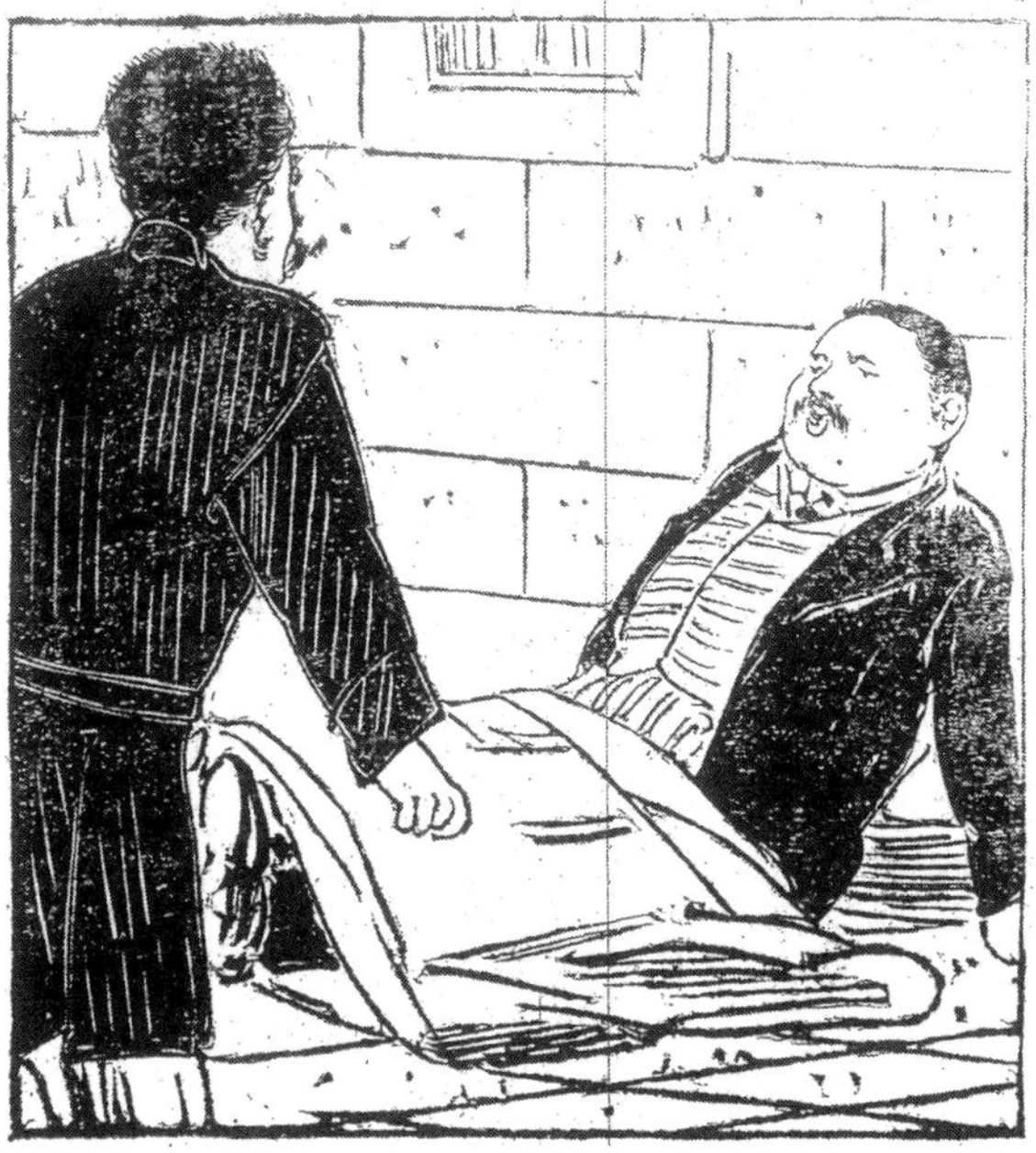

味《み》を持った巡査が荘重な態度で手招きしたときは村瀬は少なくとも一週間は出られない、という予想に対して、この巡査の離れた目、円い大きな鼻などが好人物の象《しょう》とも見られたであろう。しかし第二の不安は、もしや署長の前で下手な事をいうて、再び検束の悲運に遇《あわ》せられるのではあるまいかということである。署長室の前を通り越して玄関口へ追い出されるように出た村瀬はホッと太息《といき》を洩らして、第三の不安が籠《こも》る領事館へと急いだ。道々はもっとも紳士らしい身振と寛大な歩き方に苦心することと人馬《じんば》織《お》るような外界からの悩ましい刺戟《しげき》によって、領事のことも、登茂子《ともこ》のことも念頭にはあまり浮ばなかったが追々《おいおい》領事館へ近づくに従って、命が縮められるほど面目ないような気がして、一層帰らずに日本亭へ行こうかと思ってみた。どうしても一辺は領事の苦い顔の、結ばれた口から抉《え》ぐられるような皮肉交りの譴責《けんせき》を受けるか、自分の不始末に対しての責任として領事館を追払われるかの二途を出《い》でない運命を持っておるのだ。と気が付くと、もっとも気取ったつもりの歩調も鈍く、落胆して疲労を覚え、今朝《けさ》から何んにも食わない腹が空《す》いて昼飯近くなる街道の料理屋からのヘットの臭《におい》に、知らず知らず鼻うごめかす。

十一

村瀬《むらせ》は胸の動悸で頭がボッとしてしまいそうなのを、無理に抑えて平静を装わんとするので、領事館の大理石の石段を上ったときは手足が止《と》め度《ど》なく慄《ふる》えておった。

応接の前を通って左へ曲ると、右が自分達の事務室で、長方形の硝子窓越しに禿《は》げた頭の真中《まんなか》に孤島のような禿げ残りの毛を残した、平ったい杓子《しゃくし》形の頭ばかり出しているのは福尾《ふくお》書記官でその隣りにさい槌形の五分刈は河西《かわにし》という書記生、その次の分けた蘇鉄《そてつ》頭が平野《ひらの》だ。皆んなの落着いた勤務振りを見た自分は、酒の耽溺《たんでき》せる自分の心が反省せられて、自卑《じひ》の念が込み上げて思わず涙を拭《ぬぐ》うた。その隣室は登館《とうかん》の時と昼飯の時と退館のほか客でもなければ滅多に開かれたことのない領事室だ。窓には常春藤《きづた》の模様を縫い取った窓掛が深く室内を遮っているのも今日の自分にとっては、恐怖を加味する厳《おごそ》かさを感ずる。

村瀬は戸口に立って躊躇《ためら》ったが、勇を鼓《こ》してハンドルを捻《ね》じ、力一杯に押した。

室内の温気が戸外の寒さに馴れた皮膚に柔かく感ずる。

室の真中に置かれたテーブルに向って少し前屈《まえかが》みになって書物を見ておった、半白《はんぱく》な頭髪を短かく刈った領事が眼鏡越しに、前夜の酒のために目は充血して腫れ上った顔に悔悟の色を浮べた村瀬をチラと見たなり再びもとの姿勢に返り、筆を執って書き初める。

村瀬は虎の威に恐れた狐のような腰付をして、領事の側《そば》に不動の姿勢で丁寧にお辞儀をしたが、領事は見向きもせずにスラスラと書き続ける。

「面目を失して甚だ……」

と恐れと恥辱で咽《のど》が乾き上って口の中で消えてしまう。唾《つば》を呑んで再び恐る恐る、

「面目を失して、甚だ慚愧《ざんき》に堪《た》えません」

と云い放ったが、今度は領事の咳払いで半分は掻き消される。

村瀬の方では首尾よく云い終《おお》せたので打萎《うちしお》れた身体《からだ》を半ば起して気を少し許した。

と見る見る領事の顔色が変って、村瀬の方に向き直る。痩《や》せた長い顔に少し釣った目の非常に微細に動く処《ところ》といい、嗅覚《しゅうかく》の鋭そうな尖《とが》った鼻、少し歪んだ口、これ等《ら》の総《すべ》てが神経質を証拠立てる。物いう毎《ごと》に口の周囲をブルブル慄《ふる》わして、

「面目がどうしたというんか」

と癇《かん》高い声で怒鳴る。

村瀬は目から火が出るほど、戦慄《おのの》いて再び先刻《さき》の萎れたような姿勢に返る。

「君はこれで何度じゃと思うか、子供じゃないからもういう必要もあるまいさ。我々は本国にいる時のように無責任な事では職責を全《まっと》うする事が出来んと平常《つね》からいうといたはずだが、恐れ多くも我輩《わがはい》達は、陛下《へいか》の大御心《おおみこころ》を体し、日本国民の心を代表してここに来ているんじゃ。露国《ろこく》人に対する我々の一挙一動は国際的関係を以《もっ》て結ばなければならん。君の行為はやがて日本全国の紳士の行為であらねばならぬ。この重大な責任を忘れて酒を喰らって市街をうろつき廻り、露国官憲の手に検束さるるとは何たることじゃ。国賊と罵《ののし》られ不徳漢と嘲けられても、君は一言半句の弁解も許されん」

と村瀬の萎《しお》れて、濡鼠《ぬれねずみ》のように小さく縮まって首垂《うなだ》れた横顔を睨《にら》んだ。

「もう私は君に対して面倒を見る責任はなくなった、ただ現在君が君の職責に対する責任だけを負うてもらわなければならんのだッ」

と前よりも調子を低くしてキッパリといい放った。

十二

丁度正午頃《ひる》に日本亭に森山《もりやま》が来ると直《す》ぐ後から露国《ろこく》の憲兵が這入って来て昼食《ひるめし》を云いつけた。女将《おかみ》を初めこの珍客を迎えた日本亭の者どもは不審の眉をひそめた。憲兵は落付かぬ様子をして飯を食いながらも、その凹《くぼ》んだ光った疑深《うたがいぶか》い目でジロジロ奥の方を注意をしておった。憲兵は食事を済ましてから、女将を呼んで家族は幾人おるとか、客はどんな種類の人間が来るとか尋ねた末、森山と云う人がどうしてここへ来るようになった訳から、日本からいつ頃来たとか、職業は何かとか森山に関する詳細事項を調べて手帳へ書き記して帰って行った。

女将が憲兵から森山に関して調べられておった時、不思議にも登茂子《ともこ》の部屋で登茂子が森山に対して、

「貴郎《あなた》、本統《ほんとう》にお商売は何していらっしゃるの？」

という問《とい》を発した時であった。これは別に登茂子とこの憲兵との間に結托《けったく》があった訳でも何んでもない。全く偶然登茂子が常に抱いておった疑を晴らそうとして尋ねてみた位の事である。

「商売？　商売なぞはどうでも好いじゃないか。お互に商売で交際《つきあう》んじゃあるまいし、人間と人間の交際じゃないか」

と森山は何気なく云うを、登茂子は、

「そりゃそうですが……」

というてみたが、強《し》いて人の身分を尋ねるのは礼でないと思ったので言葉を途切って俯目《ふしめ》になった。

「そんなことは自然に判《わか》ってくるものだよ」

と力強くいう。

森山というのは吉村次郎《よしむらじろう》の偽名である。吉村は時の海軍々令部の参謀長某中将の世話にて海軍兵学校を卒《お》った一人である。同じ少尉仲間でも聡明なる参謀長は、少尉をして留学を名として、この時既に起るべき未来の国難を慮《おもんぱ》かり潜《ひそ》かに露国の軍備を探らしむべく派遣したのである。彼《か》の少尉は一身を犠牲に供して国家を思い、上官たる参謀長の命にはあくまでも服従的であった。従って彼の参謀長も少尉を愛することひと通りではなかった。

で彼れは露国に渡航して以来既に浦塩《ウラジオ》に砲台を探索して、露国の政府に睨《にら》まれ、危機一髪の際を免れて、ここペトログラードに身を隠したのは今から一月ばかり前の事である。であるから森山には、今の登茂子の問にはどうしても答えることが出来ないのだ。

しかし本国人であるという点から云っても、打明けても好さそうなものである。けれども万里の長堤《ちょうてい》も僅か蟻《あり》の穴から壊《くず》るという譬《たと》えに照《てら》しても、中々油断のならぬ処《ところ》である。

「本統ですわ。私、かえって伺わない方が楽《たのし》みよ」

とニッコリ笑顔をして俯向《うつむ》いた。

「何故《なぜ》って、そうじゃありませんか。謎を解くにだって、考えてる中《うち》が楽みですわ。解いてしまえば案外つまりませんものよ」

と幼子《おさなご》のような気持で森山の顔を覗く。

「僕を謎にしたのか、それも面白かろう」

と快活な顔になる。

「私、この頃は何んだか、淋《さび》しくて堪《たま》りませんの」

と急に萎《しお》れる。

「どうして？」

「どうしてか知りませんが、一人限《き》りでいる時は訳もなく心細くなったり、悲しくなったりして……」

と袂《たもと》を口に宛てて考えに沈む。

「ウム、やはり僕と同じに、日本が恋しくなったんだろう。ホームシックだ、故郷病《こきょうびょう》という病気だよ」

と慰めるようにいう。

「イイエ、そんな故郷《くに》のことなどではありませんわ」

という登茂子《ともこ》の心を、森山《もりやま》は読むだけの気は充分持っておった。

十三

森山がこの地に姿を隠してからは、土地の憲兵屯所《とんしょ》から非常に注意せられて外出にも在宅にも、必ず変装した憲兵らしい男が一人ずつ、張番《はりばん》に付いているのが常であった。彼《か》れはこの煩を除くためと、一方においては彼等《ら》に油断を与うる手段のため、足繁く日本亭へ通うようになったのだ。そして周囲の事情が全く違っている淋しい自分には日本亭は自分の母の家とも、兄弟の家とも思うほど心安く懐しく思われて、ただ登茂子にだけは、他の多くの客が抱くような疚《やま》しい心はちょっとも無かったのだ。無論奇麗《きれい》な女、自分には親切な柔《やさ》しい腹蔵《ふくぞう》なく打明ける女だ位の事を思っておった。従って偶《たま》には登茂子に遇《あ》いたくなって来る時もあったが、何等の野心は持っていなかった。


森山は相遇う毎《ごと》に、登茂子の真心に動かされたが、自分には国家の重い任務が双肩にかかっておるという事を思い続けては、動かされる弱い情を押えておった。しかしまた自分が登茂子に恋さるる事は、自分の担っておる任務に対してどれだけの損失を与えるか、その任務を等閑《とうかん》にしない以上は、例え数人の女に恋しようと決して無責任とは云われまい、などと自分が自分にいい訳してみる事もある。で今登茂子が心のやる瀬ない思を、それとなく述べて訴えるような子供らしい表情で自分を見たときは抱きしめてやりたいほど胸の血が跳《おど》ったが、自分もさあらぬ体で、

「それじゃ、どうしたんだ」

と明《あきら》かな意味を求めるように力を籠《こ》める。

登茂子は森山の問《とい》には躊躇《ためら》って答える事は出来なかったが、気を換《か》えて
「貴方《あなた》は当地《こちら》にお住いになっていらっしゃる間は、是非お出《い》でになって下さいな、お願いですから」

「来ているじゃないか」

「でも私の処《ところ》へよ」

「お前の処へ今来とるじゃないか」

「イイエお客さんでなく、お友達では失礼ですし、……サア、何と申上げましょうか、お話しの先生にいらしって下さいな」

「お話の先生？」

と可笑《おか》しさを堪《こら》えて問い返す。

「お話の先生では変ですね、ホホホホホホお客さんでない、ということも変だし」

と感情的になった、登茂子はいい現わし方に窮して果《はて》は地烈《じれっ》たそうに、

「もう私、解《わか》りませんわ、何んといって好いか」

と机の上の花瓶に挿してある白薔薇《しろばら》の室咲《むろさき》を取って、膝の上でまさぐりながら薫《こうば》しい花の香に酔うて、黙しておる。

「もう薔薇が咲いたのかい」

「ええ、温室で咲かしたのですわ」

「どれ僕にもその香《かおり》を」

と手を出す。

「一所《いっしょ》に嗅ぎましょう」

と体躯《からだ》を男の膝に寄せる。

「ウム、好い香《におい》だねえ」

と頬と頬とを摺り寄せて共にその香を嗅ぎ入った。

十四

有為転変《ういてんぺん》の世の習《ならい》にもれず、昨日《きのう》の高等文官村瀬《むらせ》泰次郎《たいじろう》も、今日は日本亭の居候《いそうろう》と成り下って、ひたすら登茂子《ともこ》の歓心を買おうとあせるのである。哀れむべし、未来に横《よこた》わる外相の抱負も一夜の歓楽に酔わんがための犠牲となってしまったのである。

この頃は森山にのみ心を引かるる登茂子を見ては、さすがに好人物の村瀬も、嫉妬《しっと》から起る憤りの情に堪えず朝から晩まで日本亭の奥座敷に陣取り酒と親しんで悶々の心を慰めておったが始めの中《うち》こそ、今までの馴染《なじみ》として悪い顔も出来なかった日本亭の女将《おかみ》も、酒に溺れた果ては必ず登茂子に口説き迫るという村瀬を見ては心持ちを悪くせずにはいられないで、追々《おいおい》待遇も悪くなって今はほんの居候同然、茶の間の奥の一室《ひとま》に朝から晩まで寝台《ねだい》の上にゴロゴロして、情ない気持で日を重ねておった。

「平野《ひらの》、察してくれ」

と嘆声を漏らしたのは、日本亭の奥座敷で顔色憔悴《しょうすい》した村瀬である。

「こうなった以上は仕方がない、ひとまず本国へ引上げて機の至るを待つがよかろう」

と平野は額に垂れ下る髪を搔き上げた。

「そうも思っているが、本国を立ったとき盛大な送別会を開いてくれた先輩や友人に対して成功を誓った、両親の手前もあることだからなア」

「そんなことはなんでもないじゃないか。身体《からだ》が気候に添わないで、病気になったから保養に帰ってきたとでもいうておき給《たま》え。その内には再び青雲《せいうん》に乗じて翼を君の心のままに延《のば》すことも出来るだろうから」

としきりに帰朝を薦《すす》める、平野の心の中《うち》が異《おか》しい。

「そうかなア、ひとまず帰ることにしようかしら」

といくらか愁眉《しゅうび》が開かれる。

「そこで君が帰朝するについてだ」

と平野は膝を進める、

「相談したいことがあるんだ。それは（と小指を示して）これと森山《もりやま》の一件だがねえ」

と小声になる。

「ウム」
「今日憲兵隊から領事館の方へ森山の身元を詳しく調べに来たんだがねえ、その折に領事が福尾《ふくお》君に話しておったことをちょっと洩れ聞いたんだがねえ、奴は秀才だというんで○○参謀長ねえ、あの人に非常に愛せられているらしい。当地へ留学に来たのも参謀長の尽力だそうだ」

と平野は村瀬の顔を注視する。村瀬は腕拱《うでこまね》いて黙っている。

「それでだ。君が今日の失敗を来たした原因はというと、決して罪は君にあるのではない。一に森山のために登茂子の愛を奪われたに帰するのではないか」と相手の好奇心を釣ろうとする心持《こころもち》で平野は熱心に村瀬に同情ある素振りをほのめかす。

「しかし今更《いまさ》らいかんともすることは出来ないじゃないか」

と吐き出すように、村瀬は無量《むりょう》の感慨に堪えないらしい。

「イヤそれはいかん、目下の場合そんな弱い音《ね》を出す時ではない。普通の人間ならば決闘によって成敗《せいばい》を果《はた》すべきだが、紳士としての我々がそんな野蛮な事に力瘤《ちからこぶ》を入れるという事も出来ないから、よろしくそこは外交的手腕に訴えて君の本領を発揮する処《ところ》だと思うで登茂子が今日まで君を恥かしめたあのやり方は側《そば》で見ていた僕でさえも憤慨せずにはおられない位だ。況《いわ》んや当局者の君の心中においておやだ。であるから友人の我輩《わがはい》としてこの際君の取るべき方針を忠告するのは、親友として僕の義務だ。その方針とは森山と、登茂子に対する君の最も適切な復讐であろうと思う。でそのやり方にはいくらもあるがもっとも近道で慈善的なやり方は君が故郷に帰ると共に何んにも知らずに森山に金を給しておる世話人〇〇参謀長へ正直に森山が今日学生の分際《ぶんざい》として酒と女に惑溺《わくでき》して学業も手につかないという意味で告白することだ」

「ウム、そうだ、そうだ」

と膝を叩いて喜んだ村瀬の顔をじっと見て、平野は心中大《おおい》に得意であった。それは村瀬を一も二もなく納得させてしまった自分の快弁振りを誇るというよりも、まず森山と登茂子を裂き、なにかにつけて邪魔な村瀬を日本に追いやり、しかして後独舞台《ひとりぶたい》で登茂子を生捕《いけどり》にしようとする野心があったからだ。

十五

三月も半過《なかば》ぎ、いよいよ村瀬《むらせ》は明日本国へ向けて出発せなければならぬよう準備がすっかり整うた。平野《ひらの》を発起で、〇〇街の丘の上にある、とある料理屋で少数の知己《しるべ》の間に心ばかりの送別の小宴が交された。夕方六時に開かるべきこの会に、八時頃登茂子《ともこ》は厭《いや》がる森山《もりやま》を誘い出して遅れ走《ば》せに顔を出した。丈《た》け高い緑色の洋服を着けたボーイに案内されて這入《はい》ると、酒精《アルコール》の香《にお》いと、煙草の煙でムッとする位、一座はもう大分乱れている。

「ヤア、遅かりし由良之助《ゆらのすけ》」

と嫌味のある歌舞妓台詞《かぶきせりふ》で、木綿の黒紋付に白襟という質素な装《いでたち》の登茂子を迎えて、福尾《ふくお》書記官夫人の側《そば》に席を開いた親切者は、小樽《おたる》あたりから来た雑貨商人で野田《のだ》という男。円《まる》く広がった鼻が目立つほど大きい三十歳になるや否やもう頭が禿《は》げかかっている。続いて這入る森山を不審そうな眼でチラと見て、

「好《よ》うこそ」

と鼻を動かしながら、にわか作りの笑顔をなして、河西《かわにし》書記生の隣りの座へ案内する。一座は二人の新客を迎えて活気を帯びた。

「只今福尾書記官夫人の独唱《ソロー》があります」

とフロックが痩《や》せぎすな身体《からだ》に似合って、いつもとは違った仏蘭西《フランス》式に頭を分けた平野の紹介で、夫人は二三歩座を起《た》って、一座に媚《こ》びるような一蔑を送ったつもりだろうが、顔の造作が悪いので、泣面《なきつら》をしたとしか見えない。背の短かいというた方が適当な位、腰の周囲《まわ》りと、胸の周囲りとが同じで、輪廓に変化のない身体に、薄緑色の洋服を着けた姿は袋を倒《さかさ》まに、その底へ穴を開けて、頸《くび》を出したというても決して形容でない。歌は露国《ろこく》仕込の（楽しき家庭）これは夫人が露西亜《ロシア》語で歌を覚えた空前絶後のものなのだ。であるから他の人々はことごとく笑いの虫を押えて謹聴している。独唱が済むと夫人は席に就《つ》いて、登茂子に向い、

「どうも室《へや》の造りが音楽的に出来ていませんから歌いにくくていけません」

と汗を拭いながら、一座に聞えよがしの云訳《いいわけ》、

「そうでございましょうとも……」

と登茂子は何んというていいやら当惑の情を浮べている。

「イヤ、しかし今日は上出来ですな」

とお世辞交りの讃《ほ》め言葉も、誰やらの口から洩れる。

「森山君、何か一つ」

とすすめたのは、皮肉の色を浮べた平野である。森山は厭な気持になったがそれと色には出さず、

「イヤ、僕は芸なしですから御免を蒙《こうむ》りましょう」

「でも、皆さんで、芸があっても無くともその責を負うという事に決めたのですから、是非一つ」

と強《し》いてのすすめに、辞退も出来ず森山は、

「何んでも、いいのですか」

「お自由におやり下さい」

「それじゃ、やりましょう」

と立上る。

「是非とも諸君の期待を満たして下さい」

とわざと勿体《もったい》を付けて、芸無しの森山を嘲《わらお》うとした。

登茂子はこの瞬間不安であった。

重い歩調で進み出た森山は、極めて真面目《まじめ》に一座を見廻わし、破《わ》れんばかりの声で、

「浅間山から鬼が、尻出して、世界破《わ》れるような屁《へ》をたれた」

と叫んだ。

一座はそのブッキラ棒な調子と、奇抜《きばつ》な文句に唖然《あぜん》とした。

十六

人々のその唖然《あぜん》とした中に無頓着に、森山《もりやま》は静かに自分の席に着いた。ハイカラの福尾《ふくお》夫人は、こういう変的《へんてこ》な歌調と音調とを、さも軽蔑し、厭《いと》うように眉を顰《ひそ》めるのであった。

「イヨウ、大出来」

とまず喝采《かっさい》の声を挙げたの村瀬《むらせ》であった。

「君は芸無し芸無しというが、中々油断がならぬぞ。こうまでとぼけ得るのはよっぽど腹のある芸人でなくちゃ出来んことだ、まず一つ献じよう」

と、既にかなり酔うた足元をフラフラさせながら立ち上って、シャンペンの盃を指したのは河西《かわにし》である。

「何《な》んの、僕は芸無しさ。しかし男として諸君の要求に尻込するのも意気地がないからなア」

こう云って森山はそのほんのりと微醺《びくん》を帯びた目元に、僅かに微笑を浮べて差された盃になみなみと注《つ》がせて溢れるようなシャンペンを一息に呑み干した。登《と》茂子《もこ》は森山のその男らしい威厳もあり、落着《おちつき》もある態度なり動作なりを、美しい目に快げに見遣るのであった。

平野《ひらの》は森山を嘲笑《あざわら》おうとしたるがかえってぐれはまに行ったので、心の中《うち》では不愉快に思いながら、それでも罪のない笑みを見せて、

「森山君にこういう芸があるとは知らなんだ。さア、僕も一つ献上するからどうぞ受けてくれ給《たま》え」

と、よろよろ立上って、妙な手振をしながら盃を差すのであった。

森山も平野の心は見透《みすか》しているとはいうものの、さすがに悪い顔も見せず、

「いや、有難くお受けしよう」

と、快く盃を受取って、注がれたシャンペンを一息に飲んだ。

「森山君、芸ばかりじゃない、酒の方もお手並だ」

と、一頻《しき》り森山を囃《はや》し立てる騒ぎが喧《やか》ましかったが、これもいつか過ごした酒に紊《みだ》れて、終《しま》いにはゴチャゴチャに飲む、歌う、喋《しゃ》べるという騒ぎであった。

その中にも心の浮き立たぬのは村瀬の胸であった。

一朝《ちょう》の失敗から長い間の希望を夢と見て、成すところなくおめおめと日本へ帰って行かねばならぬかと思うと、我れながら自分の意気地なさが情けなくもあり、哀れにもなって、知らず知らずの中に気は沈み込んで行くのである。

けれども、それももはや後の祭りでこうなった上は更に将来の方針を立て直さねばならぬ。どうしたら好いか、ハッキリまだ決心のついていない彼《か》れの心にはこの問題が重々しく胸に迫ってくる。

「オイ、何をふさぎ込んどる。まア一ぱい飲んで元気をつけろよ」

と、河西の差す盃を受ける手にも力がない。

「そんなじゃ困るなア」

と、河西は村瀬の有様を哀れむような眼付をして見るのであった。

十七

村瀬《むらせ》が日本へ帰ってからもう六ケ月余りも経過したが、平野《ひらの》はあまり日本亭へ前のように、繁く顔を出さなかった。登茂子《ともこ》も日一日と身重になるにつれて一室《ひとま》に籠《こも》って滅多に店へは顔を出さない。二日おき位に見舞ってくれる森山《もりやま》との会談を楽《たのし》みにする外《ほか》独居の時は、花いけや琴に無聊《むりょう》を慰めておった。ところが森山がこの四日ばかり前からどうしたものか一度も顔を見せない。今日も朝から登茂子の心は落付《おちつ》かず、今か今かと待ち焦《こが》るる身のつらさをまぎらすために、椿《つばき》の真赤《まっか》に咲いた一枝を九谷の花瓶に生けておった。やがて廊下に跫音《あしおと》のするに轟《とどろ》く胸を押えて耳を澄ませば、どうやら似た跫音と急に取り乱した身装《みなり》を整うるに多忙《いそが》しい。静かに障子が開いて現れたのは、想像とは全く違ったお磯《いそ》であった。

「平野さんがお出《い》でになって、ちょっと御相談があると仰有《おっしゃ》ってますよ」

と何気なく云う、お磯の言葉もイライラして気の高まった登茂子には癪《しゃく》に障《さわ》る。

「知りませんよ」

と腹立たしい様子に、訳も知らないお磯は驚いて目を円《まる》くした。そして慌《あわ》てて

「どう、ど……どうかなすったの」

「イイエ、今日は気分が悪くって寝ているから、今度にして下さいというて頂戴な。そして私の変《かわ》りにお相手を願いますよ」

と、例の柔《やさ》しさに返った。お磯も愛相《あいそ》よく、

「ハイ、そういって、今日は私がお相手しておきますよ」

とお磯が出て去《い》った跡、登茂子は根気疲れがしたように、しばらく机に臂《ひじ》を突いて、ストーブに掛けられた鉄瓶の湯のたぎる音に聞入っていたが、深い物思いに沈んでしまった。再び戸の開いた音も耳に入らない。

森山はただならぬ気色《きしょく》で帽子を取らず外套《がいとう》も取らず、登茂子の後《うしろ》に立ったまま、

「登茂ちゃん、どうした」

と云う声も急《せ》き込んでいる。

「あら、貴方《あなた》！」

と抱き付こうとしたが、森山の違った素振を怪しんで、

「どうして？　何か心配事でもありなさるの？」

「イヤ、大した事でもないが、ちょっと相談があるんだ」

「まア、お座りなさいよ」

と席を譲りながら立って、森山の外套と帽子を除《と》ってやる。森山は厚く綿の入った緋縮緬《ひぢりめん》の座蒲団へ腰を下して片手を左のポケットに入れたままモジモジしながら、

「今日は少し急ぐんだ」

「あら、そんな心細い事を仰有らずに落着いて下さいな。私この間からイクラ待ってもいらっしゃいませんからもうお出がないかと思いましたわ」

「仮りにもそんな事を思うてくれるなよ、お前の身体《からだ》のために悪るいし淋しがりのお前を独《ひと》りで四日も置いたりしたら僕も気が済まなくって堪《た》まらないんだ」

「四日の間、何をしていらしったの」

「モスコーへ学課を練習に行っておったのだ」

と云うてチラと伺うように、登茂子の顔に視線を送った。片手はまだポケットの中にモジモジ動いている。

森山がポケットの中で握っているのは四日前日本の参謀長から「至急帰れ」という電報である。まだ任務の事も果《は》さぬに帰れとは森山にはどう考えても想像が付かなかった事である。何か新たに復命すべき事件の

出来《しゅったい》したものかそれとも全然引上げろと云うのか、種々《いろいろ》に思い悩んでみたが想像が定まらない。しかし帰朝しても再び登茂子の許《もと》へ帰れる事を信じておった。それにつけてももっとも気を揉んだのは登茂子に帰国の事を打明けてよいか、悪いかの一事である。自分も深く信じ、また深く信じられもしている登茂子に、自分の行動を打明けたからとて何の不都合があろうと思われるが軍事上の秘密は、父母にも愛する妻にも打明けられぬのは軍人社会の規定である。この規定を破ることはやがて大命を担い、忠義の二字を頂く森山はどうしても出来難いのだ。森山は登茂子の恋人としては海より深い愛情を注ぐべく惜《おし》まないが、一度軍事上に関する事件に対しては蛇よりも怜悧《さと》き冷静と、聡明をも兼ね有している。この智、情の争いが、森山の心の中で苦しい煩悶《はんもん》となり、懊悩《おうのう》となったのである。また一方に自分がよし再び帰航するとしても帰国するという事を聞いたならば神経の高ぶっている登茂子はどんなに嘆くであろう。臨月に近い身重な身体を傷めんとも計り難い。どうしてこれを眼前に見棄てて行かれよう。さらば一緒に帰ろうか、国事に奔走している目下の自分には時機でなく少壮士官としても名誉を損ずる恐れがある。嗚呼《ああ》どうすれば、自分が安全なのであろう？

十八

別れ難いのは森山《もりやま》の情である。

「今日はゆっくり宿《と》まっていらしって頂戴な、私、また貴方《あなた》のお好きな千鳥の曲でも弾いて上げますわ」

「ウム宿まって行きたいが、明日急いでまたモスコーへ行かなければならないのだ」

と静かに言う。

「エエエ、また行らっしゃるの」

「アア、今度は少し長くなるかも知れないのだよ」

「幾日ばかり」

「一ケ月半位、滞在しなければならないだろう」

「そんなに長く……私どうしましょう……」

と力が落ちたように落胆《がっかり》したが気を取り直し、

「貴方、私も一所《いっしょ》に連れて行って頂戴な」

「学校の寄宿舎へ宿《とま》らんければならんからなア」

「じゃどうしても駄目ね」

「淋しいだろうが、待っててておくれよねえ」

とすかし慰めるように云う。

「エエ、仕方がないわ、でもお便りだけは毎日下さいな」

「暇があればいつでも寄越すさ」

二人はしばらく言葉がなかったが、登茂子は低い声で、

「ねえ、貴方！ お腹が時々動いて痛みますのよ。医者の云うには、二児《ふたご》らしいと云うんですの」

「そうか、生れるまでには帰れるから安心して養生しておくれよ」

森山は、いつも自分に対しては子供のような正直な登茂子の眼前に、巧みな虚言《そらごと》を並べる事は堪え難い苦痛である。

「あまり無理な心配などはせずになア」

「貴方さえいて下されば、心配などはありませんわ」

「そうか。じゃ安心して行くから」

と立起《たちあが》る。

「今日は宿《とま》って行って下さいな」

「今度帰ったらゆっくり来よう」

「でも私明日から心細いわ」

「そんな事があるもんか、モスコーとここだもの目と鼻の間じゃないか」

「そう思えばそうですけれども」

としばらく考えて、

「ねえ、貴方、お写真がないの？」

「ウム、モスコーで取った奴が一枚あるからそれをやろう」

「それから、まだ私欲しいものがあってよ？」

「何を」

「貴方が毎日肌を離さずに持っていらっしゃる大切なもの、何か下さいな」

「そんなものをどうするんだ」

「写真ばかりじゃ淋《さび》しいわ、肌についたものでなけりゃ」

「じゃ、これがよかろう、これは私の魂だ」

と星《ほし》の銘《めい》ある例の短刀を与える。

「そうですか、私嬉《うれ》しいわ」

「じゃ、身体《からだ》を大切に頼むよ、いいかい」

と外套《がいとう》を取ったが、登茂子は着せようともせず黙っている。急に、

「貴方、私も連れて行って下さいな」

と何思ったか、森山を止める。

「何故、まだそんなことをいうのか」

「私はもうとても一人ではおられませんわ」

「連れて行けるものなら、黙って連れて行く。どうか無理をいわずにまた逢う時の楽《たの》しみを思いながら暮しておってくれ、いいかい解《わか》ったねえ」

登茂子は微《かす》かに首肯《うなず》いて、短刀をいじりながら何《な》んにもいわなかった。

「さようなら」

と森山は足早に出て去った。

登茂子は短刀を抱いたまま、机にもたれて声を立てて泣いた。登茂子はしばらく顔を上げ得なかった。

障子を隔てて、泉水《せんすい》を囲《めぐ》る三坪ばかりの庭の紅葉《もみじ》の茂みは、風になぶられる毎《ごと》にパラパラ音を立てて散って、蟋蟀《きりぎりす》一匹霜枯《しもが》れにやつれ果てたような声をして悲しげに鳴いた。

十九

　平野《ひらの》は森山《もりやま》の日本へ帰朝《きちょう》した事を聞いて、気味悪い微笑を浮べて、甘《うま》くいったと腹で喜んだ。退館後は毎日のように日本亭へ出掛けて、女将《おかみ》や登茂子に親切を見せるのである。

　けれども登茂子は平野を遇するにあくまでも普通の人に対すると変らない、無論親切な心に対しては充分感謝の意を表しておった。平野は恰好《かっこ》のよい、御納戸《おなんど》色《いろ》の背広姿で長火鉢の脇に座って、お磯《いそ》やお時《とき》その他二三人の女を対手《あいて》に何か話していたが、女将芳江《よしえ》を見るや、

「ヤア、今日は登茂子ちゃんはどうかね」

「どうも悪るいようで困りますのよ」

　と低い声で奥の方をチラと見た。年は三十五六、白粉焼《おしろいやけ》のした長い顔、生え際の抜け上った額を四角に見せた、目鼻立の揃ったどことなく苦味走った、表情のある処《ところ》は苦労を仕抜いた姐《あねえ》の型であるがさすがに横浜で一時飛ぶ鳥も落す全盛を極めた女だけあって、一体にまだ棄てられぬ名残りの色香《いろか》を秘めている。女将芳江は長煙管《ながぎせる》を火鉢の端で軽く叩いて、

「森山さんもあまり気が利《き》かないじゃアありませんか、あっちへ行ってからもう一月にもなるに、まだ一度も便りがないじゃありませんか。こっちから手紙を出そうたって、居処《いどころ》も判《わか》らずするし、登茂子も気が気じゃないんですよ」

「ハハ、森山君も変人組だからね」

「でもあんまりだと思うわ。ああいう人に好かれた女は、揉まなくとも好い気を揉まなきゃならないんだから女の方じゃ災難だわ」

　とお磯が口を出す。

「その中《うち》にゃ帰って来るだろう……。一体どう悪いのかね」

「もう臨月なんですよ、それに一日遭わなきゃ寿命が縮まるほど気を揉む登茂子のことですから、森山さんが出発《たっ》とすぐ床について、毎日々々森山さんの事ばかり云って、側《そば》の人もあきれる位でしたの。でも、今じゃ身体《からだ》も段々衰弱してきていますからあまり云わな

くなりました。寝ている時には夜中でも大きな声で森山さんと呼びますよ。そりゃ見惨《みじめ》なものよ。あんな事じゃ生れる時が心配ですわ」
「そりゃ悪いね、困ったものだなア」と思案する。
平野に気のあるお磯は、白い眼で平野に睨《にら》みつけ、
「平野さんどうなさるの、お酒を上《あが》るのなら、二階へいらっしゃいよ」

と女将の前に遠慮もなく無愛想だ。女将はお磯の忠勤《まめ》やかに働くところから大抵の事は大目に見ておくのだ。でもあまり言葉が烈《はげ》しいので、

「磯ちゃん、少し気をつけて物をお云いよ」

「でも、座るんでもなければ、腰掛けるんでもなくポカンと立って物を云ってるんですもの」

「そう急がなくとも好いじゃないか。まアゆっくり登茂ちゃんの容態でも聞いてからにしよう」

とわざと腰を下す。

「エエ憎らしい」

と寄って背《せなか》を抓《つ》ねる。

「アア痛いッ」

と立って梯子段《はしご》を登る。

二十

二階へ追い上げられた平野《ひらの》は、座蒲団を持ってきたお時《とき》を捕えて揶揄《からか》っていると、やがて薄く塗った、お磯《いそ》の杓《しゃく》った顔が現われて、額の両側から角《つの》が出ないばかりの血走ったような目で、お時を睨《にら》みつけ、

「時ちゃん、そう暇を取ってお客さんの処《ところ》にいちゃ用が足りないよ。仕事が済んだらさっさと階下《した》へ降りなさいよ」

「イヤ、僕が少し用事があったから止めたんだよ」

と云訳《いいわけ》をする。垂れ下った目が釣って恐ろしい形相でお磯は、

「貴方《あなた》は女さえ見りゃベタベタくっ付きたがって、本《ほん》統《とう》に酷《ひど》くってよ」

とニヤニヤ笑っている平野の口の端を捻《つね》る。

「ア痛い、許してくれ、痛い、痛い」と叫ぶ。

お時はそこそこに階下へ降《お》る。お磯は跡を見送って、

「なんという図々《ずうずう》しい女だろう」

と平野の方へ向き直り、

「貴方、この間の証文は本統でしょうね」

「証文とは？」

と不審そうに云う。

「あれ白ばくれちゃ厭《いや》ですよ」

「イヤ、何のさ」

と真面目《まじめ》に、

「それ、夫婦約束の証文さ」

「その証文がどうしたというんだ」

「貴方がこの間お自分で書いて、実印まで押して下すったのじゃないの」

「エエ」

と驚いたが、一週間ばかり前のこと泥酔《どろよ》いに酔った平野は、どうした機会《はずみ》でお磯にこの証文を与えたのか、お磯の方で要求したのか、いずれにしてもそういわれてみると、薄々は知ってるような気がする。

「コイツは弱った事が出来《しゅったい》したわい」

と心の中では閉口したが、口へ出すが最後、この無鉄砲の杓子面《しゃくしづら》にどんな目に合わされるかと、それを恐れていわないのである。しかし実印を押したのは才人平野が一生の大失敗と、今更《いまさら》悔んでも及ばない。

「驚くにゃ当らないじゃありませんか、私も承知の上

で頂いたのですものねえ、貴方」

　と甘ったれて、下った目がトロリとして、紅粉《おしろい》が杓子面の小皺《こじわ》を埋めているのをじっと見た平野は、

「いよいよ困ったわい、飛んだ外交官夫人が出来たものだ」

　と溜息をしながら、再び心の中で思い返した。処へいつ見ても愛くるしいお時の手でお酒とおさかなとが

運ばれる。

「さア」

　と平野の膝へ臂《ひじ》をもたせて、

「今夜はお祝儀《しゅうぎ》のつもりでお上《あが》りなさいよ」

　と、差出された杯《さかずき》も取る気にはなれない。あまり忌々《いまいま》しくなって、平野は痛くもない膝を、

「痛いッ」

　といって、臂を払い除けると杯が飛んで粉々となる。お磯は不意を喰《くら》って不仕駄《ふしだ》らに倒れた。お磯は起き直りながら、

「オヤ、痛かったら御免なさいよ」

　と再びも一つの杯を取って出す。

「ウム」

　と首肯《うなず》いて杯を取って、

「今日は気持が悪いからあまり呑みたくない」

「まア、そう仰有《おっしゃ》らずに召し上れな」

「森山《もりやま》の方からはどうして便りが無いんだろう」

　と素知らぬ振りで話を転ずる。

「どうしてだか知らないけれども、随分薄情な人だわねえ」

　と恨めしそうに云う。

二十一

「登茂《とも》ちゃんの方ではどう思ってるんだい」

と胸に一物《いちもつ》ある平野《ひらの》は何気なく尋ねた。

「登茂ちゃんはそりゃ熱心だわ。お医者が今日も来て肋膜《ろくまく》が悪いから、あまり心配しないようにと云ったんですが、側《はた》からいくら云ったっても駄目ですわ。本人が夢中なんですもの、登茂ちゃんばっかり男嫌いだと思っていたら人の知らない中《うち》に小児《こども》まで拵《こしら》えるんですもの、全く女ってものは判《わか》らないものだわねえ」

「そうさ、世の中で水と女は喰えない物と定《き》まってるさ」

「何故?」

「水は喰えないじゃないか。器によってはどんな形にでもなるのは丁度女が男によって違って行くと同じさ」

「でも氷は喰えるじゃありませんか」

「一層氷のように形体《かたち》が知れてれば喰う事も出来るんだ」

「お前なんぞは、あまり惜しくて食えないよ。で女将《おかみ》はどういってるんだい」

「女将さんは初めは森山《もりやま》さんを信用していたけれども、今度のことで怒ってしまったわ」

「そりゃ当り前さ。娘を傷物《きずもの》にして姿を暗《くら》まされちゃ、誰だって怒るのは当り前だよ」

「まさか、姿を暗ましたというじゃないでしょうけれども」

「イヤ、姿を暗ましたんだよ、一体あいつは腹黒い奴だよ」

「イイエ、そんな人じゃないわ」

「そりゃお前が知らないからだよ」

「憚りながら貴方《あなた》よりはよく知ってますよ」

「そうか、実はそのことで今日村瀬《むらせ》から手紙があったから相談しようと思って来たんだ」

「そりゃまた、どんな事」

「森山は実際、日本へ逃げたんだよ」

「虚言《うそ》ばっかりいって」

「本統《ほんとう》だ、村瀬からこんな手紙が来てるんだ」

と隠しの中から手紙のようなものを取り出す。これは平野が村瀬に森山を中傷させた芝居の筋なのだ。

「どれ読んでみて下さいな」

「読まなくとも訳を言えば判るんだ。モスコーへ行くといって、虚《うそ》をついて日本へ帰ったが、全く一時の出来心から登茂ちゃんを難《ひど》い目に合わして済まない。いずれこの世では添われぬ縁と断念《あきら》めて恨んでくれるな

というんだ」

「まア、随分酷《ひど》い人だわねえなんという人でしょう。よし女将さんにそういうてきてやるから」

　と立ちかかるを止めて、

「まだ、話すことがあるから待っておれ」

　と座に服させ、もう一枚の手紙を開いて、

「それから、村瀬が寄越《よこ》したのには森山は日本に許嫁《いいなずけ》があって、それと露国《ろこく》から帰るや否や、結婚することに定《き》まってあったんだって、目下手に手を携えて熱海へ行ってるそうだ」

「まあ、何という奴だろう」

　と、お磯《いそ》は歯がみをして口惜《くや》しがった。無論この出《で》鱈《たら》目《め》の虚構《うそ》は、芝居が出来るような筋になっているには違いないが、ただ一つ事実がここにあるというのは、森山の秀才を認めた××参謀長は心ひそかに我娘を嫁《か》せしめんとしたのは事実だった。しかし当人同士は全く知らないことであった。

二十二

森山《もりやま》は西比利亜《シベリア》鉄道へ乗って、ハルビンで満韓《まんかん》鉄道と乗換え、仁川《じんせん》から汽船で門司《もじ》に向って、ようやく懐しい日本の土地を踏んだのは、丁度ペテルスブルグを出て一ケ月の後《あと》であった。

新橋から人力車で、麹町は永田町なる〇〇参謀長の邸宅へと急いだ。今朝汽車の中で、少し頭痛を催した故か、発熱の気味があるようだったが別にさしたる事もなさそうだ。長途の旅で、日に焼けた上に心持《こころもち》憔悴《しょうすい》して痩《や》せたかと思わるる体へ、久し振りで纏《まと》うた、海軍少尉の正服もきりりっとしまって、着心地がよい。

十月昼過ぎの暖い日光は、眩《まぶ》しそうに希望と喜びに満ちた、車上の森山を照らして、身に纏う黒羅紗《くろらしゃ》の正服が鮮かで目深《まぶか》に頂いた、帽子の銙《かざり》の紋章が燦《さん》として輝いている。高く澄み渡った空に、江戸時代の遺物を思わせる、何かで見た昔の画《え》にあるような家根株《やねかぶ》の甍《いらか》が列をなしておる。通へ出ると織るような人馬、円《まる》い擬宝珠《ぎぼうしゅ》の付《つい》た石畳の橋、軒に掲げられた家々の暖簾《のれん》、目に映ずるものことごとく森山には一層の懐《なつかし》みを以《もっ》て見らるる。

さほど広くはないが、広漠とした感じがする日比谷の原へ出ると宮城《きゅうじょう》の老松《おいまつ》が静かに緑の水を湛《たた》えた、濠《ほり》に映じて太平の象を現わしている。と見れば治まる御《み》代《よ》の恩沢《おんたく》を身にしみじみと感じて思わず襟《えり》を正して知らず知らず目礼されるのである。桜田門に維新の追懐《ついかい》を繰り返し、三宅坂《みやけざか》へ来るとどこからともなく木犀《もくせい》の香りが四辺《あたり》の澄んだ空気に漲《みなぎ》っている。これも忘れられない日本の秋の気持の一つだ。と四辺の事々物々から来る刺戟《しげき》を心に味《あじわ》いながら、車は参謀長邸の門に這《は》入《い》る。両側に植えられた檜葉《ひば》の木が日光を遮って薄暗い小石道を歩いて、内玄関口から這入ると中肉中背で顔の細面《ほそおもて》な懐しい夫人の笑顔が現われた。

三年逢わない中《うち》に、年を取られたと思うほど、顔に皺《しわ》を刻んでおった。

「オオ吉村《よしむら》か、よく帰って来られた」

と佐賀県の訛《なま》りがある透る声、夫人は嬉《うれ》し涙を流して喜ばれた。

「ハア、閣下から、急な電報で帰って参りました」

森山は兵学校当時から、この夫人に身の廻り一切から世話になって、今では男の子のない夫人は息子に対するような仁慈《じんじ》で森山を世話して、森山の方でも先輩に対する態度は崩さないが、自然我儘《わがまま》に振舞って叱られたことも度々《たびたび》あった位、懐《なつ》いているのだ。

「あっちの方は寒いということだから心配しておったが、別に病《わずらい》もしなかったの」

と、中将の部屋に通ずる廊下を歩きながら夫人が云う。

「ハア、相変らず達者でした」

「こっちにおった時から見ると、少し痩せたようだが……」

と森山の顔をじっと見る目には、まだ先刻の嬉し涙の跡が残っている。

「今朝、汽車の中で少し寒気《さむけ》がしましたがもうなんともありません」

といった時丁度、離れになっている中将の書斎と、家族の部屋とへかかっている、小さな欄干《らんかん》の付いた木橋を渡った時である。橋の両方は夫人や令嬢が運動に造《こし》らえた花壇になっていつも四季の花が絶えたことはない。右はかなり広く、塀の中の囲《まわ》りに檜《ひのき》、杉、檜葉、青桐《あおぎり》等の雑木が植えられて、日除《ひよけ》をした花壇には大輪《たいりん》の菊が見事に咲き誇っておる。

二十三

「オオ、吉村《よしむら》か」

と執務中の中将は、椅子を離れて中央に置かれたテーブルの傍《そば》まで、重々しい調子でその大躯《たいく》を運ばれ森山《もりやま》を迎えた。歩み方といい物の云いようまでも森山のそれに似ているのは、中将の感化がこれ等《ら》の後進に及んでいるのであろう。白銀《しろがね》のような頭髪を短く刈って、白い眉の奥から輝く目、鼻筋の通った、固く結ばれて容易に開きそうもない口、ささくれ立った口髭一つ一つ取って見たなら、白髪《しらが》の閻魔《えんま》が出来上りそうだが、一体として見ると、質朴な田舎爺の類である。身には細かい紺飛白《こんがすり》の羽織と着物と同じなのを着けて、両肩の張って大きな身体《からだ》を椅子にそらしてゆったり構えているのを見ると、犯し難い中にも温容と威厳をそなえている。当年五十八、森山は挨拶を了《おわ》って腰を下したが、さほどでもなかった頭痛と悪寒《さむけ》とを感じて、目が眩《くら》むような気がするが、強《しい》て姿勢を正しておった。

「急な電報でさぞ驚いたろう。別段深い子細があった訳ではないのじゃが、この間あちらの領事館におった、村瀬《むらせ》とか云う人が尋ねて来られて、お前の話なぞを聞いてみた」

ちょっと森山の顔を見て、

「政略上種々《いろいろ》なこともやったようじゃがお前もまだ思慮の深いとはいえない年じゃから、万一《もし》や、その政略が目的に宿換《やどか》えするようなことでもあればそれこそ恥を末代に残さなければならぬ。侮《あなどり》も生ずるし、未来の多い、お前のためには無論悪い、私としてもそういう危険のことは許されないのじゃ」

「それは」

と森山がいおうとすると言葉を遮って、

「イヤ、お前からその事についての話は聞かん方が双方のためじゃからいう必要はない。ただこの際自分を反省すればよい」

といい放った言葉は森山をして再びいわしめなかった。

「で多くの今の若い軍人達はナアニ国家のためだ。いかなる危険も何んのそのという気概のある人が多い。

それは誠に喜ぶべき気概じゃ。そして我々軍人が一刻も忘れてはならぬ心持《こころもち》じゃが何《な》にも国家のためにしようとする処《ところ》には、必ず危険ばかりが横《よこた》わっていると決ってる訳ではない。国家のためじゃからと云うて他にその事を仕遂げるに、安心な簡便な場所があるにもかかわらず、殊更《ことさ》らに危険な難渋な場所に立って、その身を滅ぼすという輩《やから》は国家のため死んだ名誉の軍人じゃない。危険と勝負をして死んだ、哀《あわれ》むべき思慮のない奴といわなければならぬ。何にも戦《いくさ》に限った訳ではない。身を持ち崩すということも、やがて精神的に死んだ奴のことじゃ」

諄々《じゅんじゅん》として解《と》かるる中将の言葉に森山は胸に釘打たるる思いで傾聴しておったが、発熱の気味が加わって堪えられないほどであった。

開き戸があいて、令嬢武子《たけこ》が紅茶を入れて、恭々《うやうや》しく持って来た。

夫人に似た面長な、色白く中肉である、目が父に似て少し険《けわ》しいのとどことなく憂愁を帯びた、顔形《かおがた》は十九と見えない年取ったところがある。銘仙《めいせん》の大きな形の矢飛白に、真赤《まっか》な牡丹《ぼたん》の模様あるメリンスの帯をしめ、頭は白のたけながに桃割れ、森山に軽く会釈して茶器を森山の前に置く落付《おちつ》いた態度や、顔の表情はどうしてもこの若い身装《みなり》に釣合っていないような気がする。

二十四

森山《もりやま》の顔色が蒼醒《あおざ》めて、土色を帯び汗さえ額へ沁み出ているのを見た中将は、

「お前、どこか悪るいんか？」

「ハア、今朝汽車の中で風邪を引いたようですが、別段何《な》んともありません」と我慢する。

「イヤ、そりゃいかん、話はまた明日にでも譲って、今日は休むがよかろう」

「イヤ、差支《さしつか》えはありません」

「いかん、明日は公務で忙しい身体《からだ》じゃ早く休むがいい」

いわるるままに森山は書斎を退いた。

夫人は武子《たけこ》と共に新たに家庭の人となった森山のために庭に面した茶の間の隣りの一室を開《あけ》て、道具を運んだり掃除をしたりしておられる。森山が顔色をなくして這入《はい》って来たのに驚いて、

「どうかしたの？」

「ハア、風邪を引いて熱が出ましたものですから」

「そりゃ、いけないねえ」

と遽《にわ》かに医者を迎えにやったり、蒲団《ふとん》を運ばせたり、氷嚢《ひょうのう》の用意やら万事に夫人の隔てない親切に、森山は思わず感謝の涙を流した。

床へ倒れるように這入って、寝《しん》に就《つ》いたが悪寒《おかん》が襲うて落付《おちつい》て眠られない。と突然中将の部下に対する厳格で博愛なこの夫人の仁慈《なさけ》深い心などが、魘《うな》されるように頭に浮ぶ。追々神経の疲労《つかれ》で眠るともなく眠ったと思うと揺り起される、といつしか頭の上へ氷嚢が載《のせ》られておった。室中のもの総《すべ》てが青く黄《きば》んだような色を帯《おび》て頭が破《わ》れそうだ。そして脈《みゃく》をみている医者の横顔が小さくなったり、大きくなったりして見ゆる。やがて医者が流行性感冒なる事を告げた。武子を残して夫人は立去った。

武子は自分を残して立去った母の心が解《わか》らなかった。自分は常に母から訓戒される。男女七歳にして席を同じうせず、という金言がかつ従弟《いとこ》なる同じ年の正雄《まさお》とさえ言葉を交《まじ》ゆることを禁じたことを思い。しかも今一室に若い男女を残して立去ったこととの間に起る矛

盾を解《と》くに苦しんだ。そして仰向いて寝ている森山を何んなく恐いような気持ちで見やった。であるから母が嬉《うれ》し涙を流して森山を迎えたほど嬉しくなく、また厭《いや》な人だとも思わない。ただかつて兵学校時代、家におった真面目《まじめ》な立派な青年だという事だけは、武子の心に刻まれておった。

秋の日光が真白《まっしろ》く障子に映じて、庭の樹々には法師蝉が鳴いて、残り少なに秋を知らせるように時々白く照った。障子に赤蜻蛉《あかとんぼ》がつつと黒い影を残して飛んで行く、静かな一室は清冷と幽静との気に満ち満ちておる。

森山は時々襲われるように、身悶えして唸《うめ》きをさえ発する。再び安静に返った時に頭へ上げられた氷嚢は強い脈拍《みゃくはく》のためにビクビク鼓動を打っておった。

二十五

森山《もりやま》はうなされる度毎《たびごと》に目を開いてみたが、身の四辺《まわり》の物が覆《くつがえ》されるように動いて目が眩《くら》むと、今度は水車《みずぐるま》に縛りつけられたようにくるくる廻《まわ》される、そして四辺《あたり》は全く真暗《まっくら》な闇となってしまう。

と追々消えて薄れ行く暗《やみ》の中から銀のような雨が静かに降っておるのを認めると、暗の中から張り裂けるような女の悲鳴が聞える。ハッと思うて声する方をキッと睨《にら》んで伺うと、逃げ迫る女を追掛《おっか》けるような気息《はい》、やがて近づくと女は登茂子《ともこ》であった。

「オッ、お前かい」

「貴方《あなた》、早く、平野《ひらの》さんと、村瀬《むらせ》さんが追掛けて来ますから」

と薄暗《うすやみ》の中を指したが、最前の人影は消えていない。ただ春雨のような細い雨がシトシト降っておる。登茂子はようやく安心した体《てい》で、取り乱した身装《みなり》を繕《つくろ》い痩《や》せ細った手で蒼醒《あおざめ》た顔に乱れかかる黒い頭髪《かみ》を掻き上げた。右のうなだれた手には森山が露西亜《ロシア》を立つとき残してきた鮫鞘《さめざや》の短刀を握っておった。

「どうしてここへ来たのか」

登茂子は低い声でしばらくすすり泣いておったが、肉が落ちてやつれ果てた、涙に濡れた顔を上げて、

「貴下《あなた》は本統《ほんとう》に私を愛して下さるのですか」

「まだそんな水臭いことをいうておるのか」

「イイエ、水臭いのは貴方のことです」

「何故」

「あんな淋しい、露西亜へ私を独《ひと》りぼっち置去りにして、逃げておしまいなさるんですもの。私もう、私……」

と再びせき来る涙に言葉は遮られる。

「そりゃ、お前の邪推だよ、決して僕にはそんな心持《こころもち》は微塵《みじん》もないのだから」

「それじゃ、どうして黙って出てしまいなすったの?」

「そりゃ……」

と言葉がつかえる。

「さア、どうしてです」

「お前も少しは私の心持を察しておくれよ」

「私は察するほど、水臭くはないのです貴方の前には身も魂も、献げてしまったのですから、貴方は察しられるほど、心持を私に隠していらっしゃるのです」
「イヤ、そんなことはあるものか」
「それじゃ、その心持を打明《うちあけ》て下さい」
「困るなア……」

「どうしても貴方は私を欺《だま》したんですねえ」

と恨めしげに、当惑した森山を見上げる。

「決して私は虚言《うそ》はいわない。ただその事ばかりは打明けられないのだから……」

「打明けられないほど、私は貴方に信用がなかったのですわ」

と淋しげに萎《しお》れる。

「登茂ちゃん、そんな事を云うてくれるな。私はお前を残して来る時だっても随分その事に苦しんだのだ。一層お前を連れて帰って一緒に暮そうかとも思ったが、私はどうしても、そうなれない事情が私の身体《からだ》につき纏《まと》うておったのだから、蔭では済まない済まないと思いながら、お前を残して帰った訳なんだから、決してお前の心を疑うなんていう事はないのだ。ねえ登茂ちゃんやっぱりお前と一緒にいる時が一番好いんだ」

「私もう絶念《あきら》めましたわ。今そんな事を仰有《おっしゃ》っても、また捨てられる事があるかと思えば、もう一時《じ》の苦しみを忍んでも淋しい独りぼっちの方がいいわ」と固い決心の色が見えた。

二十六

「登茂《とも》ちゃん、そんなことをいわないで、また仲よくして、ロシアにいたときのことでも話そうよ」

「もう、あの時のことは皆《みな》夢ですわ。夢の中で森山《もりやま》という、親切な恋人と互《たがい》に思い合ったことを考えて、私一人で暮しますわ」

「そんな、敢果《はか》ないことを思ったところで仕様がないよ。覚めたらやはり淋しいじゃないか」

「イイエ、私には無駄でありませんわ。その夢の寝醒めを思わせるものが、この通り私の肌から離れないんですもの……」

とキラリと抜き放った短刀は、薄暗を縫うて電光のように閃《ひら》めく。

「これが、私の楽しい夢の世界と、厭《いや》な浮世を隔てる大戸の鍵ですわ。アア一層夢の世界へ行きましょう」

とアワヤ咽喉下《のどもと》に突き込まんとする危機一髪、

「これ登茂子《ともこ》何をする」

と短刀の腕をしっかり押えると、女の力は敵し兼ねて短刀を落す。森山が奪い取る隙に登茂子は一散《さん》に駆出す。森山は一生懸命で追い駆けて、あわや追付こうとするが二三歩にしてどうしても追い付くことが出来ない。

「オイ、待ってくれッ」

と叫んで後を追う。やがて達したのは峨々《がが》として聳《そび》ゆる断崖の上である。深淵から濛々《もうもう》と立ち上る霧は四面を閉《とざ》して、底の知れぬ恐ろしさを秘《ひそ》めているように思われる。見渡す限り果《はて》しのない白雪の大平野は、茫《ぼう》漠《ばく》として遠く遠く無限に走っている。

「アレ――」

と長く叫ぶ。身をこの淵に投じた登茂子の姿は、たちまちの中《うち》に掻き消されるように霧に呑まれてしまった。

「アッ」

と思う間も登茂子の後に飛び込まんとあせった、森山は背後に己れの名を呼んだものがある。と身は何者にかしっかり抱き止められた。と中将が森山の汗ばんだ身体《からだ》を抱き起したのであった。周囲には夫人と武子が驚いたという風に瞳をこらして、覗《のぞ》くように森山の様子を伺っておった。

「オイ、どうしたんかい」

と力ある破《わ》れ鐘《がね》のような響《ひびき》、ようやく正気づいた森山の顔をじっと見て、

「夢でも見たんか」

「ハイ、どうも恐れ入りました」

「ウム、大分ひどい熱じゃ」

と額に手を宛てて、汗ばんだ身体を夫人に拭わせる。

「どうしたというんです。あまり大きな声をして叫ぶものだから、武子も驚いて私の処《ところ》へ告げにきたのです。まあこの汗のひどい事」

と、絞るようになった手拭を側《そば》へ置きながら、

「でも先刻《さっき》から見ると大変熱がなくなったようです。ねえ武《たけ》ちゃん」

武子《たけこ》はうなずいた。

森山は面目なさそうな様子で、再び床の上に力なく横《よこた》わって、

「どうも飛んだ御心配をかけました」

「ウム、せっかく、治療せんといかん。お互いに自分の身体であって、また国家の身体である。身体強壮にする事も、やがて君に対して忠、国に対して義務を果すという事になるのじゃ」

と常に部下を愛する心掛けは、中将のくどい位に聞ゆる訓戒によって伺われる。

二十七

例《いつ》もお磯《いそ》の疳高《かんだか》い声や、女共の笑いさざめく声で賑《にぎや》かされる日本亭も今日は朝から物の響《ひびき》もしないで寂寞《ひっそり》しておる。時に忙しそうに忍びやかな足歩《あしどり》で、ロシアの看護婦が廊下を往来している。そして女将《おかみ》の芳江《よしえ》が、血の気の失せた心配そうな顔で、茶の間の長火鉢に向って分娩具の用意をしながら小声で、

「磯ちゃん、まだ注射しているの?」

「エエ、でも何だか今朝から見ると元気づいておりますよ」

「そりゃ注射の精《せい》だよ」

お磯が平野《ひらの》から聞いた森山《もりやま》に関する総《すべ》てを登茂子《ともこ》に話した以来、登茂子の病勢は日に募《つの》って、昨夜は一時気絶までしたのだ。夜中に医者を呼ぶやら大騒ぎをしたがようやく正気付いたものの、病勢は一変して急性肋膜肺炎と化し、発熱して気も狂おしくなって、種々《いろいろ》な囈事《うわごと》を口走って悲しむやら、笑うやら叫ぶやら、こういう狂躁《きょうそう》な間でも絶えず森山の姓名だけは、訴えるように恨むように叫んでおった。が産気付いて腹部に痛みを覚えるようになって、二人の医者は昨夜から登茂子の枕辺に付ききりで病勢の変化を気遣っておるのである。

突然、廊下に慌《あわ》ただしい足音が聞えて茶の間へ飛び込んで来たのは下女である。

「女将さん、お登茂さんは――変ですよ」

と俯伏《うつぶ》して泣き出すのであった。

「エッ」

と夢中で登茂子の部屋へ駈込むと屏風《びょうぶ》を隔てて登茂子は仰向に臥《ね》かされておった。身体《からだ》は袷《あわせ》の上から骨の高低は明瞭に見分けが付くくらい。湿りが失せて落ち凹《くぼ》んだ両の瞳、現わに出た頬骨、艶の抜けた蒼白い色に真黒《まっくろ》な髪のもつれが物凄く覆われて、苦痛に苦痛を重ねた事が伺われる。僅か一ケ月の間に全く見違えるように、昔日の色香《いろか》は跡形もなく消え失せて、現今《いま》の登茂子は秋風に余命をつなぐ枯尾花《かれおばな》に等しいものである。年寄った白髪のドクトルは、その老眼鏡から気遣わしげに、懇《ねんごろ》な視線を時々病人の顔に注いで、注射を続けている。他の若い一人は熱心に科学者的態度で、死児の頭をギラギラと輝く鋏《はさみ》で産婦の苦悶に無頓着で、死児の頭と胴を切断して、母の体内から引出している。登茂子

は半意識の状態で、看護婦に抱かれて深い眠りに陥るように、スヤスヤとしたのかと思うと、物に恐れるような眼で四辺《あたり》を見廻したりしている。女将はもう堪《たま》りかねて、

「登茂ちゃん、しっかりおしよ」

と涙声を振り上げると、登茂子は声する方《かた》を捜すように顔を向けて、力なく僅かに瞳を開けて女将を見た。その瞬間の瞳は実に底知れぬ深淵の暗黒を思わせるほど、物凄く恐ろしいものであった。女将は身慄《みぶるい》して、

「気を確《たしか》に持っておくれよ、登茂ちゃん」

と再び叫んだが、不安の涙にせき敢《あえ》ずそこに伏転《ふしまろ》んで泣くのである。

が登茂子は聞えぬもののように、静かに凄惨の瞳を閉じながら、胸の鼓動は追々《おいおい》と衰えて行く。老ドクトルは突然注射を止めてしまったのである。一室は静寂な気に満ちて、誰れ一人物云うものもない。慈愛の化身とも見ゆる老ドクトルは、額に十字を切って、口の中で慎重に何か唱えている。

看護婦はと見れば、白看護服のまま首垂《うなだ》れてトラピストの尼のようにじっとして動かない。そうして病人の顔は、総て限りない平和と安心の表情を以《もっ》て永遠に眠ってしまったのであった。枕辺には小さい床《とこ》が二つ、一つの方は先きに生れ出《い》ずべき女児の頭と胴とバラバラになった死骸の側《かたわ》らに男子《おとこのこ》が天使《エンゼル》のようにスヤスヤと眠っているのであった。そして女将が登茂子の掛蒲団を取り除いた時に、登茂子が冷たい右の手に固く握られておったものを発見した。それは森山が形見に残した、星《ほし》の銘《めい》ある鮫鞘《さめざや》の短刀であった。

二十八

森山《もりやま》と登茂子《ともこ》との間に出来た、双児《ふたご》中女児は母親の死骸と一所に葬り、男子は芳江《よしえ》が登茂子との義理合いから養母となって育てる事となった。

名は平野《ひらの》と女将《おかみ》とが相談の上で浪雄《なみお》と名付け、姓は母親の林《はやし》と名乗らせる事とした。で子のない女将には浪雄の成長が何よりの楽《たのし》みであった。時々は森山に似た浪雄を思う時、薄情な森山を恨めしく感ずる時もあったが、生れながら両親の懐を知らぬ浪雄の哀れさ、不憐《いじらし》さと、無邪気な天真とが、女将をして一層の愛情を起させた。浪雄の方では女将を全くの母親とのみ思うて懐《なつ》いていたのだ。だから女将も行く行くは我子として、日本亭の跡を立てさせる心算《つもり》であった。しかるに丁度浪雄が五つの秋、女将がロスレッチに伴われて、商法上の都合で米国へ渡る事となった。で留守跡の総《すべ》ての全権をお磯《いそ》に托して、浪雄の事一切もお磯が後見人として面倒を見る事を許した。これはお磯がこれ等《ら》の重任を果すべき、才女であるからという訳からではない。ただ日本亭では比較的古顔で、家事上の事に馴れておるから全権を握らしたまでの事である。であるから金の出入《だしい》れやお客の招待《もてなし》などは、お手のものであったが、浪雄の養育、奉公人に対する自分の仕打ちなどは全く無茶で、それにヒステリー的な疳《かん》の強い妬《や》き餅焼きときておるから周囲《あたり》のものは溜《たま》らない。

「まア、宜《い》いやね、晩の御飯までにまだ四時間もあるから一服しなよ」

と大きな縞の結城紬《ゆうきつむぎ》の袷《あわせ》の肩を落して着て、仕駄《しだ》らなく細帯を前で結んだお磯が、奇麗《きれい》に磨き上げられた火鉢の前に立膝で茶壺の蓋を片手に持ってこういった。

「それじゃア一服させてもらいましょうか」

と襷《たすき》を外して座ったのは、去年日本からロシア人について渡って来たおろくという飯焚《めしたき》婆さんである。時《とき》ちゃんとはどうしても、私一緒におられやしない」

「気がくさくさして仕様がありゃしない。時ちゃんとはどうしても、私一緒におられやしない」

と真蒼《まっさお》な顔に、もう疳癪《かんしゃく》の青筋を立てておる。

「一体、平野の旦那《だんな》をどうしたと云うのです」

「どうしたも、こうしたもありゃしないのさ――」

急須《きゅうす》からお茶を灌《つ》いで、おろくの前に出す。

「どうも済みません」

「お互の恥だから、今までは黙っていたものの、あんまり馬鹿々々しくって物がいえない。あの平野が時ちゃんに現《うつつ》を抜かして昨夜《ゆうべ》もあんなことになったんさ」

「そりゃ、お前さん長い間《うち》には色んなこともありますさね。まさか平野の旦那がお前さんという人があるのにそんなことはありませんわね」

「一体ありゃ女に甘いんだよ。それにお時もお時だアね、人が黙ってりゃア好い気になってさ、甘い奴を見込んで色仕掛にかけて横取りしようというんさ。いくらお前甘いからって、私の亭主は亭主じゃないか、それを知らん振りして見ていりゃ、どこまでのさばるか、解《わか》りゃしないから、昨夜は二人を前に置いて、うんと膏《あぶら》を取ってやったら男の方から切れるというから、勝手にしろといってやったのさ」

「そりゃ本気じゃアないわ」

「いいえ、今までにだって、そんな事は幾度もあったんだよ。今度という今度こそ、もう本統《ほんとう》にこちらから愛想が尽きたからどうにでもなれと思ってるの」

と口では殊勝らしい事をいってはいるが、平野にはどこまでも未練を残しておって、憎いのはお時一人なのだ。それも別にお時と、平野とは疚《やま》しい間柄には成《な》っておらんが、平野の方から、お時に思召《おぼしめし》があるのは事実である。

二十九

「まあ、まあ、そんなことに気を揉《も》んだところで仕様がないさ。雨降って地固まるとかいってな、偶《たま》には喧《けん》嘩《か》もする方が、双方のためかも知れませんよ」

「ええそりゃお前、夫婦二人でどんな喧嘩をしようと、犬も喰わない事は判《わか》ってるさ。今度のことは間にお時《とき》が這入《はい》ってるだけに面倒なんだよ」

「何んだってお時さんもまた他に男がないじゃなし、此家《ここ》の取締をするお前さんいわば主人も同じな人の亭主にそんなことをするんだろう」

お世辞を混ぜての取入れに、お磯《いそ》の例の疳癪《かんしゃく》の火が煽《あお》られて、むかむかして眼尻の下った目が血走った。

「あんな畜生、ただでは置くもんか。此家《ここ》へ来るときから、散々《さんざん》ばらに厄介を掛けやがって、色の生白いのを鼻に掛けて恩を仇で返しやがるって、何んていう畜生だろう」

「真実《ほんと》にね、少しは考えなくちゃ」

「憚《はばか》りながら、こう見えても、日本の端から端まで蒼《あお》空《ぞら》を頭に掛けて苦労を仕抜いたあげく、ロシア三界《がい》まで飛んで来た私を耶蘇《やそ》教の僧侶《ぼうず》の尻べたへくっついて歩いてさ、上海《シャンハイ》辺で男に思われて、それもお時の方から云い出す意地がなくって愚図々々《ぐずぐず》してると、お前坊主がここへ来てからも、その男がベタベタしたものだから教《おしえ》の罪を犯したとかで、追い出されて行く処《ところ》がないので、女将《おかみ》さんに泣きついて来たんさ、そんな意《い》気《く》地《じ》なしとは全く訳が違うんだ」

「お前さんとお時さんとは比べ物になりゃしないさ。当時はどうして、顔ばかりじゃ売物になりゃしないからね」

「あの顔はあれで、お前人間面《つら》かッ。貧乏徳利へ目鼻をつけた方が、よほど人間らしいやね」

ここへ廊下から障子を開けて這入ってきたのは、今年七つになる浪雄《なみお》である。なるほど森山《もりやま》にも登茂子《ともこ》にも似通ったところのある顔形。

「鉛筆けずりを貸して頂戴な」

とお磯に向って云う言葉は、七つ位の小児《こども》としてはあまり落付《おちつ》き過ぎているようにも見られる。そしてお磯に対しては女将芳江《よしえ》に対するときのような懐かしみがない。顔が蒼白く身体《からだ》の格好は整頓して育ってはいるが、年に似合わず大人びて見える。

大きな縞の黄八丈《きはちじょう》の袷《あわせ》、登茂子のを小供《こども》の物に直したのであろうか、着古して一体に地が弱っている。あげ下へ手を入れてモジモジしながらお磯を気遣わしげに視《み》る。

「また鉛筆削りか、自分で形付《かたづけ》てお置きよ、お時がいるんだろう」

「ええ、時ちゃんにまた字を習ってるの」

「お時にねえ、子供に悪智恵を付けなくっても宜《い》いから、さっさと二階でも形付けろといっておくれ」

「でも、僕ア困るなア、母《かあ》ちゃんがお時に毎日字を習えってそういったんだもの」

「何んだろう、この子は生意気に『僕ア』もないもんだ。お時の奴の入智恵に違いない」

「阿母《おっか》さんが、お時のいうことを聞けていったよ」

「お時の云う事を聞いて私の云うことを聞くなと云ったかい。この頃は厭《いや》に口答《くちごたえ》をする事を覚えて、生意気になりやがって、これも皆んなあの阿魔《あま》の仕付けが悪いからだ」

「よう、鉛筆削りを貸してよ」

「五月蝿《うるさ》い、そんなものはありゃしないよ」

三十

浪雄《なみお》は女将《おかみ》が米国《べいこく》へ去《い》ってからは、同情のない子の愛という物を知らないお磯《いそ》の疳癪《かんしゃく》に小さい胸を痛めさせられる事がしばしばであった。往々《おうおう》お磯の気に喰わぬ時は擲《なぐ》られる事すらある。その時はいつもお時《とき》の温柔《やさ》しい慈《なさ》けの懐に孤子《みなしご》の頼りない心持ちを暖められておった。お時も慕われれば慕わるるほど可憐で哀れな浪雄を劬《いた》わるのである。またそうなればなるほど、お磯の妬《や》かずにおかれない性分《しょうぶん》の迫害がひどくなり優《まさ》るのであった。

「鉛筆削《えんぴつけずり》を貸してくれないんだもの」

と泣き出しそうな顔で帰って来た浪雄は、生前母が朝な夕なに友としておった黒柿の机の側《そば》へ立ったまま、憐《あわれ》を乞うような目でお時を眺めた。

「貸さなきゃ、貸さないでもようござんすよ。サア時ちゃんが捜して上げるから、ここへ座んなさいよ」

と心では意地悪いお磯の処置を憤って、少し長めな色白に肉つきのよい愛嬌のある顔に温和な素振りで反抗的に云い放った。

「磯ちゃんがねえ、時ちゃんの事を云ったから行かない方が好いよ」

と心配そうな顔で立ちかけたお時を止めた。浪雄はいつもお磯とお時が自分の事で何か争いをする度《たび》に、ハラハラしながら小さくなって心配するのが常であったから、そういう時はいつもそれと覚《さと》ってお時を止めるのであった。

お時は笑って、

「喧嘩《けんか》してくるわ、ホホホホ」

「お止《よ》しよ、磯ちゃんが怒って物を云ったら、黙っておれば何んにもしないよ」

となだめるように云った言葉は、お時の心にいじらしさを萌《きざ》して、思わず涙を呑んだ。

「本統《ほんとう》につまらないねえ」

と真面目《まじめ》になって、

「何かあるでしょうよ」

と部屋中を見廻す。浪雄も床の間に飾られた鮫鞘《さめざや》の短刀に目を注《つ》けて、

「アアあれが宜いや」

とやにわに立って持ってくる。

「あぶないから、お止しなさい」

と、お時が止めると、不審そうな面《かお》をして、

「何故、あぶないの」

「短刀や太刀《たち》はあぶないものとして平常《ふだん》に抜かないのよ」

「それじゃ、いつ抜くの」

「人を斬る時に……戦争をする時だわ」

「厭《いや》だねえ、それじゃこの短刀でも人を斬った事があるのかしら」

「エー、そりゃあったでしょうよ」

「家《うち》でも誰れかこの刀を持って戦《いくさ》に行ったの」

「どうかしら」

「誰れが持った刀だろう」

「それは浪ちゃんのお父さんがお母さんへやったの」

「何故？」

「お父さんが日本へ帰る時に筐《かたみ》に置いて行ったのよ」

「僕のお父さん、死んだんじゃないの？」

と不審な顔つき。

「イイエ、まだ日本にいますわ」

「お母さんは亜米利加《アメリカ》へ行ったんだろう」

「イイエ、あれは浪ちゃんの叔母さんで、母さんは浪ちゃんを生んで死んだの」

「じゃア、僕はお母さんが無いんだねえ」

「でも、叔母さんはお母さんのようでしょう」

「ウム、何故お母さんでないんだろう、早く帰って来るといいなア、僕は磯ちゃんは嫌いだ時ちゃんは……」

「…………」

「僕あ大嫌いだ」

障子を開けて血相変えて両人《ふたり》を睨《にら》んだのは、今までこれを立ち聞きしておったお磯である。

三十一

「浪《なみ》ちゃんもう一度云ってごらん」

と今にも飛び掛からん勢凄《いきおい》まじく詰寄った。この勢に身も世もあらずお時《とき》に縋《すが》り付いて、

「御免なさい、御免なさい」

と浪雄は泣き叫ぶのであった。

「この子は大きい声さえ立てりゃ、許されると思ってるんだよ。本統《ほんとう》に悪怜悧《わるがしこ》くばかりなって何《な》んと云ったんだよもう一度云ってごらんてば、いわないの！」

と意地悪く責めながら、兎《うさぎ》のようにお時の袂《たもと》の下へ頭を突込んで、小さくなって泣いてる浪雄の襟元を摑《つか》んで、

「お座りよ、泣いていちゃ解《わか》らないから」

と強く引き据えた。

「御免なさい」

と再び悲鳴を揚げる。

「やかましいッたら」

疳《かん》高い黄いろい声を張り上げて頭を一つ喰《くら》わす。お時は見兼ねてお磯《いそ》を引き放そうとすると、お磯が力に任せて払い退けてお時の倒れた暇《ひま》に、

「この口で云ったのか」

と憎く憎くしげに云って、浪雄の口の端を思うさま捻《ひね》り上げた。

「アー痛い」

と泣き叫ぶのを尻目に掛けて、

「つめったんだもの、痛いのが当りまえさ」

お時は起き上りさま、お磯に飛付いて、

「何をするの姉さん」

とじっとお磯を睨《にら》んだ。

「何をしようと大きなお世話だよ、お前さんなどの知った事じゃない。私が預かった子だから私が仕置《しおき》をするのに何も不思議がないじゃないか」

「でも六つや七つの子供じゃアありませんか」

浪雄の不愍《ふびん》さと、呆れるほどお磯の心悪《こころにく》さとがお時の心で縺《もつ》れ合って、口惜しい哀れな心持ちになって、云い知れぬ悲みが込み上げてきた。

「六つや、七つの子供を仕置されるような悪智恵を誰れが付けたの、よく考えてみるが好いや」

「もう、何もかも私が悪いんだから許して下さい。浪

ちゃんを仕置にする事だけは、よう姉さん」

と縋るように泣いて頼んだ。

「フン、そんなお芝居は見たくないよ大概にして止《よ》しておくれよ。黙っておりゃ好い気になって」

と日頃のお時に対する復讐の心持ちと、憎《にくし》みの心持

ちが一時に発してこの時なりと云わぬばかりに、毒舌を吐いたのである。

「それに今聞いていると、お前は浪ちゃんに両親の事を話して聞かせたようだが、ありゃアお女将《かみ》さんが立つ時、私にくれぐれも浪雄に両親の話だけは聞かせてくれるなと、頼んで行ったんだよ。それを知った振りしてベラベラ饒舌《しゃべ》るものだから、私の常からの心掛けも何んにもなりゃしない。もう私お女将さんが帰って来ても顔を合せる事が出来ないじゃアないか、お前のような人がおられると、浪ちゃんが日増に悪くなるばかりだし、私がこれじゃア続きやアしないからお前が出て行くとも私が浪ちゃんと出て行くとも二ツ一ツを決めなきゃアならんよ」

と饒舌り続けているところへ、おろくが来て、

「平野《ひらの》さんの使いの人を待たせてありますがどうしますか」

と中腰になって云う。

「ここへ通しておくれ」

といって再び憎々しさに堪《た》えぬもののようにお時を眺める。

三十二

「何を愚図々々《ぐずぐず》してるんだよ、お客さんが来るんだから、早くあちらへ行っておくれよ」

追い立てられて廊下へ出たお時《とき》は、しばらく縁側の柱に寄りかかって、じっと自分の来し方、行末のことを考えていると、浪雄《なみお》が後《うしろ》の方から窃《ひそ》かに、

「時ちゃん、どこへも行っちゃ厭《いや》だよ」

と愛くるしい瞳をお時に注ぐ。

「おー、浪ちゃん可愛そうに、女将《おかみ》さんが帰って来るまで辛抱なさいよ」

とお時は再び急に胸が迫って、浪雄を抱いて泣いた。

「僕アなんとも無いから、時ちゃんはどこへも行っちゃア厭だよ」

と心配する。お時は涙を袖で拭いてわざと笑い顔をして、

「浪ちゃんを置いてどこへも行くものですか」

「本統《ほんとう》に僕、時ちゃんがいないと淋しいんだもの」

「時ちゃんだって、浪ちゃんがいないと淋しいわ」

と慰める。

「嬉《うれ》しいなア、また寝る時にキリスト様のお話しをして頂戴な」

といつもの機嫌に返ってしまった。そして浪雄は毎晩寝る前に、お時から聖書の話しを聞く事を唯一の楽《たのし》みとしておったのであった。

「エエ、何んぼでもして上げてよ。昨夜《ゆうべ》はどんな処《ところ》でしたの」

「ウム、ヨブと云う人の話しだった。ほらヨブが石で擲《たた》かれたときのさ」

「そうそう悪魔のために迫害《いじめ》られる処だわねエ」

「時ちゃん、ヨブは豪《えら》いんだろう」

「エエ、豪くってよ」

「僕も磯《いそ》ちゃんに非度《ひど》い目に逢ってる時でも、神様は側《そば》にいて下さるだろうか」

「どんな処にいる時でも、必《きっ》といて見守って下さるから、決して恐くはないことよ」

「では日本へ行ってもかい」

「エエエエ世界のどこへ行っても」

「僕ア、日本へ行ってみたくなったなア」

「今に豪くなって行ってご覧なさい」

「時ちゃんも行かなきゃ嫌だ」

「私も行ってよ、そりゃ日本は暖くって好《い》いお国よ」

「そうそう、セントピーターのお寺の庭にある花が沢山咲いて綺麗だって、時ちゃんそう云ったねエ」

「ええ、桜が沢山咲いて、そりゃあ綺麗よ」

「好いなア、僕ア行ってお父さんに逢うんだ。お父さんの処へ時ちゃんも行こうねエ」

「ええ、行きますよ」

訳もない浪雄の話しに釣り込まれてお時は話しているのであった。

「お父さんはどんな人かしら」

「そりゃ立派な人よ」

「どんなに立派なの」

「海軍の軍人で体躯《からだ》の大きい人よ」

「大将じゃアないか」

「エエ、大将とは違うけれども、大将になれる人よ」

「何故、大将にならないんだろう」

「いまに段々になって行くの」

「森山《もりやま》と云う人よ」

「可笑《おか》しいなア、森山なんて、林《はやし》の方が宜《い》いや」

「林というのは阿母《おっか》さんの苗字よ」

「そう、阿母さんが生きていると好いんがなア」

と急に沈んでしまう。この時お磯の声で時ちゃん時ちゃんと叫ぶのであった。

三十三

翌《あ》くる日、一日はお磯《いそ》の前日に増して不機嫌な日であった。平野《ひらの》から五百円の手切金を取って、綺麗《きれい》に別れてしまったというのは表面《うわべ》で、心の底ではどうしても未練が残って堪えられないほどであった。もしもお時《とき》にでも平野が取られたら、生きておられないほど口《く》惜《やし》い思いをせなければならぬ。どうしてもお時を追い出した方が、万事に都合がよいのであるからその日の中《うち》にお時に因果を含めて追い出す事に定《き》めてしまい、お時も到底自分がおっては円満が望まれないという事を覚って自分も出る事に決めた。けども浪雄《なみお》の一事があるので、そういわれて思い切ってはみたものの、どうしても心残りがして躊躇《ためら》ったが、自分が出た方がかえってお磯の浪雄に対する感情も和《やわら》げられる事であろうし、と思えばかえって両親の得策であると思い返して浪雄に知れぬように荷物を作って、夜の八時頃暇乞《いとまごい》かたがた素知らぬ振りで浪雄の室《へや》へ行った。

浪雄はもう夜具に抱《くる》まって、時ちゃんが来る頃だのにと、寝られぬ目をパチパチさせながら種《いろ》んな事を思い悩んでおった。昨日の恐ろしい喧嘩《けんか》騒ぎの前後に聞いた、新しい自分の両親の事あるいは美しい日本の事など、それからそれと走馬灯《そうまとう》のように思いを走らせるのである。と床の間に飾ってある、父が持ったという短刀が無性に懐かしいような気がして、思わず飛び起きてそっと手で触れてみたり、柄を握ってみたりしている。そして羽でも生えて日本へ飛んで行きたい心持ちになる。こんな風にこの頃は、生れぬ先きから、縁のあるまだ見ぬ日本、まだ見ぬ父の事が深い深い印象となって浪雄の心から離れないのである。

「浪ちゃん、まだ寝ないの」

と落付《おちつ》いた様子をして、お時が這入《はい》ってきた。

「時ちゃん早くお話をして頂戴な」

「今日は忙しいから話しはお止めにしましょう。眠るまで、私が付てて上げるから早く寝んねしなさいよ」

「また明日の晩にねエ」

と云ったが、明日の晩はもうこの家の人でない。どこの空で浪雄を懐かしむ人となるやらと思えば、もう

涙が胸に迫ってくる。

「じゃア僕眠るよ」

「まだ好いわ」

「でも忙しいなら、また磯ちゃんに叱られるんだろう」

「イイエ、大丈夫よ」

と云って重ねて、

「浪ちゃん」

と云った言葉は力があって、妙に整った調子を帯びておった。

「何アに」

と驚いて目を見張る。

「何んでもないのよ。ただ私、浪ちゃんが勉強するから、お本を上げようと思って」

と袂《たもと》から取り出《い》だしたのは、かなり古くなった新旧《しんきゅう》約全書《やくぜんしょ》である。

「これは浪ちゃんにはまだ読めないでしょうが、基督《キリスト》様のお話が沢山書いてあるお本よ。よく勉強したお褒《ほう》美《び》に上げるわ、この後《のち》も勉強して豪《えら》くなるように神様にお願いしますからね」

「時ちゃんどこかへ行くの」

「どこへも行かないけれども――」

「僕はア時ちゃんがいないと、死んでもここにいたくないよ」

「大丈夫、どこへ行くものですか、さア寝んねしましょうよ」

「何故、僕のお父さんは帰ってこないんだろうなア。帰ってくると、僕ア毎日お父さんの側《そば》で時ちゃんと安心してお話が出来るんだのになア」

と心のままにならぬ今の自分の境遇を思い廻《めぐ》らして、あらぬ事に胸を痛めるのであった。

お時はせき来る涙を隠して、

「そんな事を心配せずに、さア寝んねしましょう」

と例のように子守唄を、綺麗な透る声で歌ってやる。しばらくすると浪雄は知らず知らずスヤスヤと寝に就《つ》いた。無邪気な寝顔を見るにつけ、別れ際のお時の心は千万無量の思いである。追々時が立つに従って、浪雄を見残《みのこ》さなければならぬ時がくる悲しさに慄《ふるい》を帯びて、果ては浪雄の上に泣き伏した。

「アーア、この先、どこで逢えるのやら」

と微《かす》かに口の中でいって、忍びやかに出《い》で去った。後は静寂な室にランプの影暗く、浪雄の寝顔を照らして小さい鼾《いびき》の声のみ微かであった。

三十四

世間は二十年間の星霜《としつき》を重ねた中《うち》に種々《いろいろ》の変化を惹起《ひきおこ》した。支那と日本が戦争して、東洋の一角に日本と云う独立国があるということを世界の人に認めさせたのも、この間の事件の一つであった。それと同時にこの物語りの小天地に、少なくとも世界の人が日本国を認めた程度《ほど》に、森山《もりやま》の吉村次郎《よしむらじろう》が参謀総長の愛嬢武《たけ》子《こ》と結婚をしたという事実を読者諸君に認めてもらわなければならぬ。丁度吉村が露西亜《ロシア》から帰朝した年、中尉に陞進《しょうしん》して武子嬢と華燭の典を挙げたのだ。特別に好いた同士が、両親に叛《そむ》いても一緒になりたいという熱烈なのではなく、一方は親の命に従い一方は恩のある義理上止むなく結びつけられたので、世間並に行わるる結婚と同じものだ。夫婦という奴は不思議なもので、まだ結婚前には互に好嫌《すききらい》をいうものだが、否応なしにくっつけられると、お互に意に満たない点は譲り合って妙に治まり、かえって離れられなくなるものだ。これはあながち性欲や子供の関係ばかりでなく、お互の間に起る種々《しゅじゅ》な複雑した事情に縛られるからである。この意味から吉村と武子との間は極めて平穏無事なものである。外では同僚達より抜擢《ばってき》せられて、早く中尉に陞進して秀才の実を挙げ、内は時の参謀官で海軍部内には勢力ある××氏の愛嬢と結婚して鴛鴦《おし》の契《ちぎり》が深くこれを見た同僚は勿論《もちろん》、人の目からも恐らく羨ましく見えないものはない。でこんな幸福な生活を送っておる吉村は楽しい時も愉快なときも無論あったがいつも奥歯に物が挟まったようにもどかしく思わるる事、それは折に触れ時に応じて思い出さるる登茂子《ともこ》の身の上である。大抵の人ならば、もう長い月日というタイムに打消してしまいそうなものであるが、吉村には忘れる事の出来ないのみか、ますます深い羈絆《きずな》となって自分の心から責《せめ》つけらるるのである。それは自分の一度云ったことに、あるいは為《な》したことに責任を持つばかりでない、人間本来の道徳的観念の然《しか》らしむるところである。人と人との間に起る交際これに対してお互が責任を感ずるというのは、やがて人として社会に生存して守ってゆかなければならぬ、お互の心の中に定められた法律と等しいものである。この場合吉村には欺く手段はいくらもある。「あんなことは若気《わかげ》

の誤りだ」というて自分を卑しくするか、「あれは国家のための政略さ」というて、あの当時の自分の真面《しんめん》目心《もくしん》を欺くことも出来る。吉村は心の中で幾度も繰り返してみたが、どうしても安心が出来ない満足が出来ない、自分の名誉が高まれば高まるだけ、自分の家庭が円満であればあるだけ、ますます過去の責任が拡大されるような気がして、これが解決の苦悶と懊悩《おうのう》に苦しんだのである。常には平気を装い、冗談《じょうだん》などをいうこともあったが、心の中は絶《た》えず暗い憂愁の帷《とばり》で閉《とざ》されていたのである。けれども鋭敏明快な頭脳と、謹厳で寡言《かごん》な吉村は軍人の好模範として推賞され、未来の海相を以《もっ》て海軍部内から嘱望されておった。また家庭には武子との間に光子《みつこ》と云う愛嬢が出来て、至極平穏なものであった。でここに日清の戦端は端《はし》なくも開始されて、吉村も水雷艇《すいらいてい》乗込みを命ぜられて出征する事となった。しかるに戦端が正《まさ》に開始せられようとしてまず敵の軍器を搭載して、威海衛《いかいえい》方面へ向け回航しつつある仏国の汽船に水雷を発射して撃沈せしめた。不幸にしてその時は何等の証跡《しょうせき》が挙げられず、あまつさえ乗り込んでおった仏国の海軍数名が死傷したために仏蘭西《フランス》から強硬な抗議を申込まれ、是非なく政府では責任者たる吉村の罪を問う事として、軍法会議の結果、官職を停止せられ、戦争最中休職の非境に陥った。けれども政府は考うるところあってか少佐に陞進せしめて、公然休職を発表せられて帰国せしめられた。吉村は悲憤の涙を呑んで空しく自家に幽居して深く謹慎を守り怏々《おうおう》として楽まざることここに十年に垂《なんな》んとしておるのだ。

三十五

牛込は赤坂の高台、石垣の上に建てられた、新らしい二階屋、爪先上りに石段を十歩ばかり、白木の上に塗り立てたばかりの、渋《しぶ》の臭《におい》がまだ抜けない、門に質素な木札で吉村《よしむら》と掲げてある。

朝起きの主人は、早く床を離れて二階を開けさせ、新らしい朝の空気を入れ欄干《らんかん》に出て深呼吸を初める。朝霧はまだ深く塞《と》ざして、五軒町、新小川町のあたりは、まだ夜の世界である。春は桜に名ある江戸川を挟んで、小石川の高台、久世山《くぜやま》、目白の森などに相対《あいたい》して、右手《めて》は砲兵工廠《ほうへいこうしょう》の煤煙に曇る、遥かな本郷台に続いておる。背《うし》ろは赤城神社の青葉蔭で、今日この頃の暑さ知らぬ涼しい静かな住居である。

休職せられて、ここに九年余りをほとんど読書に費消した。彼は例のごとく八畳の間の真中《まんなか》に置かれた、テーブルに向って書棚にはネルソンの石膏像が安置されて洋書の金字が燦《さん》として光って、背後《うしろ》は和書を高く積んだ本箱が並べられてある。

白地の飛白《かすり》に紺メリヤスの兵児帯《へこおび》を後《うしろ》に結んで、森《もり》山《やま》時代の吉村と違った処《ところ》は皮膚の小皺《こじわ》と心持ち身体《からだ》に肉が付いて、目立つほどではないが頭の生際《はえぎわ》の薄くなりて、濃い長い口髯を生やした事である。

「お早うございます」

と下女のお滝《たき》が恭々《うやうや》しく盆に載せて湯気の立った紅茶を持って這入《はい》ってくる。

「山本《やまもと》さんが、お見えになっております」

「なに山本がこんなに早くか」

「はい」

といい終らぬに、もう、階段を登る音が聞えて這入ってきたのは、中背で頑丈に出来た体格の三十七八位な、海軍の一等兵曹の服を着《つ》けた男である。丁寧に挨拶して、勝手に椅子を持ってきて座につく。

「どうして、こんなに早く来たのか」

兵曹は案外遅鈍《ちどん》な表情に笑《えみ》を浮べ、

「急にお尋ねしたくなったから、やって参りました。幸い昨日は土曜日でして夜行で来れば今日は一日遊べると思いましてな」

「そうかそりゃ好い、今日は日曜だったかなア」

「ハア、日曜です」

とささくれ立った口髯を撫でる。

「ハハハそうか」

と応揚《おうよう》に笑う。この頃は総《すべ》てを忘れてただ読書に耽《ふ》けるを無上の楽しみとしておる。吉村には日曜がいつであるかも心に止めないのである。

「軍艦の方は別に変りはないかな。艦長はどうしておらるるか」

「ハイ、別に大した変動もございません。艦長殿は、相変らず御元気でいらっしゃいます」

「ウム、この頃は艦長の尺八はどうかな」

「相変らず上手ですなア、あの尺八は毎度泣かされます。ことに月夜の航海などには……」

「ウム、君も多情多恨の人間だからなア」

「ハ……」

と兵曹は急に、

「今度はしばらくお目にかかれませんから今日は是非ゆっくり遊ばして頂きます」

「そうか、じゃどこかへ航海するのか」

「北海道方面のようです」

「ハハハア」

三十六

「さア、疲れたろうから、衣服《きもの》でも着換えて風呂へでも行ってくるが宜《よ》い」

「ハイ、有難うございます。では失礼いたします」

と一礼して遠慮なく引退《ひきさが》る。吉村《よしむら》は再び書物に目を注ぐ。

山本兵曹《やまもと》は、吉村が初めて軍艦へ乗ったときから吉村の指揮の下《もと》にあった男で、極《ご》く実直な多血質な男で吉村が初めて逢ったときは仕方がないほど、放蕩《ほうとう》な酒《さけ》呑《のみ》であった、ただ同輩達や上官から愛せられた点は、無邪気で女に触れた事のない、純潔な男であるということであった。そして最も吉村がこの男の放蕩と、反抗的な性質を手馴《てなず》けるに骨を折ったのだ。山本は大抵の少尉なぞは眼中にない。少しでも世話を焼こうものなら「なんだ、あの新米少尉が」と同輩を説き廻って反抗的態度を執るのが常であった。で吉村が来てからも随分と手酷《てひど》いことをされることもあったが、ある時は吉村の部下が揃って横浜へ上陸したことがあった。そして帰艦間際になっても山本が来ない。時間が切迫するので兵卒達は吉村の顔色を伺って船を出そうと云う、吉村は黙して何ともいわない。二三度兵卒が船を出しましょうと、念を押しても構わず吉村は黙念として腕を拱《こまね》いておった。ようやくもう五分しか余さない時に山本は例の通り酒に酔うて狼狽《ろうばい》して帰って来た時に始めて吉村は口を開いて「出せ」と云ったきり、軍艦へ帰って艦長に罪を問わるるまでは一言もいわなかった。部下のものは山本を種々《いろいろ》に責めるけれども、宜い加減の事をいって、対手《あいて》にならない。吉村が艦長に呼びつけられて後、室《へや》へ帰って山本を呼びなだめるように諭した。一致団結は軍隊の精神で丁度身体《からだ》のようなものである、お前が手ならば私は頭だ、頭ばかし完全であっても手が悪るければ身体は完全といえない、手が悪いからといって他のものが手ばかり責める訳にはいかん。それは当然身体全部が負わなければならぬ責任なのだ。それと同じように私はお前が悪いからと云うて、決してお前を責めない。ただ私は私の団体の全部にどこか悪い処《ところ》があるために、お前のようなもの

が出るのだろうと思う。もしお前が団体に対して不平があるなら、奇麗《きれい》に云うてくれ、私はどうしても正さなければならん義務があるのだと、心の底から山本を訓戒した。山本は非常に感激して泣いて吉村に謝罪した以来は全《まる》で変った人間になり、艦長から吉村の団体に感状を受ける事も度々あった。その後吉村が松島へ乗ったときも山本と一緒であった。その後吉村が水雷艇へ乗り込んだ時、日清戦争が開始され彼《か》れは松島で奮戦して忠実な下士の鑑《かがみ》となった。これも皆吉村のお陰であると常に感じておるものか、今日では全く服従と云うよりは、敬慕というようになったのである。だから吉村が仏国汽船轟沈の一件から、責を負うて休職されて、浮世を外の閑暇《かんか》な生活に入ってから絶えず安否を尋ねるのであった。で今日も横須賀から、暇乞《いとまごい》かたがた尋ねて来たのである。山本は地味な田舎者らしい細かい格子縞の木綿着物へ同じような縞柄の絹羽織に着換えてきた。

「いつもお達者で結構ですなア」

「達者で結構だが、私もいつまでもこうしているのは心苦しく慚愧《ざんき》に堪えないことだ」

何んとなく淋《さび》し味《み》が面《かお》に表われておった。

三十七

「早く軍艦へお出《い》でになるようにして下さい」と、慰めるようにいったが、吉村《よしむら》は浮かぬ顔色で、

「ウム」

と、深くうなずいて、急に笑顔を作って、

「もうこうして一生を了《おわ》るかも知れんよ」

と投げ出すように云う。

「イヤ、そんな事はありますまい」

と云うてはみたが、吉村には何の慰藉《いしゃ》にもならぬ事であると思うて、

「敵の兵器を失うという事は戦略上必要な手段ではないでしょうか」

と話を変える。

「そうじゃ、無論必要な事には違いないがあの場合残念ながら敵の兵器であるという、何等の証拠がなかったからさ」

「証拠などは頼むに足らんじゃアありませんか」

「イヤ、そんな訳にはゆかん。だから人間はどんな場合にも時機を得ないと飛んだ事に出遇《であ》うものだ」

「そうでしょうかなア、しかし私達は貴方《あなた》がこうしてらっしゃるのを見るにつけ、何とも申上げようがないほど御気の毒でございます」

「ハハハハそんな事は推察には及ばん。自分が自分で気の毒で堪《たま》らないのだから……」

と苦笑の裏には暗涙《あんるい》が漂うていた。

「でも戦争などがありましたら、またどうとかなるでしょうかなア」

「イヤ、もうそんな話は止そう、時機がありゃいつでも出られるのだ」

と愁眉《しゅうび》を開いて話頭《わとう》を転ずる。

「君等がこの度《たび》北海道方面へ出掛《でかけ》るのも軍事上深い意味があるのだ。早晩また始まるよ」

「戦争ですか」

と不審な顔。

「ウム、露国《ろこく》のあの態度を見給え、北清事変この方、馬賊征伐を名としてコサックを派遣して内々は満洲《まんしゅう》を奪わんとする野心を抱いているのだ。その証拠には、もう到る所として満洲は露国兵ならざるはなしという有様だ」

「薄々聞いておりましたが、もうそんなに切迫しておるんですか」

「切迫しておる所ではないよ。もう我々の心の中では露国とは数年の昔から戦っておったのだ、形には現わ

さないが」

「樺太《からふと》と千島の交換や、遼東《りょうとう》還付を思えば実に私はもう堪えられなくなります」

と例の感情的な口振りに変る。

「そりゃ君と僕ばかりではない。日本国民全体が発せなければならぬ当然の義憤だ。それでこの頃の撤兵問題で受けた日本の恥辱を思うても、我々日本の軍人たるものはどうしても黙しておられん場合に立ち到っている。日本と撤兵を約してからもう三年余りもなる今日、いまだ満洲の露兵は依然としておるばかりか、この五月頃から鴨緑江《おうりょくこう》の沿岸から龍巌浦《りゅうがんほ》の辺《あた》りへ電信を架設したり、建築に従事したり、要所々々には砲台まで築かれたとかの噂がある。口に平和を唱えて腹で剣を磨くと云うことはこのことだ。今日の一日は実に日本の危急に近づく一日だ、というてもよろしい位なのだ」

「どうしてもそれまでは黙しておらなければならないでしょう」

と、もどかしげに拳を固く握った。

「国際の信義を無視し、外国の耳目を欺いて顧みない露国は実に世界の敵である」

と吉村は嘆息を洩らす。

「何ッ、糞ッ」

と山本はやる瀬ない憤りのあまりこう叫んだ。

「この際我々お互は、いつ屍《しかばね》を戦場に曝《さら》すとも悔のないようにせなければならないのだ。今度の君達の航海も必ず裏面には意味があると思うから各々《おのおの》その職責を尽《つく》さなければならない訳だ」

と何気なくいった吉村の言葉に、山本は弱点を指されたように恥を感じた。常から酒は飲むが、女に触れた事はかつてないと人に信ぜられておる自分が、現に人目を忍んで同棲している女があったのだ。

三十八

そのことはまさかは知ってはおるまいが、今の言葉がどうも気になって溜《たま》らない。どうせかくまで戦雲の動いている今日、今にも大砲の火蓋が開かれないものでもない。速《すみやか》に自白して少佐殿に訴えてしまおうとしたのである。

「君達のように繋累《けいるい》のない人々はいつでも心置《こころおき》なく戦死が出来るだろうが……」

「イヤ、実は今まで隠してはおきましたが」

と男らしい口調でいって吉村《よしむら》を仰ぎ見た。

「三四年前から女が出来まして、今でも横須賀におりますが、いまだ正式の結婚が済んでおりませんから、手放す事も出来ましょうが、内々妻とする事を固く誓ったものですから、今更《いまさら》無考《むかんがえ》の事をするのも本意ない事と思いまして、そのままになっておりますが、常から女嫌いの私として、同僚達の噂の手前終《つ》い打ち開ける事も気後《きおく》れが致しまして今日まで貴方《あなた》に隠しておいた訳で、何とも恥入る次第です」といかにも面目なさそうに頭垂《うなだ》れた。吉村は山本《やまもと》が女を持ったという事については全く不思議なほど、常から山本の女嫌いという事を信じておったで今頑固な男にも似ずこの殊勝な告白をして萎《しお》れた山本を見ると可笑《おか》しくもなる。けれど吉村は形姿《かたち》を改めて、極めて真面目《まじめ》になって口を開いた。

「そりゃ、軍人だって人間だから、女をこしらえたからというて、恥るにも及ばんさ。ただ身分相応という事を忘れてはならんと思うがねエ」

と語っているところへ、夫人武子《たけこ》が静かに這入ってくる。

「オヤ、山本さん、大変お早く……」

驚いたという風でしばらく佇んでおる。

「今日は日曜ですから、一日お邪魔に来ました」と挨拶する。

「そうですか、あまりお早いので驚きましたよ」

と夫の方に向き、

「御飯は階下《した》に致しましょうか」

「イヤ、二階へ持ってお出《い》で、山本もまだだろうから、お前達も一緒に……」

「ハア、そう致しましょう」

と、お滝《たき》に命ずる。

「軍人が妻を持つという事に付いては種々《いろいろ》な議論もあるようだが、僕は軍人だから妻を持てないとか、商人だから妻が持てるなどと区別は付けたくない。持てるものは持つ、持てないものは持たないまでの話で、た

だ持てないものが持つと、自然に無理をするようになるので、自分の身が持てなくなる。我々が身が持てなくなる事は、やがて職責を果さないことになるのだ」

「山本さん奥さんをお迎えになるの」

と、夫人は白飛白《しろかすり》の浴衣《ゆかた》を身体《からだ》にキチンと着なして、座った膝に両手を置いて淋しい顔に微笑を浮べながら尋ねるのである。

「ハイ、もう決まっているのですが、正式な結婚はしてないのですから、それに今度は戦争も始まるそうで、離縁しようかと思っておるのですが………」

夫人は顔を皺《しか》めながら、

「どうしてそんな事をなさるの」

「面倒ですから」

「面倒だからって、そんな事を為すって何とも思いなさらないの」

と、夫人はじっと山本を見詰める。

「エエ、どうも仕方がないのです、アハハハ」

と調子外れな高声で笑った。

ここへ下女の手で朝餉《あさげ》が持ち運ばれて三人は黙って食卓に向った。

三十九

四周《まわり》は「からたち」の生垣を囲《めぐ》らせる十坪ばかりの芝生を一面に敷きつめた庭へ、松の木を二十本ばかりひしひしと植えられたばかり花の色香《いろか》もない、極めて地味な好み、庭の西の松林の中央に傘の形に似せた東屋《あずまや》がある後ろは赤城《あかぎ》の鬱蒼《うっそう》たる杉の木立を背負い、今日この頃の暑さも外の涼しい庭である。午前とはいえ、酷暑の炎熱は、屋根裏へ透み入るほどの苦しさを、吉村《よしむら》夫妻と山本《やまもと》がこの東屋へ避けたのである。

「いつ来てもこの庭は涼しいですな」

と片手に団扇《うちわ》を持って、東屋のテーブルに向って腰を下した山本がいった。

「ちょっと東京には珍らしいだろう」

「ハア、家《うち》を借りるのなら、こういう庭のある家を借りるのですなア」

「山本さんも今にお家を持ちなさるでしょうから、お借りになったらどうです」

「イヤ、家は一生持たないつもりです」

「オヤ、奥さんを迎えなさる先刻《さっき》の話はどうなさった？」

「目下の場合致し方がありませんから離縁しましょう」

「致し方がないからって離縁をせなければならん人がありますか。そういう事は一生の大事ですから、そう安々と離縁が出来たり、結婚が出来るものではないのです。もし貴方《あなた》がそんな事をなさったために、今の奥さんが一生破鏡《はきょう》の中《うち》に送らなければなりますまい」

「そんな事は先方《むこう》の勝手ですからなア」

「貴方そんな事を仰有《おっしゃ》るものではありません。勝手は貴方が勝手なのでありませんか」

「もう、その話は御免蒙ります」

と頭を掻く。

「イヤ、いけません。そういう事は男にとっては何でもないでしょうが、女にとってはそれほど大事な事はありません。先年仏蘭西《フランス》から帰朝されたある立派な御身分の方のお話ですが、お名前は憚《はばか》りますから申しませんが、その方があっちに留学されておった間にむこうである貴族の娘さんと懇意になって、とうとう夫婦約束までして日本へ帰った人ですがその後娘さんが夫恋しさに、父母の意志にそむいて、家を棄てて遥々《はるばる》尋ねて来たのです。ところがその方はもう立派に奥さんがあり、子供さんまで持っていられたというのです。可愛そうに娘さんは帰るに帰られず、今では上海《しゃんはい》あたりで卑しい商売をして、とうとう家へ帰らなかったのです。だから本国の家ではこれを聞いて非常に憤《おこ》って日本の紳士は不信用だというて新聞で攻撃したとかいうこともありました。これとは事実が違いますが、貴方も帝国の軍人ではありませんか。処女を弄《もてあそ》んだことでさえも軍人という厳《いかめ》しい職務に対して恥ずべき事をそれを棄てたということが公になったら、貴方の名誉を損《きず》つけるばかりでなく、軍人社会の名誉にかかわるかと思いますわ。ことに貴方は模範下士官として、皆さんの鏡ともならなければならん方ではありませんか。ねえ貴方？」

と夫に注意すると、吉村は深く閉じた眼を見開きもせず、

「ウン」

と点頭《うなず》いたきり、何にもいわなかった。無論吉村は心中にしばらく忘れられておった、若い森山《もりやま》時代の罪跡を摘発されたように感じて、深く慚愧《ざんき》の心に責められたのであった。

四十

夫人は夫が急に黙して語らないのは畢竟《ひっきょう》女の自分が差出《さしで》がましくも、こんな事を云うたからであろうと、いかにも自分の振舞の軽卒であった事を悔いた。でも休職になってからは一層気が鬱《ふさ》いで、楽しい話の最中でも、急に口を閉じて考え込む事も折々はあるが、その度毎《たびごと》に夫人は出来るだけ妻として、自分が不幸な夫を慰めもし、いたわりもし機嫌を取るのが常であったのであるから、今の場合、何故夫が黙って考え込んでいるのであろう、自分の推測通り、自分の振舞に悪感《おかん》を催おしたのであろうと思いながら、

「つい差出がましく口を辷《すべ》らして飛んだ事を申上げました」

と山本《やまもと》に向って詫びたのは、夫に対する弁解も含まれておった。

「イイエ、決してそんな事はありません。私共は海の人間ですから、世間の事には全《まる》で子供も同然ですから奥さんのような方に時々注意して戴かないと今仰有《おっしゃ》るような案外重大な事でも何んの事もなく見てしまいますからなア、ハハハハどうも有難うございます。いずれ結婚を済ました上で御世話をして戴きますから」

と単純に頼み入る。

「出来ますことなら、どんなことでも致しますから御心配に及びません」

「有難うございます」

「しかし今御前《おまえ》のいうた話について尋ねるがね」

と閉じた目を再び静かに開いて、非常に落付《おちつ》いた調子で吉村《よしむら》はようやく口を開いた。

「ハイ」

と夫が例に似ず、荘重な調子で尋ねたので、夫人は少なからず狼狽《うろた》えて、その青ざめて深い考えに沈んだ顔を見上げた。

「仮りにだよ、先刻話したその留学生が仏蘭西《フランス》の娘との間に子供が出来ておって数十年間経過する中《うち》に、その娘がその人より立派な男に縁付いたとして出遇ったならかえって娘さんにとっては幸福ではないか」

「そりゃ、娘さんが幸福であろうが不幸であろうが、

やはり留学生の方はその子に対する責を負わなければなりますまい。そして娘さんを欺いたという罪はいつまでも消す事は出来ますまい」

「そうだなア」

と溜息を洩らそうとして、盗むように息を吐《つ》いた吉村は、妻の話によっては一層打明けてしまって、長い間の苦悶から免れようと思っておった。これは山本が訳もなく、恥ずべき事と信じながらも、告白してしまう安心を見たからであったが、自分は到底山本のような単純にはなれなかった。名誉、地位、未来という種々《いろいろ》な障害物が懺悔の心を妨げるのである。

「貴方《あなた》のような神経質の方なら、容易に安心は出来ますまい」

と夫人は真面目《まじめ》である。吉村はハッと思って妻の顔をチラと見て、

「僕などを引合せに出されては困るハハハハ」

と強《し》いて笑った。

「どうも六ケ敷《むつかしい》ものですなア」

と、あくびを噛み殺して山本も笑った。

「号外が参りました」

と下女のお滝《たき》が愴惶《あわ》てて入ってくる。吉村は手早く受取って、

「ヤア、林《はやし》公使が露国《ろこく》に大抗議を申込んだとある」

四十一

午後の五時頃山本《やまもと》は浅草から夫人の好物の雷おこし、令嬢光子《みつこ》にリボンを見やげに、新聞紙の包に赤い糸を十文字に掛けたのをぶら下げて、帰って来た。

「お滝《たき》さん、お滝さん」

と呼ぶ声に台所で夕餉《ゆうげ》の仕度に取りかかっておったお滝は襷《たすき》のまま、

「オヤ、お帰り遊ばせ」

と台所の障子の蔭から半分体を出して迎える。

「奥さんは？」

と山本は夫人の不在に少々落胆《がっかり》して尋ねる。

「お嬢様が寄宿舎からお出《いで》になって、日本橋まで買物に御一所《ごいっしょ》にお出掛でした」

「そうか、まだお帰りはあるまいなア」

「さア、ちょっと解《わか》りませんが、そう時間がかかる訳でもないでしょうから……」

「そうか」

と云いながら、ポケットから懐中時計を出して見て、

「やア、もう一時間半しかないぞッ」

と独言《ひとりごと》云いながら、

「旦那様もお留守か」

「イイエ、旦那様はお二階にお出です」

「そうか、じゃ旦那様にだけお暇《いとま》して帰ろう」

と梯子段《はしごだん》まで行きかけて、

「お滝さん、これを買ってきた」

と差出したのは半襟《はんえり》の小箱、

「おや、私になんぞ、そんな御心配は要りませんに」

と襷を外して礼を述べながら手を出す。

「要らないなら、上げないよ」

と引込める。お滝は面《かお》を赤めて、

「アラ、お人が悪いわねえ」

「欲しかったら黙って手を出すさ」

と揶揄《からか》い半分に渡して、

「今度はしばらく逢えないから、お別れの印だ、色々御厄介になったねえ」

淡泊に礼を云って、二階へ上《あが》った。二階の書斎では、吉村《よしむら》が浮かぬ顔色で机に向っておった。

「只今ッ」

「アア、早かったねえ」

と吉村は本を伏せて山本に対する。

「奥さんはお留守のようですが、私はこれで帰りますから、どうぞよろしく」

と、立ちかかるを吉村は、
「そうか、しかしちょっと話したい事があるから待ってくれ給《たま》え」
と椅子を引き寄せてじっと考えた。山本は再び椅子に就《つ》いて、吉村の顔をじっと見入って不安の胸を轟《とどろ》かした。
「世の中がこう騒がしくなってきたことでもあるし、ひょっとしたら君もしばらく帰れないかも知れんから、今日は心を打明けて、一応君にだけ秘密に相談をすることがある。私が云う事を記憶しておいてもらえばそれで充分だ。で目下私の身体《からだ》は君も承知の通り例の失策から義父《おやじ》には叱られ、いまだに出入もならず、友には棄てられ、世間からは笑われ、こうして徒《いたず》らに政府の禄《ろく》を食《は》んで月日を送っておる。心を打明けて語る人も、君を除いては外に一人もないという始末、不愍《ふびん》と云えば不愍じゃが馬鹿らしいと云えば馬鹿らしくもある。今日の騒ぎが開戦にでもなれば、どうにか名誉の回復も計られるだろうが、このまま召集も受ける事が出来なければ、切腹をするか、剣を棄てて鍬《くわ》を握るか、いずれかの道を執らなければならぬ。いずれにしても軍人としては立たれんのだ。幸いに召集でもあれば、まず身体を殺しても、名誉だけは取り返す決心ではいるんだ。それについて君に話したいというのは、私《わし》が一生の不覚を取った一事、これから先、生のあるまで、苦しまなければならぬ事件なんだ。こういえば日清戦争の失策を第一に思い当るだろうが、これは僕の一生にとっては不覚でも失敗でもない。かえって成功の部に属するだろう、何故といえば自分がしようと思って仕遂げた事であるからだ」

四十二

「つまり世の中の成功とか、失敗とかいう事は、公義の上から云う事で我々個人の上から云うのではない。であるから、自分が自分で許さない事をするということは、自分にとって大なる不覚でもあり、失敗でもあるのだ。よしんば世の中から褒められても、人から尊敬を受けても、自分で欺く事は出来ないのだ。丁度今私がこういう風に悶《もだ》えているようにだ」

としばらく考えて再び口を開く。

「こういう風には云ったところで、ただ私が心の中で思い煩っている事であるから無論いわなければ解《わか》らぬ事だ。これは僕にとっては重大な事件だから、妻にも娘にも遠《とお》から打明けようとしておったが、目下私の事で心配しきっている家内に、再び私の過去《すぎさ》った罪を打明けて、心配を重ねさせるに忍びない事から、まだ誰にもいってはないのだから、そのつもりで含んでおってもらわんと困る。私が戦地へでも向った暁は、妻にだけは告げる必要があると思っているのだ。その事件というのは私がまだ露国《ろこく》滞在中——」

と言葉を続けて、自分が登茂子《ともこ》との関係から小供《こども》の事に及び、その小供は永久に私の小供として引取りたい、そして自分に対する責任を幾分か軽くしたいということを細かに告白した。

吉村《よしむら》は語り了《おわ》って歎息を漏らして深く双眼を閉じた。山本《やまもと》はこの告白を聞きながら、吉村のますます徳の高きを慕わしく、自分のごときものに、これほど大事に思う秘密を打明けられた事に対していよいよ服従の念を強くし、尊敬の心を高めた。

＊　＊　＊　＊　＊

夕日は今しも本郷台《ほんごうだい》の彼方《かなた》に沈まんとして、空は一面にパッと金粉を散らしたように、照り栄《は》えて、弥生《やよい》ケ岡《おか》に聳《そび》ゆる高等学校の時計台、さては帝国大学の森二階三階の高い家並に影のように黒んでいる、上野公園は忍《しのぶ》が岡《おか》で眺むる、夕日の影はまた一層の荘麗を感ずる。葉の落ち尽したような並木の間、処々《ところどころ》に腰掛台

として置かれた石に、腰かけながら話をしておった職人体《てい》の兄イ連が「号外！　号外！」と叫びながら、鈴を喧《やかま》しく鳴らして、電車通りの方から飛んで来る苦学生らしい号外売りに驚かされて、一斉に振り向いた。

「何の号外だえ」

と角刈ののっぺりした一人が云う。

「待ちねえ」と腹掛けの財布を探りながら飛び出したのは円面《まるがお》の獅子鼻。

「オイ一枚おくれ」

浪花節《なにわぶし》臭い塩から声を張り上ると、

「一銭です」

と一枚抜き取って出すと、

「当り前よ、号外の相場は一銭と決ってらア」と、広げて見て、

「ウム、何んだ、ウム、議会の解散か。オイ見、議会の解散だよ」

「ナニ、議会の解散て何の事だい」

「議会の解散知らねえ奴があるかえ」

「知った振りしやがって、こん畜生」

「当り前よ、議会の解散、豈《あに》それ然《しか》らんやくれえ知らなくっちゃ、二十世紀の職人じゃねえぞッ」

「馬鹿野郎だなア、ハハハハハ」

この時四辺《あたり》に休んでおった書生の一群《むれ》が、堪えられないと云ったように一度に笑う中には真面目《まじめ》になって、

「君、失敬ですがその号外をちょっと貸してくれ給《たま》え」

「持って行きねえ、とにかく大したことでさア」

と、得意気に獅子ッ鼻は書生に号外を渡す。

「そうですなア、国家の一大事ですからなア」

「そうでがんすとも、国家の一大事ですからなア」

「この野郎、人の尻へくっ付いて物云ってやがらア」

「国家の一大事といえや大した事に決まってるじゃねえか。そのくらいのこたア、チャンと心得てらア」

「訳も知りやがんねえで、何だい」

「馬鹿いうねえ、イイカ文明の今日よ………」

「何んだい、浅草の観音様の側《そば》でやってる売薬の文句じゃねえか」

「やア黙って聞いてろい、イイカ、文明の今日よ、そもそもその何んだ」

「豈それ然らんやか?」

と、横槍を入れたのは、ニキビだらけの襟に、魚武《うおたけ》と書いた印半纏《しるしばんてん》の男、これを機会《しお》にまたまた哄《どっ》と笑う。

「柄にもねえ文句を並べねえで、早く話しねえ」

と、のっぺりとした兄イが云う。

「それだから黙って聞いてろってるんだい。お前《め》え号外を売って触れて歩くからにゃ、大事件に決まってらア」

「何んだ、つまらねえ。訳てえのアそれだけかい」

「当り前よ、物事にゃそんなに小六ケ敷《こむずかし》い訳なんぞア、あるもんじゃねえや」

と、アッと覚《さと》った風《ふう》。

四十三

「一体議会の解散ては何の事です」

と隣りに掛けて号外を手にしている書生に尋ねる。

「議員がお上《かみ》からの信用を失ったとでもいうんだろう、僕もよくは知らんが」

「へえ、一体どういう事からそんなになったんだい」

例の獅子ッ鼻が口を挟む。

「露西亜《ロシア》との戦争の一件が原因なのだろう、つまり政府の方針では充分談判した上で戦争をしようというも議員の方では、もう談判の余地がないからやッつけろというんだねえ」

「そりゃ、やッつけるが宜《よ》いやなア、オイ」

とのッぺりしたのがいう。

「ウム、そうともそうとも江戸ッ子は気が早いやべら棒め、ロシアも亜細亜《アジア》、亜弗利加《アフリカ》、欧羅巴《ヨーロッパ》、南亜米利《アメリ》加《カ》、北亜米利加でも何でも来い、此方等《こちとら》にゃ大和魂《やまとだましい》があるんでえ。一体ロシアなんて好かねえ名だ、ロの字のつく名を見ろロクデナシ、ドロボー、ゴロツキ、ざっとこんな者さ」

と獅子ッ鼻が指を折って算《かぞ》え立る。

「大学の博士連が戦争をするように相談をして政府へ談判した事も今度のような事件を引起す原因になっているんだ」

「へえ、さすがは博士だなア」

と、感嘆したのは印半纏《しるしばんてん》。

「やはりお前《めえ》、学者は学者だけあるなア、だから日本は戦争にゃ強いんだ」

と角刈が云う。

「しかし、今度は支那と戦争をするような訳にゃゆかんよ。あちらには世界で有名な強いコザックという兵隊がいるし国は大きいし、金はあるときてるからなア」

「ナアニ、コザックだって何んだって俺一人で引受けらあ、ナニをクザックとやッつければ済むんだい」

と、駄洒落《だじゃれ》をいうのは印半纏である。

「君はそんな無茶をいったって駄目だよ」

「駄目なことアあるもんか」

「露西亜という国は日本なんかと違って欧羅巴でも指折の国なんだよ」

「指折の国がどうしたと云うんだ、この青瓢箪《ぴょうたん》め」

と獅子ッ鼻を蠢《うご》めかして、向鉢巻《むこうはちまき》で喧嘩腰《けんかごし》になる。

「我輩……我輩を青瓢箪とは失敬じゃないか」

とこれも肩を怒らして立ちかかる。

「何ッ、我輩だか、ゴマの蠅《はい》だか知らねえが露西亜の肩を持つ奴ア宥《ゆる》しておけねえ」

とポカリと鉄拳を頭に見舞う。

「誰れが肩を持った。貴様があまり解《わか》らないから説明してやったに過ぎないじゃないか」

と震えながら顔色を変えて、敵の胸倉《むなぐら》にしがみ付く。

「ナンダ、この野郎盛りが付いた犬のように震えていやがらア。オイ皆なこの面《つら》見ろ、赤くなったり、青くなったりして七面鳥の生れ変りだよ」

「人を侮辱したな」

としばらく双方睨《にら》み合いの形であったがたちまち四辺《あたり》から弥次《やじ》るものがある。

「しっかりやれ」

と誰れかが音頭を取る。

「どっちも負けるなッ」

と叫ぶ声がした時に、群集を押分けて二人を止めた人がある。形の悪い鳥打帽《とりうちぼう》を覆って桜の枝のステッキを持った、四十ばかりの年で、細かい久留米飛白《くるめがすり》の綿入《わたいれ》を着た、背《せ》の高い男である。

「見ッともない、廃《よ》し給《たま》え」

と云った時に初めて休職海軍少佐吉村次郎である事が判《わか》った。吉村に裂《さか》れた二人は強《た》って反抗もせず別れてしまったが、

「ざまア見やがれ」

と獅子ッ鼻が報うると、

「ナニ」

と再び引返そうとする。

「廃《や》めないのか」

と嚇《おど》し半分に怒鳴られて二人はそこそこに立ち去ると、群集も蜘蛛《くも》の子を散らすように思い思いに立ち去る。

「私ようやく安心しましたわ、でもよく素直にやめましたねえ」

と夫人武子が安心した体《てい》で石に腰を下す。銘仙《めいせん》の細

かい飛白の綿入にくすんだ色の繻珍《しゅちん》の丸帯、手にはレースの信玄袋《しんげんぶくろ》を下げている。

「馬鹿らしい事だ、しかしあんな者共までが国の一大事に心を配って、喧嘩までしているんじゃからなア」

と歎息めいた言葉を思わず洩したが神経質の妻に心配を掛ける事を気にして、急に調子を変えて、

「世の中は面白いものさ」

「本統《ほんとう》ですわねえ。今日私非常に疲れましたわ、若い人達と競争などしたものですから」

「ハハハ、そうか、そりゃ宜かった。しかし光《みつ》は遅いのう」

「エエエ競争にかこつけて、私達を遠ざけて田端の笹《ささ》森《もり》さんの所へでも寄っているでしょう。光さんも芳子《よしこ》さんも笹森の豊子《とよこ》さんとは仲よしですから」

「イヤ、まさか置き去りにして帰ったんではあるまいな」

「イイエ、そんな事はありませんわ。何方《どちら》が勝って先になっても、忍《しのぶ》が岡《おか》で待ち合せる事に決めたのですもの」

「そうか」

と吉村も石に腰を下して休んでいると後《うしろ》からポンと肩を叩いたものがある。

四十四

「久闊《しばらく》じゃねえ」

海軍大佐の軍服を着けた、赤い顔の丈《せい》の低い、肥った四十恰好《かっこう》の年齢《とし》と今一人は海軍中佐で中肉中丈《ちゅうぜい》、年齢も大した違いはない。彼等《ら》は威丈《いだ》け高に吉村《よしむら》の前に立ち塞《ふさが》って、時々酒臭い呼吸《いき》を肩で吐《つ》いて、

「おお妻君も御同伴か、しばらく」

と夫人に会釈する。

「やア、酒井《さかい》君、塚本《つかもと》君」

と起《た》ってそれぞれ握手を交換したのである。この二人は吉村とは同時に兵学校をば出た新進気鋭の青年士官で、いずれも当時は有望な人々であったが、卒業後の吉村は破竹の勢《いきおい》で陞進《しょうしん》して、部内の注目が吉村の一身に集まったのみならず、あまり心持ちよく吉村には対していなかった。無論顔では吉村に一目置いてはいたものの、心には絶えず嫉妬《しっと》の目を以《もっ》て見ておった。であるから日清戦争の際、吉村の失策は彼等《ら》にとって、快報であったに違いない。

「どうして今日……」

と久しく会わなかった喜びと懐《なつかし》さの情溢れんばかりに吉村は口を開いた。

「いよいよこの痩腕《やせうで》を試す時が来たぜ」

「エッ、いよいよかッ」

と羨《うらやま》しそうに彼等を見て、

「我輩《わがはい》等は明日××地点へ集合の令を受けたについて、同郷の士が僕等に送別会を催おしてくれたんじゃ。殿様までわざわざ来られたなア、盛大じゃった、これから直《す》ぐ帰艦《かえ》って回航準備にとりかかるところじゃ」

「ウム、そうか」

と、吉村は一人残さるる無念さを堪《こら》えて顔には表わさなかった。

「近頃はどうしとるか」

酒井が蔑《さげ》すんだような眼つきで尋ねる。

「相変らず泰平じゃ」

「ナニ泰平だ。なるほど太平じゃなア、妻君同伴で毎日遊び暮らせるんじゃからなア、塚本君」

「太平とは何が太平だ、国家の危急に際した今日、い

やしくも軍籍にある身が、為すことも無く妻の手を曳《ひ》いて遊山《ゆさん》に耽《ふけ》るとは……」

「ハハハハ大分酔うてるようじゃねえ君は」

「ナニッ、我輩の酔うてるのなぞは、お世話じゃ、貴様自身を考えてみるがいい」

「吉村、貴公は我輩達に向って、そんな事を云う暇に、

反省するが君の本分じゃろう」

「真面目《まじめ》でいうてくれるのか、君等は」

「固《もと》より真面目じゃ。差迫った大事の今日、妻の尻へひっ着いて、のんべんだらりと遊山に歩く、不真面目な心持ちでは無論ないのじゃ」

「何ッ、本心からそんな事を云うのか」

と少し、激して吉村は問い詰める。

「無論じゃ、昔からの誼《よし》みがあればこそ我輩等も忠告もするのじゃが、そうでなかったなら屁でもひっかけるのじゃが」

「塚本、もう大抵にして止《よ》せ」

「イヤ、ならぬ、こんな腰抜け武士は少し刺撃《しげき》してやらんと癖になる」

吉村も一時はむっとしたが、酒の上での不真面目な素見《ひやかし》に過ぎないと心に寛《ゆる》して、腰を石に下したきり何も云わなかった。

「貴様なぞは、通常《つね》から自分の恥を顧みないで、安眠を貪ろうという精神じゃから一朝《ちょう》事のある時は、余計な事をして同僚に誤解させたり、国を汚《けが》したりするのじゃ」

「塚本、それは聞き捨てならん、不肖《ふしょう》吉村次郎いまだ国を汚した覚《おぼえ》はないぞ」

と、吉村も黙っておれば際限のないことこの無礼の一言に対して詰問をしたのである。

「覚えはない？　貴公が仏国の汽船を沈没せしめたという立派な証拠があってもか」

「そりゃ、君等の誤解じゃ」

「生意気な言《こと》を抜《ぬか》すなよ、貴様と乃公《おれ》とは腕の金筋が違うわい。そんな事をいい張りたいのなら、私《わし》と肩を比《なら》べた上で云え。貴様には我輩にそんな事を弁解する資格はないはずじゃ」

「塚本、もう帰ろう、こんな男には戦《いくさ》は出来ない。役に立たぬ商船でも沈めさせておれば事が足りてるんだ。行こう行こう」

「馬鹿め！」

と云い残して二人は立去《たちさろ》うとする。

「オイ、今言った言葉はよもや忘れはすまいなッ」

と吉村は問い返す。

「命にかけて忘れるもんか」

と塚本は先きに歩んで行く酒井の跡を追う。


夫人武子は堪え兼ねて、夫の恥辱を雪《そそ》がんと、追行く袖を吉村はしっかり握って、

「なにをするんだい」

「あんまりですから」

と身を悶《もだ》えて振り放そうとする。

「あんな奴等と争う必要はないよ馬鹿な、ハハハハ」

と淋《さび》しい笑《わらい》にまぎらす。

「私、口惜しうございます」

と絞るような声で夫人は泣き倒れる。

四十五

　府下角筈《つのはず》の中通り、淀橋水道局の裏手に、一万坪ばかりの畑地の真中《まんなか》に、桑の苗木を以《もっ》て囲いをした、藁屋造りの二軒建がある。一軒の平屋の方は冬と夏とは閉じられたままで、軒には養蚕《ようさん》の時に使う折板《おりいた》や、菰《こも》がつるされている時もある。二階建の方は、階下《した》は普通の農夫小屋と変《かわり》はないが、二階の方はちょっと百姓家には珍らしい硝子張りの障子を立て日和《ひより》の好い時などはからっと開け放して襖《ふすま》模様や、立派な書籍棚《ほんだな》や、テーブルや籐《とう》椅子などが見ゆる時もある。毎日朝六時といえば、この家から日に焼けた、白髪の老爺《おやじ》が鍬《くわ》を担《かつ》いで出掛けると決っている。今日も往来に面した畑で、午前八時頃の霜に氷った土を、ザクッザクッと音を立てて耕している。

　と新宿方面から人力車《くるま》の響《ひびき》が、石ころ道をガラガラ云わせて飛んで来る。車の上には海軍少将の軍服厳《いか》めしい参謀官とも見られる五十前後の武官が乗っている。

車は老爺の前で立ち止まって、車夫は汗を拭きながら、

「ちょっと、この辺に川村《かわむら》という人の家がないかねえ」

　と尋ねる。老爺は汚れた手拭の中から黒く皺《しわ》に汚れた顔を出して、車上の武官を仰ぎ見て、

「ヤア、田代《たしろ》か、好《よ》う来たねえ」

　と云われて足元から鳥の立つように驚いて、車上の将官は、

「これは、閣下でしたか」

　と俥《くるま》から飛び下りて、丁寧に挙手の礼で対する。車夫は面喰《めんくら》って膝掛を持ったまま、しばらく二人の顔を眺めている。

「さア、家《うち》へ行こう、時事問題でも持って来たんか」

「はア、極く秘密に御相談を願いに参りました」

「そうじゃろう、大分雲行が烈《はげ》しいからなア。まア行こう」

　と車夫を顧みて、

「オイ、御苦労じゃった。お前もあっちで茶でも飲むがいい」

　と川村老将軍は下々《しもじも》までに気が付く。車夫は面目な

さそうに、頭を掻いて揉み手をしながら、

「どうも飛んだ失礼をヘエエ」

とペコペコ続けさまに腰を折った。

やがて二人は二階の一室を深く閉《とざ》して軍事上の密談に時を移した。

田代は時の海軍大臣の次官である。今の寺田《てらだ》海軍大臣はかつて老将軍が海相当時、股肱《ここう》の臣下であった。で将軍が職を退かれた跡で推選されて、その席に坐ったのであるから総《すべ》て内政はまず将軍の指揮を受ける事となっておった。角筈の方へ将軍が居を移してから、寺田は身は職務に忙殺さるるまま、次官の田代を遣わしたのである。

軍機洩《もら》すべからずという規約に従って二人が密談している間、筆を転じて老将軍のその後の安否を語ろう。将軍がかつて読者諸君に知られたのは、吉村《よしむら》が露国《ろこく》から帰朝した時、もう二昔になる。あの麹町区永田町の邸宅でであった。一人娘武子《たけこ》を吉村に娶《めあわ》して夫人と共に下婢《かひ》一人を使って、あの広い邸《やしき》に起臥《きが》しておったのである。ところが間もなく夫人は病死せられ淋《さび》しい生活を続ける中《うち》に、日清戦争が初まって、帝国海軍の総司令官となって出征した。その戦《いくさ》の劈頭《へきとう》、自分の聟《むこ》吉村の仏船轟沈《ごうちん》事件に遭遇したのだ。自分はその挙を壮快だとは思っておったが、事件が中々八釜《やかま》しくなって、仕方なく艇長の罪を問う事として休職させてしまった。自分が吉村の義父だけにこの事件には多くをいわなかった。その後度々《たびたび》復職の議が出たけれども、拒絶して会議には参列しなかった。心では気の毒な奴だと思いながらも表面では吉村が休職になってからは、吉村のみならず家族のものの、自家への出入りを止めてしまった。そうこうする中には戦争も済んで、凱旋する間もなく、海軍大臣の職に就《つ》いた事もある。その後元《げん》帥《すい》を授けられて、居を角筈に定めて、閑暇な生活を送っておったのである。

二階では将軍が白髯を撫でながらもう密談も済んだものと見え、しきりに田園生活の趣味を説明されている。田代は少しく当惑の姿であったが、話の機会を幸い、

「では急ぎますからいずれまた」

と辞し去ろうとする。

「アアちょっと待ってくれ、あの吉村の一件じゃが、

ありゃもう就職さしてやっても宜《よ》かろうがなア、帰ったら寺田にそういっといてくれんか」

「ハア、ありゃ大臣もこの前あんな、有望な男を休ませておくのは、国のためにならんというて、貴方《あなた》に御相談したが聞かれなかったとか云って、非常に惜《おし》んでおったことがありました」

「私《わし》がまだ在職中じゃろう」

「イイエ、職を退《ひ》かれてからも一度申上げたはずです」

「そうじゃったかなア、私は遠《とお》からもう免《ゆる》してやっても宜かろうと思っておったが、吉村とは特別な家庭の関係があるものじゃから、世間を憚《はばか》ってそのままにしといたじゃ」

「大臣がその後も度々その話は致しておりましたが、貴方が八釜《やかま》しいと面倒だからと云うて止めました」

「そりゃいかん。帝国海軍の宰相ともあるべきものが、私人の鼻息を伺って職務を渋滞させるなどは以ての外《ほか》じゃ。帰ったらあんたからよくそういってやってくれ」

「早速申上げます」

と恐る恐るいう。

「じゃア、貴方も忙しいじゃろうから早く帰んなさい」

と将軍は起《た》って衣服を着換えて、再び鍬を握るべく二階を降りた。

四十六

角筈《つのはず》の義父から「アスコイ」という電報を受取った吉村《よしむら》は、何事ならんと昨夜から心安からず、種々《いろいろ》と思い悩んで起きると直《す》ぐ電車で角筈へ向った。電車の中は歳暮の忙しさで、種々雑多な人間が芋を洗うようにひしひしと詰め寄せている。往来に飛びかう車、人、馬の間を縫うように号外売りが鈴《りん》を鳴らして飛《とん》で行く年の迫ると共に外交の急なるを黙々の間に語っている。

車の中なる群衆は、一斉に号外売りの叫びにどよめいて、種々な議論に花が咲き「どうでしょうねえ、一体戦ったもんでしょうか、それとも円《まる》く治まりましょうか」

と釣り皮にぶら下りながら、四十前後の商人体《てい》の男が、相手の顔を覗く。「どうもこの分じゃ、やるでしょうねえ」と、熱の無い云い方をして顔を反向《そむけ》たのはあばた面《つら》の尻を端折って、赤皮の折鞄《おりかばん》を抱いた、高利貸の手代らしい男だ。隣りの腰弁《こしべん》らしい、背広のカラーとカウスが目立って黒く汚れた、三十五六の男が髪を捻《ひね》りながら、法律学校の書生らしい角帽をつかまいて、盛んに論じている。車の響《ひびき》と人々の声に消されて、好《よ》くは聞きとれないが、時々

「……外交の機を失したというても憚《はばか》らないねえ」とか、

「外交は下手でも戦争には強い」

などの言葉が途切途切《とぎれとぎれ》に聞ゆる。吉村は虻《あぶ》のような、群集の喧《やかま》しさを隅の方に腰を下して黙って聞いておった。そして遠慮もなく進み行く国事の急なるを思い、独《ひと》り残さるる無念さに堪え得られなかった、のみならずしばらく出入りを止められた将軍よりの電報は、吉村には何となく地獄の門にまで辷《すべ》り来たような不安を与えて種々な疑惑を生んだ。

電車から降りて茫然とした様子をして、義父の門を這入《はい》ると、留守番兼食事係とでも云うべく老夫妻が控えておった。

「どうか、お二階へ、先刻から殿様がお待ちでございます」

と丁寧にかしこまる。

二階へ上ると、将軍は襟を正して座している。吉村は両手を搗《つ》いて、

「しばらくでございます、その後はお変りもありませんか」

と懐かしさと偉大な感じに打たれて頭も上げないのである。ほとんど十年間の星霜《せいそう》を隔てて逢う事が出来なかった将軍の、年寄られた相貌《おもざし》はことごとく銀髪に変って顔は日に焼けて銅色を帯び、昔ながらの威風の凛々《りんりん》としたところへ老年の温容を加えて一層奥ゆかしく、神々《こうごう》しいように見られるのである。将軍は押し付けるような力のある声で、

「お前も根気が好いのう。八年の間よくもそうしておられたものじゃ、政府の禄《ろく》つぶしと云われても仕方があるまい」

「いかんとも仕方がありませんから」

「仕方がないなら何故仕方があるようにせんか。お前は何のために友人を持っている。何のために私《わし》のような人を先輩に仰いだのじゃ」

「閣下からは出入を止められ友人とても失策を罵《ののし》るものがあって、一身上の事を托するような、確実なものは一人もありません」

「そりゃお前の逃げ言葉に過ぎない。私が出入を止めたからではあるまい、寝転んでおって飯を喰えるから安心して来なかったのじゃろう。それほどまでに堕落をしたなら剣は要らないはずじゃ。軍人を廃《よ》して乞食《こじき》にでもなったらよかろう。乞食はまだ食を他人から求

める努力が要る。野良猫や野良犬の仲間が適当じゃ、もうそんな奴の面《かお》は私は見るのも胸が悪い、以後はもう一生私の処《ところ》へは足踏みならぬ。お前のような卑劣なものを親類に持っていると私の名誉に関する、早く帰ってくれ。今日お前を呼んだのは親子の縁を切るという事じゃ、お前のような奴のために可愛い娘や、孫までを犠牲にせにゃならん、二人はお前の自由じゃ、どこへでも連れて行くがいい」

と口に任せて罵った。

「何か他に私の落度でもありましたならば……」

「イヤッ、お前の落度は今の野良苦良《のらくら》生活じゃッ、もう死ぬまでお目にかからん。娘にも孫にもそう云ってやるがいい、逢《あい》たかったら昔のお前を恥かしめない証拠を持って来い」

と、席を蹴立てて去った。

四十七

翌《あく》れば明治三十七年、戦雲の去来はますますしげく、幾度か破れ、幾度か躓《つまず》いた我外交の不振は、端《はし》なくも国民の激烈な世論を惹《ひ》き起《おこ》した。そして七博士の主戦論を初めとして、桜田門において、聖上の鹵簿《ろぼ》を犯して直訴《じきそ》しようした青年があったり、議会では外交の不振を攻撃して、閣臣弾劾《だんがい》の奉答文を起稿したり、大河を決するように主戦論の声は、六十余州に堂々として流れ込んだような有様だ。実に今日は国民の熱誠はその絶頂に達しているのである。

海陸兵の動員令は密々《みつみつ》の間に運ばれている。ほとんど十年間、休職という鎖で繋《つな》がれて、身動きも出来ない吉村《よしむら》は世間の騒ぎが烈《はげ》しくなればなるほど、どんなに口惜しく、残念に堪えられなかったろう。加うるにもとは自分の下に就《つ》いておった酒井塚本《さかいつかもと》等が、よし酒の上の事とはいえ、職権を乱用して失意の吉村を辱《はずかし》めた一事は深く深く骨に徹して忘れられない事であった。

彼は妻子の前では争うに足らぬとして顧《かえりみ》ぬ風を装うておったが、心では憂憤洩《もらす》に由《よし》ない月日を送っておったのである。のみならずもっとも信じて疑わなかった将軍から、勘当《かんどう》に等しい宣告を受けるに及んで、ほとんど天に訴え、地に哭《こく》して自身を砕いても、なお恥を拭うに足りないのである。

軒に飾られた〆《しめ》飾り、戸毎《ごと》に翻《ひるがえ》る日章旗も例年よりは何となく、物騒がしい色を帯びている。が家内はいずれも楽しい春の寿に一家を挙げて喜ばしげに見ゆるのである。

「お正月は何度あっても楽しいものですわねえ」

と、新たに十九の春を迎えた光子《みつこ》が御膳に向った時に浮かない顔をして、新聞に見入っておる父の方に向ってこう云った。

「お前ももう十九だねえ、やがてお嫁入をせなければならんなア」

と、新聞から目を光子に移した。光子は恥かし気に俯向《うつむ》いて、膝の上で両手をもじもじしておる。

「でも貴方《あなた》、まだ御正月が楽しい時代ですもの。嫁なんぞに行かれるものですか」

と夫人が口を挟む。

「私厭《いや》だわ、嫁入なんか」

と耳元まで真赤《まっか》にして、投げるように云った光子の顔は、母よりも父に似てゆったりとしている中に、どこか神経質な影が動いている。長めと云うよりは円《まる》い方に近い、愛らしいえくぼを持った両の頬、黒い大きな瞳、鼻すじの通った、肌艶《きめ》の細かい所といい、美人側に数えらるべき方であった。体躯《からだ》の恰好《かっこう》はむしろ母に似て、痩《や》せ気味の方である。

「お前もこの頃流行の独身主義かな」

父は揶揄《からか》うように云った。

「そんな主義なぞは知りませんわ」

「近頃の女学校の先生方や、お前達の仲間がよく独身主義を唱えてるようだが、男が見つかるまでの間に合せ主義、いわば刹那《せつな》主義とでも云うんじゃろうハハハ」

「貴方、お止《よ》し遊ばせよ、女児《このこ》にもうそんな智恵なぞは付けないで下さい」と夫人は責める。

「私《わし》が付けなくとも、もう知らぬ顔をしておって光《みっ》の方では、そんなことは百も承知じゃ」

「お父さん、もう私厭ですよ、そんな事」

と少し拗《す》ね気味になる。

「正月早々そんな顔をすると貧乏神が飛び込むぜ」

「ホホホこの上貧乏神が飛込んでも大丈夫ですね」

と夫人も興ずる。

「でも父さん厭な事ばかり仰有《おっしゃ》るんですもの。貧乏神が飛び込んだって私の故《せい》じゃなくってよ」

「発起人は私か」

と親子三人雑煮《ぞうに》の卓を囲んで睦《むつ》ましげに物語っている。とやがて車の轍《わだち》が聞えて、門外に止まったと思うと、石段を登る音が聞えて、戸口の鈴《ベル》がけたたましく響いた。年始の客が来たのであろう、再び戸を閉じて石段を降りて車の響《ひびき》が遥かに聞えて立去った様子。夫人は初め戸が開いて、鈴の響がした時から、しばらくはしを持ったまま、じっとその音に耳をすまして、非常に驚いた表情をした。もっとも折々はこんな風に神経が高まるのが夫人の癖であったが、この時の表情は一緒に座っておった娘光子に、また夫にも電気に刺戟《しげき》されたように一種のある恐れを呼び起さしめたほど、不思議な気狂《きちが》いじみた素振りであったのだ。

「お母さん、どうかなさいましたか」

と光子が心配げに尋ねる。

「私の顔色が変ったかい」

「ええ、そりゃ驚いたわ」

「お前、身体《からだ》が悪いんじゃないかい」

「いいえ、今朝《けさ》起きる時に少し頭痛がしておりましたばかりで、別に何ともありません」

「母さん、どうして、あんな素振をなさったの？」

「……………」

「どうしたんか、一体」

と吉村は注意深い瞳を、蒼覚《あおざ》めた夫人の顔に注ぐ。

四十八

光子《みつこ》は、問うても顔色まで変えて、答えない母を見ては心配でならない。そして何だか恐ろしい意味でもあるように感ぜられもする。はては堪《たま》らなく不安になって、縋《すが》るように、

「お母さん、どうなすったの、よう」

母はようやく気を静めて、

「何あに、何でもないのよ」

「何んでもないでは判《わか》らん、一体どうしたんか」

と夫までが心配そうに云う。

「今日はお正月で、こんな事はなるべく申上げまいと思いましたが、いわないとまた気にかかりますから申上げますが、昨夜《ゆうべ》どうしてか、私少しも寝られませんで、床の中で色々と考えて、眠るともなくうとうとしておりますと、玄関先へ車の音が聞えて、それが止むと今のような足音で石段を上る音が聞えるじゃありませんか。すると今度は非常に荒々しく戸を開けたと見えまして、戸の鈴《ベル》が静かな室《へや》へ騒々しい響《ひびき》を立てて、誰か這入《はい》って来ました。この時私は滝《たき》やと呼んでも出て来ませんし、光子を呼んでもおらないようですし、仕方なく玄関先へ出て、お客様を迎えますと、若いような所もあり、また私位の年にも見ゆる婦人の方なんですのよ」と息をつぐ。

「婦人がどうしたんです」

光子はまだ不愛想な顔つきで尋ねる。

「その婦人が、『御主人にお目にかかりとうございますから、お取次を願います』と云って私の頭から足の先まで据《すわ》ったような目で見廻して、しまいには私の顔を、その怒ったような、嘲笑《あざわら》ったような悲しいような、恨めしいような、もうそりゃ何とも云えない恐ろしい目でじっと見た限《き》り、動かないのですもの。私が『只今留守ですが何方《どなた》でいらっしゃいます』と尋ねても何んにも云わずにその恐い目でまだ見ているのです。もうもう気味が悪くって、気味が悪くって心臓が破れるように鼓動して知らず知らず後退《あとずさ》りして、私はこの部屋へ逃げて参りましたの。すると今度は出て行ったような気配がして戸が閉り、やがて車の音がして行って

しまったようでした。それが今のような音を立てて這入って来たのですもの、私も吃驚《びっくり》しましたわ」

「そんな、つまらん、何だ、馬鹿らしいハハハハハ」

と吉村《よしむら》は聞えるように高く笑った。

「でも不思議ですわねえ、母さん」

「そう、そう、その御婦人が二人の小供《こども》を連れていましたっけ。一人は奇麗《きれい》な女の児で、一人は多分男でしょうか、頭へあの人形使いが被《かむ》るような黒い頭巾を顔まで被せてありましたの」

「私、何だか恐いわ」

と光子は身体《からだ》を左右に搖《ゆす》る。吉村の顔色はちょっと変ったが、夫人も光子も気が付かなかった。

「何んだ、馬鹿々々しい、そんな夢を……」

「でも今の鈴の音が聞えると、急に昨夜の婦人の顔が思い出されて、思わず叫ぼうと思いましたの」

と夫人はようやく顔色を回復して微笑をもらした。

「下らん事だ」

と打消すように吉村が云う。

「でも、そんな初夢は悪かアなくって」

と光子は憂顔《うれいがお》。

「初夢は今晩が初夢を見る晩よ」

「そう」

とどうやら三人の思いがまちまちに乱れたようで、しばらく言葉が途切れた。こんな話の中にいつしか、食事も了《お》わって、お滝がしきりに食器を片付ける音が台所にする。

「おい、何時か。これからちょっと年始に出かけるから礼服を出しておいてくれ」

「ハイ、礼服は出してありますが、まだ八時になりませんのよ」

「そうか、光さんお前の学校は何時《いつ》からか」

「十時からですのよ。まだ大丈夫よ」

「ウム、誰か来たんか、ちょっと名刺受を持ってお出《い》で」

「でも私、恐いわ」

「馬鹿な」

と父に叱られて、恐る恐る玄関へ出て光子は一枚の名刺を持って来た。

「村瀬泰次郎《むらせたいじろう》と仰有《おっしゃ》る方よ」

と父に名刺を渡す。

「なに、村瀬泰次郎？」

と頭を傾《かし》げて考える。

「どうも聞いたような姓名だなア、村瀬と」

気が付いてみれば、なるほど村瀬とは聴いた名に違いない。しかも自分が露国《ろこく》におって、日本亭へ通っておった当時の領事館員、登茂子《ともこ》に一身を挙げて職をやめられ日本へ帰った後《のち》、杳《よう》として消息がなかった男であった。当時は恋の仇で互《たがい》に反目もしあったが、今になってはかえって懐味《なつかしみ》も増して、逢ってみたい心地がする。しかし妻の夢といい村瀬の訪問と云い、偶然とは云え、あまりに不思議である。吉村は何くわぬ顔して、

「ウム、判った、露西亜《ロシア》におった時の知人じゃ」

「でも好くまア、尋ねて下すったのねえ」

と夫人が云った時、再び戸が開いて案内を乞うものがある。光子は出てみると海軍省からの使いのもの。勿体《もったい》ぶった大きな文字で海軍省と印した状箱《じょうばこ》を父に渡すと、父は不安そうな顔で箱の紐を解いて中を覗くと一通の辞令様《よう》の紙。

「有難《ありがたし》々々」

と心の底から叫んだ。書状を握ったまま歓喜の涙をながした。

「おい、いよいよ、動員令が下った。駆逐艦長に任ぜられた。喜んでくれい、私《わし》も十年目で世の中へ出られた」

四十九

　吉村《よしむら》が駆逐艦村雲《むらくも》に艦長として赴任してからは、武《たけ》子《こ》夫人、光子《みつこ》嬢はひたすら夫の武運を祈り、父の名誉を回復すべき勲功をのみ願うておった。ことに光子は当時有名な婦人矯風会《きょうふうかい》々長××女史が、基督《キリスト》教主義の下《もと》に経営せるある女学校に通学する処《ところ》から、今は真《ま》面目《じめ》な信者となって、日曜の集会、水曜の祈禱会《きとうえ》には欠かさず出席して、神様に父の成功を祈るをこの上ない務めとしておる。家に在《あ》っては淋しい留守居の母を慰むるにも、耶蘇《やそ》教の尊きを説き、神の摂理の偉大なる事を説いた。のみならず光子の友達で熊本のさる物持の娘で岡田《おかだ》と呼べる、バイブルウーメンの志願者で校中第一の信仰家が留守見舞かたがた毎日のようにやって来て、夫人に道を説いた。夫人も初めは迷惑そうな顔を度々《たびたび》見せたが、岡田の根気の宜《よ》いのと、分け隔てのない、親切気に絆《ほだ》されて、とうとう根気負《まけ》がしてしまい、岡田の命ずるままに新らしい聖書と、讃美歌を持って、三度に一度は処理で教会へ出かける事になった。

「おばさん、またやって来ましたよ」

　と玄関から声をかけて這入《はい》って来たのは髪を引詰《ひっつめ》に結《ゆ》うて、木綿黄縞の筒袖に、セルの霜降地《しもふりじ》の袴《はかま》をはいた、風変りの女。年は光子よりも五つ上の二十三、顔は浅黒く少し杓子《しゃくし》だ、目のギロッとした、頬骨の突出《つきで》たところは、どう欲目で見ても十人並とは思われない醜女《しこめ》。

「岡田さんですか、今帰って休んだばかりのところです。一時間の説教にすっかり労《つか》れてしまいましたわ」

　火鉢の前へ座って、夫人は凍《こご》えるように冷たくなった手を温めている。そしてほとんど一時間余りもお付合に整《ちゃん》として教会の椅子に腰かけている事は夫人には堪えられない苦痛であった。

「今日のお説教は力があってよかったわねえ」

　と母のぬぎ棄《す》てた着物をたたみながら光子が云った。

「やはり信仰のある方の説教は真心から満ち溢れて出てきますから、力が加わっているのですわ。おばさんのお疲れになるのも、つまり熱心にお聞きになったからよ」

と神様を親類に持って、人の秘密は何でも判《わか》るといわぬばかりの顔で夫人の傍《そば》へ座った。

「今日の牧師さんはいつもの方と違いますのねえ」

「あら、お母さん、あれが村瀬《むらせ》さんという方よ。ほらお父さんが露西亜《ロシア》で知っていらしゃると仰有《おっしゃ》った、年始にいらっしゃったじゃありませんか。私今帰りがけに岡田さんに紹介されて逢ってきましたわ」

と光子は口を挟む。

「ああ、あの方が村瀬さんなの？　一体どんな方ですの」

と夫人は岡田に尋ねる。

「聖書に人を議する勿《なか》れということがありますから、人のことをいうは罪ですけれども、幸いに深くは悪い方面は知りませんが、何んでも郵船会社の課長で、非常に勢力のあった方でしてお金の廻るところから随分遊んだそうですが、悔改めて信者になってから、一層感じて会社の方はお辞めにして半生を道のために尽したいというお心から、牧師になった方だそうです。本《ほん》統《とう》にいかにも村瀬牧師のお話にあったように全く神様の御心《みこころ》ですわねえ」

「本統ですわ、何という立派な方なんでしょう」と、光子は感じ入ったという風にこういった。

「領事館にいらっしゃったのではないの？」

「その前にも領事館におられて、外交家としては有望な方だったそうです。けれども悔改める位なお方ですから真面目な同僚方とは気が合わなかったですね、それで領事館の方は病気だというて辞職なすったんだそうです。これも追々《おいおい》に神様が村瀬牧師に使命を授けるようにとの御心なんですね。私達もいつ選《えら》まれるかも知れませんから、最後の喇叭《らっぱ》の鳴らない中《うち》に、お互に悔改めて、善かつ忠なる神様の僕《しもべ》とならなければなりません」

時々スミ何とやらいう西洋婦人伝道師を真似《まね》た口調を混ぜて、厳《おごそ》かに語るところは確かに天国の事情に通じておるらしく聞える。

「吉村などから見ると、よほどお年を取っていられるようですね」

「イイエ、お母さん、あれでそう違わないんだそうです」

「でもお前、頭があんなに禿《は》げているじゃありませんか」

「お母さんそんなことを……」

と光子はじっと目を母の顔に据えて制する情を見せる。

「禿げているから、禿げているというに何も悪い事はないじゃありませんか。禿げているものを禿げていないといえば、そりゃ神様の御心に逆《さか》うことになりましょうが……」

「そりゃ、おばさん、神様を穢《けが》すことになります。何ごとに限らず神を口にすることは神様を穢すと聖書にあります」

聖書を真向《まっこう》に振りかざしての岡田の説法には、いつも夫人は辟易《へきえき》して口を閉ずるのが常であった。

「お母さん、今日昼から村瀬先生がいらっしゃるかも知れなくってよ」

と光子は思い出したようにいう。

「どうして？」

「先刻《さっき》帰る時に先生にお逢いしたら今日あたり留守見舞かたがた伺いたいと仰有っていましたもの」

「そうそう私にもこの間から是非連れて行ってくれと仰有っていました」

五十

「私が村瀬《むらせ》です」

とかなり古くなった、フロックコートのズボンをはち切れるように膝を折って座って、小山のような肥《ふと》った身体《からだ》を据える。

「初めてお目にかかります、私が吉村《よしむら》の家内です」

と挨拶を済ましも敢《あ》えず、傍《かたわら》より岡田《おかだ》は、

「光子《みつこ》さんは信者ですけれども、まだおばさんは求道者でいらっしゃいます。初めは中々頑固で相手になさらなかったのですが、この頃はようよう教会へだけはお出《いで》になるようになりました。先生のような強い味方が出来ましたから、今度はもうおばさんを逃がしませんわ」

「ハハハハ、そうですか、それは結構です」

と、ポケットからハンケチを引張り出して、脂肪《あぶら》でギラギラする円《まる》い顔を襟元まで拭うて、奇麗《きれい》に禿《は》げた頭を二三度丁寧になで下して、

「お留守居はお淋《さび》しいでしょう」

「ハイ、女子《おんな》ばかりですから、ちょっと事が起りましても心配で堪《たま》りません」

「ウム」

「だから、おばさん、そういう時には神様にさえお縋《すが》り申してお出になれば決して淋しくも手頼《たより》なくもありませんのよ」

と、岡田はどこまでも教え導く物いい振り。

「御便りはありますか」

と村瀬の云うを、

「昨日でしたわねえ、おばさん、横須賀から端書《はがき》が参りましたのは」

と岡田が口を挟む。

「ハイ、二三度参りましたが、最近に横須賀からいよいよ航海を初めるとだけ端書で知らして来ました」

「ハア、中々お忙しい事でしょう、大分問題が八釜《やかま》しくなっておりますからなア」

「私達には何だか、さっぱりその辺の消息は判《わか》りません」

と夫人は謙遜する。

「大分非戦論と主戦論と烈《はげ》しいようですが戦う方が神様のお心だと思いますわ。日本は随分今まで我慢に我慢をしてきたのですから、もう起《た》っても宜《よ》い頃でしょう」

と相変らず岡田は能弁を振う。

「そうですなア、どうです岡田さん、娘子軍《ろうしぐん》でも組織して満洲へ繰り込んだらハハハハ」

と村瀬が冷かす。岡田は仏頂面《ぶっちょうづら》をして黙ってしまった。

「去年の十二月、丁度当地へ私が転任になりましたから、早速伺って懐旧談でもしようかと楽みにしておりましたが、忙しいためとうとうお逢いする事が出来なくなりまして残念です。今度は当分はお帰りありますまい」

「ハイ、いつ帰れるか、今度はよほど面倒のようでございます」

「アア、そうでございましょうなア、しかし吉村君も変られたでしょうなア」

「いや別に目立っては変ったところはございません。若い時のように呑気《のんき》でございません。それにしばらく休職されておりましたものですから」

「そうそうそんな事を伺っておりました。どうですか、宗教の方は吉村君は……」

「ハイ一向解《わか》っておりません」

「これから奥さんの御尽力で是非信者になって頂くですなア」

「どういたしまして、私なぞはまだまだ、ほんの昨日《きのう》今日《きょう》、岡田さんや家《うち》の光子に誘われるものですから、仕方なく出席いたしたもので、信仰なぞは全く起《おこ》っておりませんです」

「イヤ、一つの種が地に落ちて芽を出すまでも容易じゃないのです。追々《おいおい》に時節が来るでしょうから、日曜の集《あつま》りだけでも欠かさずにお出を願いましょう」

「ハイ、出来るだけは伺う事にいたしましょう」

と夫人は村瀬牧師の寛大《ゆったり》とした人物でどことなく愛嬌のある態度を快く感じた。

「今度私が当地へ参ったについて感じた事は自分の天職という事ですなア。丁度今日のように国と国との平和が破れようとして、戦おうか戦うまいかというような場合に臨んだ我々国民の決心とも同じことです。随分こういう際には自分の立場を忘れて耶蘇《やそ》教の牧師が非戦論を唱えたり、軍人の奥さんが軍隊を背負って立ったような事を云ったり、砲兵工廠《ほうへいこうしょう》の職工が政治を論じたりするような奇妙な事が出てくるものです。譬《たと》えば私が東京へ転任せなければならぬ身体《からだ》を、途中で余計な伝道をして東京へ赴任することを忘れているようなことも意味が同じです。つまりそういう場合に私達は、いずれが神様の御心であって、いずれがそうでない、と断言は出来ないのです。だから二つの中《うち》一つを選んで真面目《まじめ》な心持《こころもち》で働く、これがやがて自分達の信仰から出てくる天職です。だから論理に当てはまらないかも知らぬ、あるいは学者が見て笑うかも知らんけれども、私達は人の仕事を見て笑心《しょうしん》不真面目な心より笑わるる真面目の心を取りたいのです。与えられたる職分を真面目に尽すということです」

言葉は平凡であるが熱誠をこめて語った。

五十一

一月三十日横須賀なる村雲《むらくも》艦外数艦に至急佐世保《させぼ》に回航せよという命があった。無論各艦は秘密の中《うち》に準備を了《おわ》って、佐世保に急行すると、越えて二月六日午後一時を以《もっ》ていよいよ重要なる命令が下った。それは露国《ろこく》東洋艦隊の精英二十万噸《トン》を旅順《りょじゅん》港に打ち破るべき重大な任務であった。各艦の全員はこぞって喜び勇み、肉躍り血沸くの慨がある。

この日東郷《とうごう》司令長官は各艦長を会して軍議を凝《こら》し、直ちに西北を指して、威風堂々、舳艫《じくろ》相銜《あいふく》んで長蛇《ちょうだ》のように荒浪《あらなみ》を破って進んで行く。

翌七日第四戦隊に別れ聯合艦隊《れんごうかんたい》は進んで旅順を去る五十海里《かいり》の処《ところ》に碇泊《ていはく》することとなった。午後六時敵艦隊襲撃の命は、旗艦三笠《きかんみかさ》より駆逐艦隊に下った。

帝国の存亡に関する海戦の第一戦はかくして開かれるのである。我が艦隊の意気を挙げるもこの一戦、意気を失わしむるもこの一戦である。艦隊の意気を失わしむるはやがて国家の意気を喪失せしむるに等しきもの、実にこの一戦は帝国の運命を担う重大なる戦《たたかい》である。この任務は各駆逐艦の統御者の艦長の双肩にあるは云うまでもない。

吉村次郎《よしむらじろう》も重き責任を担うた一人である。のみならず日清の海戦に失策を取って以来先輩に棄てられ、信友に愚弄《ぐろう》せられ、悲憤の月日を送ることに十年、いよいよ吉村次郎の存亡を定むる時機が到来したのである。

彼《か》れは全員を甲板に集めて、「艦隊の興廃《こうはい》この一戦に在《あ》る」旨をいい含めて固い決心を促した。

全員ことごとく艦長の前に成功を誓い、六時半を過ぐる頃、出師《すいし》の準備終って村雲を先導に駆逐艦隊は静かに本隊を離れて旅順に向うた。

限りない星の空は晴れて、ほとんど灯火と点々たる円天井《まるてんじょう》の下を辷《すべ》り行くように、何等の障害もなく進んだ各艦は灯火と高声とを固く禁じて、暗黒と寂寞《せきばく》の境を進み行く。

そして何となく爽快と不安の感覚を以て包まれた吉村は絶えず艦橋《かんきょう》にあって、双眼鏡を手にして闇を探っ

ている。たちまち前方に声を聞て目を見張れば、ジャンクらしい帆船が村雲の先を危く横切るのであった。

やがて弦月《げんげつ》は東の空に浮んで、陰気な光を海面に投げ、一層の凄味を覚ゆる。行手に薄墨を拭うたように眠っているのは、たしかに老鐵《ろうてつ》、黄金鶏冠《おうごんけいかん》の山々である。ますます進んで近づけば午前一時を過ぐる十分、突如として朦朧《もうろう》とした小山のような船体を認めた。正《まさ》しく敵の哨艦《しょうかん》である。

けれども敵は我が駆逐艇なることを覚らずに村雲の西を東に向って航行しつつあるのだ。

「艦長ッ、やッつけましょうか」

と低い声で叫んだのは、ブリッヂの下で双眼鏡を手にしている、航海長である。すかさず三四名の兵士は水雷発射の命を促すために甲板の諸方から集まって、航海長を取囲んだが艦長は両手を挙げて制止した。

艦《ふね》はいよいよ進んで港口に近づけば、老鐵山の北の方に列を正して碇泊しておるのは敵艦隊主力、戦闘艦レトウイザン、ツレザレヴィチ、プレスウイット、ボブーダ、ベトロウバウロスク、ボルタワの六隻を初めとして巡洋艦バルラダ、デイヤナ、アスコリッド、ノーウック以下駆逐艦水雷艇の数隻である。敵艦の密集してほとんど隙間もなく並んでおるのを見た。

我兵は轟《とどろ》く胸を抑えて、発射の命を待っておる。大胆にもいよいよ艦を進めて敵の哨兵《しょうへい》が更《ふ》けわたる寒天を望んで、茫然《ぼんやり》突立っておる姿を認めて、初めて艦を停止した。

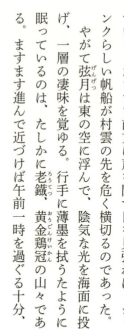

その瞬間、

「打てッ」

の命令は村雲を初めに、各艦から寂寞の天地を破って聞ゆる。

間もなく轟然《ごうぜん》たる響《ひびき》と共に白煙パッと揚《あが》って、我艦隊を包む。水雷の飛ぶ事、前後八発。敵艦は一時に立騒ぐよと見えて、打ち出されたる砲弾は、恐愕狼狽《きょうがくろうばい》に狙《ねら》い定まらず、我艦隊の左右に落下して、徒《いたず》らに海水を騒がしむるのみであった。

この砲声を気付いてか、老鐵山砲台より白煙むらむらと立ち上り、巨大なる爆声とともに、火焔《かえん》を閃《ひらめ》かして三十三珊《サンチ》の海軍砲弾は空を切って、雷のような震動を以て飛び来《きた》り、村雲の舷《へさき》に近く落ちて水柱《みずばしら》を数丈《すうじょう》の高さに上げた。

続いて各砲台、各艦より放った砲弾は殷々轟々《いんいんごうごう》と轟きわたって、一時に数十本の水柱を海面に立てる。

やがて我が艦隊から打方《うちかた》止めの喇叭《らっぱ》が砲声を縫うて響きわたって、悠々として探海灯《たんかいとう》の閃きと水柱の間を徐々に本隊へと引上げた。

五十二

九日旗艦《きかん》三笠《みかさ》は本隊を率いて、旅順《りょじゅん》の西南に航行中であった。東郷《とうごう》司令長官はブリッヂに島村《しまむら》参謀長以下を会して軍議中、旅順方面の偵察を了《おわ》って帰ってきた出羽《でわ》少将の無線電信に接した。曰《い》わく、吾《わ》が水雷襲撃のため敵艦数隻破壊せられて、傾斜せるを認む。中《うち》三隻は一等戦闘艦レトウイザン、ツレザレヴィチ、巡洋艦バルラダなることを確《たしか》めたり。

と一座皆剣を撫《ぶ》して勇み立った。たまたま一等兵曹が塚本《つかもと》砲術長から艦長に打合わせる使命を齎《もた》らして這《は》入《い》って来てこれを聞てすぐに砲術長に報告する。

「ウム、そりゃ痛快じゃなア」

と右舷速射砲《うげんそくしゃほう》の左側に突立《つった》って、部下の任務を監督しておった塚本少佐は太く透る声でいった。そして砲の装填《そうてん》に忙しい部下を顧みて、

「おい、貴様達はしっかりやらんと、駆逐艦に月桂冠《げっけいかん》を奪われるぞッ」

と怒鳴った。

「駆逐艇はどうかしましたか」

と側《そば》におった少尉候補生が尋ねる。

「昨夜の襲撃で私達《わし》の機先を制したんじゃ」

「幾艘ばかりやッつけたんです」

と候補生は重ねて尋ねる。

「数艘が破壊されて傾斜しておるという報告です」

と兵曹が答える。

「先がけされたのは残念だが、しかし旨《うま》く行ったねえ」

と候補生は腕を拱《こまね》いて感心する。

「ハア、とにかく一人も死傷がないという事です。それに村雲《むらくも》艦なぞはボベータの甲板に人影の見ゆる所まで突進したんだとかいう話です」

「ウム、艦長は何方《だれ》か」

「吉村《よしむら》少佐殿です」

と肩を聳《そび》やかして兵曹は答えた。装填に余念のない山本《やまもと》一等兵曹は、吉村艦長の名を耳に挟んで、思わず振り向けば、西村《にしむら》兵曹が候補生としきりに話しておる。

「オイ、西村、吉村殿がどうしたんか」

「襲撃の先登《せんとう》で大成功を博したんだ」

「エッ、吉村艦長がッ」

「ウム」

「本当かえ」

と見る見る顔の血の気は満ちて、輝くような笑顔を作って、

「そいつは有難い」

「あまり有難くもないぜ、こっちの力瘤《ちからこぶ》の入れ損だ」

「馬鹿いえッ、やはり名将はさすがに腕の冴えが違うねえ」

「しかし大抵にして、もうこちらへもお鉢が廻《まわ》って来てもいいがなア」

と西村が嘆声を洩らす。

「己《おれ》の腕を見い、わくわくして震えちょるわい」

と九州出身の水兵が銅のように赤黒く輝くような腕を握り、コブシで二つ三つ擲《な》ぐる。

「いまに腰が抜けるんだろう」

と、シャツ一枚になって弾薬を運んでおった一人が冷かす。

「馬鹿吐《と》け、武者震いじゃ」

山本兵曹は吉村の消息を聞いて、兄を思うよりも懐かしく、どうかして村雲に転乗して艦長を助けて上げたい。討死《うちじに》するならば共に海の底に沈みたい、同じ戦いに従事するにも、心の許し合った人と共に生死の境に立つ事は、どんなに心置《こころおき》なく働けるであろう、と思い続けて矢も楯《たて》も堪《たま》らなくなって、分隊長の処へ行って、

「分隊長殿ッ」

「何かい」

「私を村雲艦へ遣《や》ってくれませんか。吉村艦長には大恩のある身体《からだ》でもある。是非艦長を助けて、働いてみたいです、私は死んでも行きたいです」

　と中年の山本が自分より年若い分隊長の前に小供のような駄々をこねるに等しいのだ。分隊長は笑って、

「何んだつまらないじゃないか」

「イヤ、是非やって頂きたいです」

　と、熱した眼を物凄《ものすご》く据えて、中々固い決心の色を浮べている。分隊長は山本の単純で小児《こども》のような無邪気と、恩人を思う美しい心持《こころもち》とを酌んで、引止《ひきと》めるべき軍隊規定の法則を云うことが出来なかった。また強《しい》て山本の純なる感情を傷《きず》つけることを避けて、

「そんなに行きたかったら、塚本砲術長に頼んでみい」

　と逃げた。

　山本は砲術長を探すべく、船橋《せんきょう》を下って機関室の方へ下った。

五十三

士官室でようやく砲術長を見出《みいだ》して山本《やまもと》は息を続《つ》く暇もなく、塚本《つかもと》少佐の前に直立して、

「私は右舷速射砲《うげんそくしゃほう》付の下士山本兵曹ですが、お願《ねが》があって参りました」

と丁寧に述ぶるを少佐は葉巻の灰を払って椅子に寄りかかり、

「何《な》んじゃ」

「実は村雲《むらくも》艦長吉村《よしむら》少佐殿にはただならぬ御世話を蒙《こうむ》りまして、日頃その御恩を報じたいと心懸けておりましたが、機会がないため、今日まで心もとなく過ごしておりました。今度いよいよ吉村殿が出征なさるに付いて、どうか一緒に勤務したいと思っておりましたが、到々《とうとう》そういう事にならずにしまいました。今日突然昨夜の水雷襲撃に参加されて花々しい働きを立てられた事を聞いて無精《むしょう》に懐かしくなりまして、じっとしてはおられませんから、どうか出来るなら御一緒に働きたいと思いまして、分隊長にお話しましたら砲術長にお願せいという事でありましたからお願に参った次第です」

側《そば》におった二三人の少尉が哄《どっ》と笑った。塚本は渋面作って、

「馬鹿者ッ、軍隊の規定を弁《わきま》えんかッ帰れ帰れ」

と叱咤《しった》する。

「どうしてもいけませんか」

と念を押す。

「白痴《たわけ》めッ、貴様は何のために戦争をするんかッ、吉村のために戦争をしとるのかッ」

「国のためです」

「判《わか》っているなら何故下らん事を云うかッ」

「もう私は黙っておられないのです。明日にも戦争が初まれば艦長の生死のほども判りませず、私の生死も計られません。出来るなら同じ所で枕を並べて死に、同じ所で働きたい決心がどうしても抑えられないのですから、どうか出来るなら村雲にやって下さい。骨が粉になっても厭《いと》いません」

と熱烈に云って少佐に詰寄る。

「馬鹿も大抵にせんと処分するぞッ。大敵を前に控えて私事を計るとはよくよく白痴けた奴だ、早く任務に就《つ》かんかッ。吉村のような無能な奴の下《もと》にはお前のような白痴ものが養成されるのだッ、馬鹿ッ、早く去れ」

と、罵《ののし》られ、嘲《あざけ》られて、悄然《しょうぜん》として山本は出て行った。

＊　＊　＊　＊　＊

旅順《りょじゅん》港外における大会戦、仁川《じんせん》港外の海戦、水雷駆逐艦隊第一、第二回襲撃は敵に多大の損害を与えて、我が大勝に帰し、昨日までは精英二十万噸《トン》、厳然として旅順港頭に、鷲《わし》の旗印いかめしく、東洋の天地を圧した露国《ろこく》東洋艦隊も、今日は逃場を失った裏天井の隅にひそむ鼠のように、港内深く潜んで容易に出て来る気色《けしき》もない。この機を逸せず我司令長官は各艦に令して港口閉塞の計画を立て、その任務に当るべき決死の士《つわもの》を募集した。諸君も既に熟知せらるる通り、港口閉塞の任務の重大な事は云うまでもなく、敵の監視の厳重な境界で、これを行うは容易な事ではない。今日まで世界の海戦史上に現われておるものは、二つ三つあるが、皆好結果を得なかったのである。しかも我が艦隊はあくまでもこれを決行せなければならなくなったのである。ほとんど絶望に等しい閉塞を多大の犠牲を払ってやらなければならないのだ。しかも敗滅《はいめつ》に近い港内の敵艦に対してである。もし当時東郷《とうごう》司令長官にして我軍の猛威をのみ頼んで、ここに何等《なんら》の注意を払わなんだならばどうであろう。露国は東洋艦隊を破れたりといえども、なお西にバルチック艦隊の堂々たるあり、北に浦塩《うらじお》艦隊の潜むありだ。この際露国にして波艦隊《はかんたい》を極東に派遣すると共に浦塩艦隊をも旅順に向わしめたとしたならば、我が艦隊の一は旅順の廃艦に当り、一は波艦隊に、一は浦塩艦隊に当らなければならぬ。多くもない艦隊を三分するは大なる不利益である。それは我兵いかに勇ありといえども、果して三方面における合戦に勝《かち》を制するや否や疑わしいのである。よし万一勝利を得たとするも、敗余の敵艦をして旅順に逃げ入らしめたならば敵は優に二十五万噸の聯《れん》合艦隊《ごうかんたい》を組織して、世界無比の要塞旅順に立籠《たてこも》る事を得たのである。しからば、この場合果《はた》してよく今日の成功を博し得たであろうか。ここに至って港内の閉塞は至難の業《わざ》で、我艦隊のみならず海を渡って輸送しなければならぬ陸軍の運命をも合《あわ》せ担わなければならぬ危急な事業であったのだ。この名誉ある死界に身を投じて惜《おし》まなかったのは、実に二千有余名の多きに上った。無論山本もその中の一人であった。しかるに選抜されたものは三将校以下七十七人と決定され、その夕方各自の姓名は各艦を通じて掲示された。

五十四

　夕飯の喇叭《らっぱ》は旗艦三笠《きかんみかさ》の甲板に響き渡って、選抜された勇士の姓名を掲げた掲示場に集まっておった将校水兵の一団は各自夕飯の席に付くべく崩れるように甲板に出《い》で、

「お互に残念だねえ」

　と背の高い顔の四角な薄い口髯を生した中尉が後方《うしろ》の少尉を顧みて云った。

「イヤ、到底一回で終る事でないからまた及第することもあるだろう」

　と短躯《たんく》な少尉は大股にゆったりと歩きながら答える。

「何を標準として選抜したんだろう」

「なるべく係累《けいるい》の少い、戦死しても差支《さしつかえ》のないものを選んだのだそうだ」

「そりゃ当を得ない話だ、我々軍籍にあるものは初めから後顧《こうこ》の憂《うれい》のないはずじゃないか」

　と中尉は少尉の答《こたえ》を待つ。

「そりゃ程度問題さ、お互に生れてきた以上は父もあり母もあるからな、全く係累が無いとは云えない。従って絶対に後顧の憂がないとは云えない」

「すると、その中に係累のない奴という訳じゃねえ」

「まア、そうだろう」

「しかし、吉村《よしむら》少佐なぞは立派に妻子眷属《けんぞく》を有していながら、劈頭《へきとう》第一に選抜されているじゃないか」

「そりゃ司令長官の眼鏡《めがね》で選んだのだろうから抗議を申込む訳に行くまい」

「そうかなア、しかしお互の腕を揮《ふる》うべき時はいつなんだろうなア」

　ともどかしそうに中尉は身体《からだ》をゆすって食堂へ入って行く。少尉も続いて這入《はい》ると戦友はもう八分通り押かけて盛んに快談の声が八釜《やかま》しい。一枚の開き戸を隔てて隣りは砲術長、艦長、その他歴々が食を執《と》るべき室である。まだ六七脚の椅子が空いているのは軍議の席に列せる人々が帰らないのであろうか。塚本《つかもと》少佐は今日一日の海上の偵察に疲れた身体を椅子に寄せて、ナイフとホークを手にした時、ボーイが慌《あわただ》しく這入って来て、

「ちょっと艦長室まで御出《おい》でを願いたいそうです」

「急用か」

「ちょっと来て頂きたいと仰有《おっしゃ》っておられます」

「じゃ今行く」

とナイフを投げ出して、身体を重そうに運んで出て行く。甲板の上には哨兵《しょうへい》が厳然と控えているのと、航海長が歩きながら思い出したように双眼鏡で監視をしているだけで、寂《しん》として水を打つように静かであった。

艦長室へ這入ると艦長を中央に、副長以下三四の将校がテーブルを囲んで談笑している。

「何か用ですか」

と塚本は形式的に挙手の礼を為しつつ艦長と向い合った椅子に就《つ》く。

「ナアニ大した事ではないが、右舷速射砲付《うげんそくしゃほうつき》の下士で山本民造《やまもとたみぞう》というのがいるねえ」

と肥《ふと》った身体を前に屈《かが》めて、テーブルの上で書籍《ほん》の間から半紙に書いたものを示して、

「これだねえ、今日の選抜に洩れたためにこんな物を書いて、是非吉村の下《もと》で働かしてくれということなんだが、強《し》いての志願だから履歴を調べてみると別に係累もないらしいから、君の方で都合がついたら決死隊へ編入してやったらどうかと思うんだが、どうかねえ」

と艦長はいった。

「アア山本ですか。そりゃ募集前から吉村に大恩があるから、是非村雲に転乗させてくれというような馬鹿気た事を云う、始末に負えん奴です。しかし奴《きゃつ》がおら

ん と少々困るのは彼《あれ》が右舷速射砲では一番老練で正確な奴ですから、ちょっと差支えますがなア」

「そうか、じゃ君からよくいうてやってくれ給《たま》え」

「じゃ、早速いうておこう」

「そうしてくれ給え」

といいながら立上った艦長は食堂に向う。跡から副長その他の将校も続いて出て行ってしまう。

「ボーイ、ボーイ」

と少佐の声に応じて、水兵服をつけたボーイが現われて、真直《まっす》ぐに姿勢を正して挙手の礼をなす。

「右舷速射砲の山本を呼んでくれッ至急だ」

「ハイ」

と慌しくボーイは出て行った。塚本はポケットから葉巻を摑《つか》み出して火を点じて待ち構える。

五十五

山本《やまもと》は士官室から悄然《しょうぜん》と俯目《ふしめ》になって出てきた。無論意地悪い塚本《つかもと》少佐に一言のもとに刎《はね》付けられたのである。明日の晩を以《もっ》ていよいよこの大壮挙が行われるのだ。吉村《よしむら》殿も定めし準備をなされておるであろう。自分が参加する事が出来なかったならば、もう永久にお逢いする事も覚束《おぼつか》ない。どうしても自分は行かなければならぬ。譬《たと》え上官に断念《あきらめ》ろと云われたからといってどうして断念られよう。我が愛慕する帝国のためと、我を愛撫し、指導された、吉村少佐のためだ。自分の死すべきはこの機会を措《お》いてどこにあろうどうしても行かなければならぬ、と思い続けて右往左往《あちらこちら》に行き交う同僚の間を縫うて歩いておると、

「オイ川畑《かわはた》、うまくやってるね、しっかり頼むぜ」

と肩を打つ音、続いて二三人が駆けて来て、続けさまに祝辞を述べる。

「お目出度《めでと》う、明日の晩はお別れだねえ」

と口々に云う。山本は顔を上げると選抜の光栄を担って得意げに、骨格の逞《たくま》しい身体《からだ》を反らして突立っておる機関兵曹川畑を取巻いて、戦友の二三が笑いさざめいておるのであった。

「どうせ明日の晩から竜宮城裡《りゅうぐうじょうり》の人となる身体だ。祝ってもらうのも今日限りついでにもう二つ三つ肩を打ってくれ、力瘤《ちからこぶ》が這入《はい》り過ぎる故《せい》か肩が凝るわ」

「按摩《あんま》のはなむけもちょっと面白いねえ」

と後《うしろ》に廻《まわ》って肩を叩いてやる。

川畑は悄気《しょげ》た山本を見付けて、

「山本、馬鹿に悄気返ってるじゃないか、そんな不景気な面《つら》は廃《よ》してくれ」

「イヤ弱ったよ、どうかしてお伴《とも》が願えないか」

と山本は初めて晴《あか》るい顔になる。

「ウム、落選したから失望してるんか」

「どうかして行ける工夫はないものかなア」

「もう人員が決定されてるから仕方があるまい。ナアニ、そんなに落胆《がっかり》することはないよ。また折があるだろう。貴様の分まで明日は働いてやるから安心せい。その代り我輩が死んだら、仇《かたき》を打ってくれよ」

「そりゃいわれるまでもないが、貴様が羨《うらや》ましいなア」

「落選したのは貴様ばかりじゃないのだから可《い》い加減に断念めるさ。遅かれ早かれ敵の的になっている我々だものまた花々しい死方もあろう」

「そりゃそうだが、吉村少佐殿に一目逢いたいものだ」

「フム、貴様も少佐殿を懐《おも》うているんか」

「己《お》れは少佐殿には特別の恩義があるんだからなア」

「そうだったなア。松島におった時から貴様には少佐殿もよほど困らせられたからなア。しかしあんな厄雑《やくざ》な貴様が、好くもこう柔順になったものだ」

「ああいう隔てのない心持《こころもち》で戒められると、厭《いや》でもこうなるよ」

「そうだなア、我輩も実は少佐殿の指揮の下に働くように願ってあるんだが、もしうまくいったら、我輩からよく申上げておくから心配するな」

「それもそうだ、しかし口惜しいなア」

「今度だけは温順《おとな》しくしておれよ」

「ウム」

「じゃ、我輩は勤務時間だから失敬する」

「そうか、じゃお別れだねえ」

と手を差し延べて川畑の手を固く握った。

「心置《こころおき》なくやってくれ、頼んだぞッ」

「ウム、息の根が止まるまではやッつけるとも」

と力の籠《こも》った言葉でいって彼は立去った。日はもう西の彼方《かなた》に沈んで海面は濃い紫の色を溶かしたように夕靄《ゆうもや》いつしか、島を包んで、仮泊《かはく》せる我艦隊にはもうちらちら灯火《あかり》がついた。山本は静かな海面を見詰めて、しばらく沈黙を守っておったが、腕を組んでそここと甲板の上を歩き初めた。果てしない空想は当面の問題の苦しい解決を妨げるので、再び固《もと》の地位に立返って、真直に突立《つった》ったまま動かなかった。

西比利亜《シベリア》から満洲の野《や》を掠《かす》めて吹いて来る北風《ほくふう》の寒さは、ズボンを通して骨に突き刺さるるように感ずる。海は北風《きたかぜ》に煽《あお》られて一面に皺《しわ》を画《えが》いて、舷《ふなばた》を嘯《うそぶ》くようにたたいておった。隣に碇泊しておる八島《やしま》の甲板の上からは吟声《ぎんせい》が聞える。明日の壮挙に選ばれた勇士が最後の絶吟《ぜつぎん》でもあろう。声は力があって乱暴な調子であるがどこかに悲凄《ひせい》な響《ひびき》が籠っている。暗黒の夜は追々《おいおい》に我艦隊の端から覆いかかるように、三笠の甲板もようやく暗くなった。山本は何思うてか、急に足を早めてブリッヂの下を左舷に沿うて歩み去った。

五十六

夜は既に深く、朦朧《もうろう》とした春の月は淡く西に傾いている。涯《はてし》ない大海に一条の銀線を曳《ひ》いて海面の動くがままに、金色の浪《なみ》は銀の浪を追うて戯れている煙波《えんぱ》縹渺《ひょうびょう》とした島の一角から地平線の彼方《かなた》に延びて、空と水との境界も分《わか》ち難い。近くは舷《ふなばた》に砕くる波の泡沫が月光に閃《ひらめ》いて、銀の玉を散らしたように甲板《かんぱん》の寂寞《せきばく》は絶間《たえま》ない波の奏ずる天楽《てんがく》に破らるるのみで連日の戦闘に疲れ果てた我勇士の夢にも通うであろう。山本《やまもと》は水兵室の隅のハンモックの中に埋もれるように、身を横《よこた》えておったが眠る事も出来ず、身悶《みもだ》えして我が武運の拙《つな》い事を悲《かなし》んでおった。同僚はいずれも前後も知らず眠っている。真夜中の静かさは、心安からぬ山本の心を刺戟《しげき》して、物狂わしいまでに頭を掻き乱し心の動揺は静寂な外部の安静に堪え兼ねて、急に半身を起した。顔は昂奮《こうふん》して青白く、瞳が血走って唇が震えておった。彼《か》れは直ちに外套《がいとう》を被《かぶ》って、前後の動静を伺うように足音を盗んで甲板へ出た。

月は今しも黒雲に蔽《おお》われた、海面は灰暗色に変って、舷門《げんもん》に輝く灯火のみが鮮かである。山本は暗い甲板の上を捜《さぐ》るように忍んで、灯火の方へ歩みたどった。ブリッヂの上の足音は偵察の任務を帯びる将校でもあろう、階段を降《お》る音して、やがて甲板の上へ降りた。山本は速《すみや》かに速射砲の蔭に身を縮めて、息を殺して通り過ぎるを待った。

そしてなおも静かに灯火を目差して進んでようやく灯火の下に立った時、月は断雲の隙間から光を放つと、甲板の全面は一しきり明るくなって、哨兵《しょうへい》の黒い蔭が長く甲板の上に映った。再び月は黒雲深く隠れて暗くなる。この機を逸せず山本はポケットより取り出したるナイフを開いて、右の人指指《ひとさしゆび》を切断すると、鮮血はサッと迸《ほとばし》って、甲板の上に二三点、紅《くれない》の跡を印した。彼れはポケットを探って、半紙を出し鮮血の文字鮮かに決死の願書を認《したた》めたのである。

志　願　書

不肖《ふしょう》山本民造決死隊に志願して撰抜に洩れ残念に堪えず、ここに再び血書《けっしょ》して選抜を仰ぎ候也《そうろうなり》

明治三十七年二月二十七日
三笠《みかさ》艦乗込一等兵曹
山本民造　血印
第一艦隊司令長官海軍中尉東郷平八郎《とうごうへいはちろう》閣下
書き終《お》って彼れは熱涙をハラハラと流した。
「誰かッ」
と背後から怒鳴ったものがある。振向けば偵察の任にある小野原《おのはら》大尉が目を怒らして山本を睨《にら》んでいる。

「誰れかッ」

と再び大喝されて、山本は静かに大尉の前に立って頭《かしら》を低《た》れて一言もいわない。

「顔を上げッ」

「貴様は山本兵曹じゃないか。何をしておったんかッ。ポケットの物を出せ」

と山本は云わるるままに願書を差出せば、大尉は灯火にすかし見て、しばらく山本と願書と較べ見て、一言もいわず茫然《ぼうぜん》として突立《つった》ったまま、窃《ひそ》かに暗涙《あんるい》を呑んだ。

「山本ッ。貴、貴様は見上げた奴だッ、私《わし》はお前の願は必ず叶えてやるぞッ」

と大尉の双眼からは熱い涙が溢れ落ちた。

「小野原大尉殿ッ」

と感極まって山本は膝をついて、大尉の前に感謝の涙を流すのであった。

五十七

翌《よく》二十七日午後九時を過ぐる三十分、出発の用意は下った。東郷《とうごう》司令長官は三笠《みかさ》より「諸君の成功を祈る」との信号を掲げて衆を励ました。総指揮官たる吉《よし》村《むら》少佐は「成功せざれば生還せず」という答《こたえ》をなして正《まさ》に運転は初まらんとして、悲壮なる軍楽の音は静かに各艦の甲板に起《おこ》った。曲は「皇御国《すめらみくに》の武士《もののふ》は」の一曲である。低く静かに吹奏せられた調《しらべ》は迫るように訴えるように、今や死地に入らんと勇士の腸《はらわた》に浸みて、悲壮なる思いの中《うち》に船は徒《いたずら》に動いて、天津《てんしん》丸を先頭に報国《ほうこく》丸これに次ぎ武揚《ぶよう》、武州《ぶしゅう》、佐上《さがみ》丸その殿《しんがり》をなして本隊の後を隊伍《たいご》堂々、旅順《りょじゅん》の死地を指して急ぐのであった。各艦より起る万歳《ばんざい》の声も遥《はる》かに消えんとしてようやく遠く顧みれば本隊は暗《やみ》に掻き消されるように見えずなった。

吉村少佐は佐上丸に座乗して、閉塞前に令すべき要務の整理を了《おわ》って、甲板へ全員の重立《おもだ》てる八名を招集した。勇士は皆右腕に白布を捲《ま》いて決死の象を表わしている。山本《やまもと》兵曹を初め意気天を衝《つ》く勢で司令官の前に整列した少佐は彼等の前に歩を進めて徐《おもむ》ろに口を開いて、正にその衝《しょう》に当るべき人員を定めてそれぞれその任務に従うべき事を訓《さと》した。山本は実に船体を爆発すべき電流をつなぐ最も危険なる、重要な任務に喜んで当った。少佐は最後に付け加えて、

「私は諸君のような勇士と共に、我海軍の最も重き使命を担う事が出来た事は私の光栄に感ずるところである。諸君は私の手足であると共に私は諸君の頭脳であり、体躯《たいく》である。生死は諸共《もろとも》に一人《にん》の生くるなく、一人の死するものなく、死ぬならば全員ことごとく死んでもらいたい。もし全員ことごとく生くるならば一人の死者をも出したくない。もし引上げの際不幸にして一人の戦死者を出したならば、残余の者は一人の戦死者のためにあくまでも弔《とむらい》合戦をする覚悟でおってもらいたい。我々お互いは世の骨肉を分《わか》った、父母よりも、兄弟よりも、密接であり、親しくなければならぬ。今夜は実に私達が、同じ涙を流して、同じ汗を絞り、同じ血に温められ、同じ魂に生きながら合《あわ》せられた単一

の身体《からだ》となった、紀念《きねん》すべき晩である。諸君の中《うち》誰《だ》れでも、もし私の思うところに異存があったならば、速《すみや》かに申述べてもらいたい。遠慮なく申述べ給《たま》え」

と座を見廻したが異存のあるべきようなものは一人もなかった。粛然としてただ少佐の言葉に感激して、頭《かしら》を低《た》れて一言をいうものもない。

「異存がなければ、各々《おのおの》は速かに任務に就《つ》いてくれ給え」

と少佐の命に服して彼等は喜び勇んで甲板の四周《まわり》を去った。やがて少佐はブリッヂに立って双眼鏡を手にして偵察に余念がない。

前夜までは月光明《あきら》かに彼我《ひが》の船体を認むるに容易であった事を恐れたが、幸いに今夜は黒暗々《こく》たる密雲に蔽《おお》われて、港口に近づくべき好都合の晩である。十一時を過ぐる頃強風にわかに起って雪を交えた、雨さえ降って寒気は頓《とみ》に加わった。逆巻《さかま》く怒濤《どとう》は危く船体を覆さんとして動揺烈《はげ》しく、一行は往々その影を失わんとする、報国丸の灯火を目標《めじるし》に、烈風と吹雪を犯し、怒濤を蹴破って闇黒《あんこく》の中に突進した。

五十八

旅順口《りょじゅん》〇〇砲台を下って、市街の方へ十町《ちょう》ばかりで、ローマンス式にゴチック式折衷《せっちゅう》の大建築の鉄門に、鷲《わし》印の旗厳《いか》めしく翻《ひるがえ》るは露国《ろこく》の鎮守府である構内の裏門の右手に煉瓦《れんが》造りの建物がある。その階段の両方に銃剣を閃《ひらめ》かして立てる二名の露兵は退屈そうに何事か囁《ささや》き合いながら張番《はりばん》をしている。

屋内には我同胞《どうほう》がほとんど監禁同様の姿で十四五人ほど蟠《わだか》まっている。これ等《ら》は満洲《まんしゅう》地方から引上げの途中、上海《しゃんはい》の沖で露国軍艦の捕うるところとなって、四五日前旅順へ護送された人々であった。部屋には大きなテーブルを三脚と椅子が五六脚の間に荷物が算《さん》を乱して置かれてあると、傍《かたわら》のストーブを囲んで五六人が話しをしている。

「仕方がないから、度胸を据《す》えてこうしている間、戦争見物でもゆっくりやろうじゃアないか」

と葉巻の半ばを捨て、靴で踏みにじりながら両の肩まで髪を延ばした、毛皮の外套《がいとう》を着た四十五六の政治家と自称する岡見《おかみ》が云った。

「戦争見物も宜《よ》いが、これじゃア囚人同様ですなア」

とこれも五十の坂を二つ三つ越した洋服姿で五分刈頭の商人体《てい》の男が、恨めしげに硝子窓越《ごし》に外の方を振り向きながら云う。

「一体いつまでこうしているんでしょうか。僕は満洲の視察にやって来てこんな酷《ひど》い目に逢うとは思わなかった、鉄道局の方でも困っているでしょう」

と、愚痴を云うのは鉄道局の運輸課長と称する西野《にしの》である。

「ナアニ、今に見給《たま》え、日本軍が一打に押しつぶして乗込んで来るから、軍隊のお迎えで大威張《いばり》で帰る事が出来るよ」と岡見は大平楽《たいへいらく》を云う。

「イヤ、しかし護送の途中、ちょっと馬車の窓から砲台を覗《のぞ》いて見ましたが、大した固めのようですな、あれじゃ中々陥落にも間があるでしょう。とにかく難攻不落だというだけあって素晴しいものですぜ。ステッセルというのが旅順に立籠《たてこ》った以上は、幾十年間は大丈夫とかいってるそうです」

と感じ入ってしまったのは五分刈頭の商人体の男。

「ナアニ、あんなものは一週間もかかれば滅茶《めちゃ》々々だよ」

と訳もなさそうに岡見が云う。

「時に船長はまだ帰りませんか」

と居眠りをしておった三十前後の男が尋ねた。

「昼飯が済むと呼ばれたのですから、もう帰りそうなものですなア」

と運輸課長が云う。

「毎日々々何を訊問《じんもん》するんだろう。宜《い》い加減にして釈放してくれそうなものだ。船長が訊問を受ける間、非戦闘員の僕等までを囚人扱いにするとは無法も極まっている」

と髯を貯えた四十前後の肥《ふと》ったのが憤慨する。

「こりゃ国際問題じゃ、甚だ怪《け》しからん」

と罵《のの》しるものもある。

ストーブを囲んだ連中はこんな雑談に耽《ふけ》っているが他のあるものは心配そうに柳行李《やなぎごうり》やトランクを引張り出して自分の荷物を整理するやら、荷物を枕に寝入っているもの、テーブルを囲んで書物を手にしているもの、いずれも仕方ない投《なげ》やりの顔付き。

午後四時頃露兵の警固のもとに、船長は浮かない顔で這入《はい》ってきた。

五十九

「どんな風《ふう》ですかい」

　と、素速く船長の姿を見つけた課長が問うと、いずれも船長を囲んで答《こたえ》を待つ。船長は日に焼けた顔に眉毛を皺《しか》めて、

「どうも困りましたよ。我軍の備《そなえ》を尋ねた上に、昨日と同じような船の行先や、人員の姓名、職業などを聞いて、さっぱり話が進まなかったです。仕方がないから当方から、非戦闘員はどうしてくれるのかと云ったら、ここではただ軍事上に関する敵国の船舶に対する、大体の取調《とりしらべ》をするだけで、その解決は浦塩《うらじお》へ行ってから決めるというんです。それじゃ船長としての私が乗客に対して責任が尽《つく》されないから、是非乗客の開放を頼むと云ったんですが、中々聞き入れません。そして当方から命令があるまでは、露国《ろこく》の法律に従えというんですねえ。もしこれに反抗する人があれば、戦闘員と見做《みな》すからそのつもりでおってくれというんです」

「じゃ、命の惜しくないものはこの限りにあらずかねえ」

　と長髪政治家が口を入れる。

「私もあまりに馬鹿らしい話ですからそのままにして帰りました。しかし皆様には何とも申訳《もうしわけ》のない次第です」

　と船長が詫《わ》びる。

「実に残忍な処置だ」

　と課長が憤ると、

「成行《なりゆき》に任せろ」

　と云うものもある。

「じゃ、諸君どうです。決死隊を組織して逃亡しようじゃないですか」

　と五分刈の商人が叫ぶ。

「逃げ出すに、決死隊を組織するとは時節柄ちょっと変った戦略じゃねえ」

　と政治家が相変らず振《ふる》っている。

「しかし何んとか、宜《よ》い思案がないものかなア」

　と商人は真面目《まじめ》に考え込む。

「そんなに考える必要があるもんか。その番兵を突倒

してスタコラやってみるさ、たちまちズドン、バタリこれも死案《しあん》の一つだろう、ハハハハ」

とどこまでも呑気《のんき》である。

船長の返事を唯一の頼みと思っていた人達も、今は何等の望《のぞみ》も果てて、この上は水に漂わされる浮草のように、敵軍のなすがままに従わねばならぬのである。

今まで是非の論で騒々しかった一室も、火の消えたように静まり返って四辺《あたり》から聞《きこ》ゆるものは人々の溜息《ためいき》ばかりである。
この時入口のドアが開いて、番兵に引かれて一人の日本人が這入《はい》ってきた。丈《た》け高い背に霜降りの外套《がいとう》を着て、活発な歩調で、人々の前に一礼し、外套を脱ぎ、帽子を除《ぬ》けば、まだ二十歳《はたち》前後のウラ若い青年であった。濃い眉毛は力強い男性の意地を表わし、鼻の隆起、目のパッチリしたところ、口元のしまりといい、男には珍らしい好男子である。彼《か》れは入口に近いテーブルに向った椅子に腰を下して四辺を憚《はばか》るように見廻した。失望に沈んだ人々は一斉にこの珍客に目を注いで、彼れの様子を注意した。恐らくこれ等の人々は、自《おの》が境遇に引較《ひきくら》べて、この青年の上を想像しないものはなかったろう。

六十

　青年は人々の注意に頓着なく、ポケットから皮の表装したバイブルを取出《とりだ》して一心に見入った。

「貴方《あなた》、寒いでしょう、どうぞストーブの側《そば》へお寄りなさい」

　と青年の隣におった課長の口からまず彼《か》れをして口を開かしむる発端を誘い出した。

「有難うございます、寒いのは慣れておりますから何ともありません」

　とバイブルからちょっと目を離しただけで再び熱心に見入るのである。

「君はどこから来たのかねえ」

　と長髪政治家が尋ね出す。

「上海《しゃんはい》からです」

　と答《こたえ》は簡単である。

「随分非道《ひど》い目にお会いでしたろうなア」

　と商人も続いて口を出す。青年はようやくバイブルをポケットに収めて、初めて顔を人々に向けた。

「そう大した非道い目にも会いませんが四日ばかりの間、ここの牢屋で暮しました」

「一体どうした訳からそんなにされたんです」

　と課長は目を円《まる》くして問返す。

「訳といって別にありません、疑われたのです」

「軍事探偵とでも思われたのですか」

「ハア、そうです。日本国の間諜《まわしもの》だと思ったんでしょう」

「ハア、それや面白い、話してくれ給《たま》え。僕等《ら》は満洲地方から引上げの途中こんな目に逢って、今日で二日間、この部屋へ押籠《おしこ》められた限《き》りなんだ」

　政治家は腹を突き出して、快活になる。

「実に弱っておりますよ」

　と課長が付け加える。

「しかしどうも仕方がないて、お互に耳もあり目もあるのじゃから、彼等が警戒するのは当り前じゃ」

　と政治家は真面目《まじめ》だ。

「仕事を持っている僕等は困りますからなア」

　と課長は嘆息を洩《もら》す。

「君が困る以上に、彼等だって困るだろう。露国《ろこく》の奴じゃからって、何を酔興《すいきょう》に僕等をこんな所に押籠めて二日も三日も無駄飯を食わしておく必要があるものか、仕方がないと諦《あきら》めるより外《ほか》あるまい」

と政治家が云う。

政治家と課長が争いをしている間に商人は青年に向って、しきりに話を持ちかけている。

「ハア、すると上海でそんな目に逢ったんですか」

「丁度私がペテルスブルグを出たのが一日前でしたろう日本へ帰って新たに事業を初めようと思いまして、その準備かたがた途中を視察して上海まで参ったのが、日本軍が仁川《じんせん》を攻め、旅順《りょじゅん》に迫った日なのでした。日曜日に教会へ行って、帰りがけに停車場へ寄って、荷物を受取ろうとすると、露西亜《ロシア》の兵士に捕まったのです」

「そりゃ飛んだ目にお逢いでしたなア。すると長くペテルスブルグの方にお出でしたか」

「ハア、随分長い間です。ほとんど二十年間もおったでしょう」

「ヘイ、生国《しょうごく》はどこですか」

「生《うま》れた所ですか」

としばらく躊躇《ちゅうちょ》しておったが、

「東京です」

と答えた。

六十一

「お商売は失礼ですが、何をおやりです貿易ですか」

と商人は執拗《しつこ》い。

「今から始めるのです、日本へ帰って廃兵院《はいへいいん》を建てようかと思うのです」

「歯医者の方をおやりですか」

「イヤ、廃兵院です」

「ハア、会社員ですか」

「イヤ、廃兵院と云いまして、戦争で不具《かたわ》になった人達を養う事業です」

「ホホー、そりゃ珍らしい事業ですなア、きっと儲《もう》かるでしょうなア」

「儲《もうけ》るためにやるのではないのです」

「ヘエー、まさか損をするためにおやりではありますまい」

「自分のためには損でしょうが、負傷して身体《からだ》の不自由になった人達の慰めにはなるでしょう」

「なるほど」と感心する。

「戦《いくさ》も大分烈《はげ》しいようですから、速く行かなければ間に合わないです」

「イヤ、速《す》ぐは行けませんぜ」

と課長がいう。

「どうしてです」

「これから浦塩《うらじお》へ送られて、浦塩で開放されるのだそうです。どうも貴方《あなた》や私のような仕事のあるものは困るですなア」

「私はどうしても行きたいのです。もう私は先方の要求を容《い》れて、忙しい身体を止めて調べられもしましたし、嫌疑も晴れたのですから、これ以上露国《ろこく》と交際《つきあ》う必要もなし、露西亜《ロシア》人でないから、先方の法律に従う訳はないのです。出さなければ逃げても行きますよ」

「そりゃ危険ですよ」

「何故です」

「番兵の鉄砲が恐くはないのですか」

「そんな事を云ったら、狩人のいる山は歩けませんからなア、いつ藪《やぶ》の中から弾丸《たま》が飛んでくるか知れますまい。それと同じ事ですよ、万一逃げ出すところを捕《とら》えられたら、その時は致し方がないと断念《あきら》めるのです。そうでなかったら格闘してでも出てみせます」

と、青年の語気は強い。一座の人の心持《こころもち》は少なからず動かされた。

「それに浦塩まで行くということは急ぐ仕事を持っている私にとって隙つぶしに過ぎないです。そういう事こそ私には危険なように思われます」

「君は中々面白い人だ」

と政治家は考え込む。

「少しも面白い気持なぞは持っていません、真剣です」

「ウム、じゃ君はいつ、ここを出立《たつ》つもりかね」

「なるべく早い方が宜《よろ》しいから、今夜にでも番兵の隙を見て出ますよ」

「見掛《みかく》るところ君は若いようだが一体幾歳《いくつ》になるかね」

横柄《おうへい》な政治家の問《とい》には青年も心好くはなかったが、常に祖国を思い、同胞を愛する心に憧憬《あこが》れておった彼は、心を和《やわら》げて、

「僕ですか、ようよう二十歳《はたち》です」

「二十歳《さ》い、ハア、随分大きく育ったものだなア。ウム、それで君が初める事業というのは御両親がやってお出《い》でか」

「イーエ、自分単独《ひとり》でやるのです。目下私の家はペテルスブルグに在《あ》るのですから、一旦《いったん》露西亜を引上げた上で、始めようと思うのです」

「しかし、困難なる業だよ、一体なぜそんな心持を起《おこ》

したのかねえ」

「別に深い訳はないのです。しようと思うからやるまでの事です」

「ハア、君は実に面白い人じゃ。お姓名は何と云うかな」

「林浪雄《はやしなみお》と云います」

　と、ポケットから名刺を出して政治家に与える。

「有難う、私は東京の駿河台《するがだい》にいる岡見義一《おかみよしかず》と云って、国民党を組織しているものじゃが、帰ったらやって来たまえ」

「ハア、有難うございます、帰ってもまだ交際のない私ですから、以後は是非お願い致します」

　と礼を云ってしばらく言葉が絶えた。曇りがちな空は、暮方近い室内に日を深く遮《さえぎ》って四囲《あたり》はもう夕闇のように暗かった。

六十二

更《ふ》け渡る午前一時過ぎ、港口の彼方《かなた》より、突如として起《おこ》った大爆声は、故郷の夢円《まどや》かな監禁された人々の眠《ねむり》を破った。続いて起った爆声の震動は、建物の窓硝子をメチャメチャに破壊した。

「オイオイ、どうだい、いよいよ初めたらしいぜ」

と毛布の間から首を上げた課長が云った。

「海軍の攻撃ですか」

と商人が寝とぼけた顔を起す。

「そうらしいですなア」

「船長に聞いてもらいましょう」

「それがよかろう」

と寝衣《ねまき》の下から股引《ももひき》のように、ズボン下を出して、課長は起き上って、

「船長ッ、船長ッ、お寝《やす》みですか」

「何、何ですか、アーウー」

と背延びをして目を開く。

「何ですかッて今の響きが聞えませんか」

「イイエ」

「随分呑気《のんき》ですなア、大砲の音です。この室内の窓を御覧なさい」

と破壊された窓から吹雪がちらちらと這入《はい》って来るのを指さして、

「ヤア弾丸《たま》が命中《あた》ったと見えますな」

と今更《いまさ》ら驚いたように目を見張る。

「イヤ、響《ひびき》で破《こわ》れたのです」

「アアそうですか」

続いて鼓膜も破れようとするほど、烈《はげ》しい音響が三発、またまた窓硝子を破壊した。

「ヒヤー大変だ。諸君寝てはおられんぞッ」

と船長は叫び出す。

「海軍の攻撃か、陸軍の攻撃かちょっと聞いてもらえないでしょうか」

と課長が頼む。

「そりゃ聞いて上げますが、云わないでしょう」

「露西亜《ロシア》の兵士は案外呑気ですからその辺は大丈夫でしょう」

「そうですか、じゃちょっと聞いてみましょう」

と船長は不承不精《ふしょうぶちょう》に起《た》って行く。

課長や商人が消えかかったストーブに石炭を入れて、船長を待った時は大抵起き上って、ストーブの廻《まわ》りへ集《あつま》って種々《さまざま》な取沙汰をしておったが、この一団の中には岡見《おかみ》と青年の姿が見えなかった。

「岡見君がおらんと話が淋しくていかん、大将まだ白河夜舟《しらかわよぶね》と見えるねえ」

と課長は椅子を離れて、岡見と林《はやし》のベッドを覗《のぞ》きに行く。

「寝ていますか」

と商人は椅子にかけたまま振り向く。

「おらん、おらん、藻抜《もぬ》けの殻じゃ、どうしたんだろう」

と顔見合せて不審がっておった時、岡見と林はただならぬ気色《けしき》で出てきた。

「まだお休みかと思って捜していたところです」

と課長は岡見に向って云う。林はもう身仕度をして、外套《がいとう》を着、帽子まで頂いている。

「どうしたのです」

と課長は不審そうに林に問う。

「ナアニ、貴方々《あなたがた》とは今夜限りお別れです」

「じゃ、いよいよ決行なさるんですか」

と商人が眼を円《まる》くする。

「ウム、今私が見送って、硝子窓から出してやろうとしたら、人影がして、二階へ上る音がしたから、ひとまずここへ避けたところじゃ」

「ああ、じゃ船長が番兵の処《ところ》へ行ったのです」

「そうか、じゃ恐がる必要はない、さア行き給《たま》え」

と岡見は林を促す。

「でも今船長が番兵の処へ行ったから様子を聞いた上でお出《いで》なさい」

「それじゃそれがよかろう」

と岡見は空いている椅子に腰を掛けて、

「どうじゃ、君も林君の仲間になって出掛けたら」

と商人に向っていう。

「イヤ、もうあの響で身体《からだ》が縮み上っているところです、とてもとても」

と手を振る。

「それじゃ君も浦塩組《うらじお》か」

「まア、その方が安心ですなア」

と落ち付くところへ船長は帰って来た。

「番兵は今露台《バルコニー》に出て観戦最中です。聞いても駄目でしたが、多分海戦でしょう。海の方を見ていましたから」

「そうか、で僕等を注意しているんでしょうか」

「あの分では一生懸命だから大丈夫です」

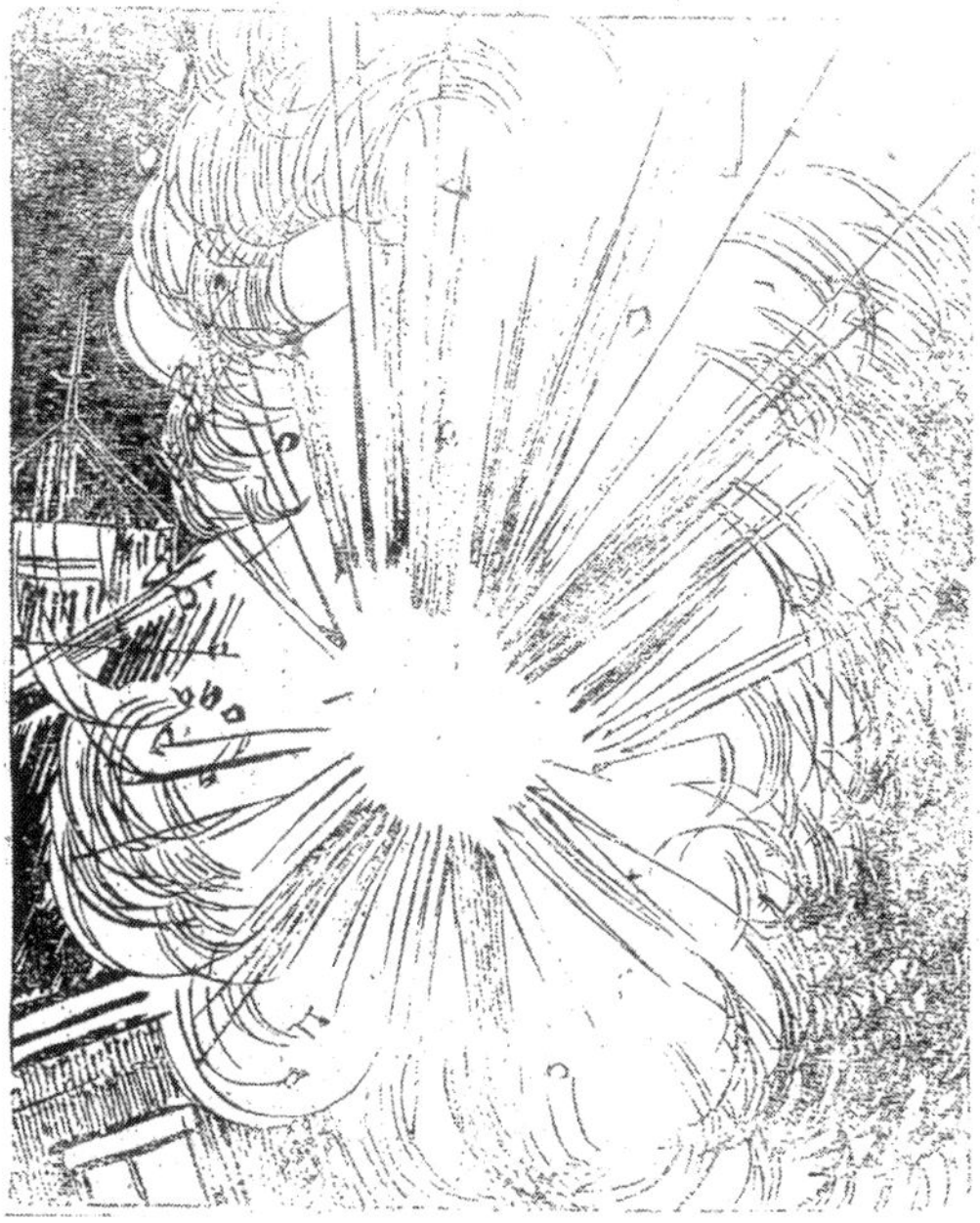

「そりゃ宜《よ》い、じゃ行き給え」

と岡見が手を差延べるを、林は固く握って、

「いずれ帰京の上よろしく願います」

「ウム、身体を大切にしたまえ」

「じゃ、諸君、これで失礼します」

と林は帽子に手を掛けて、訣別《けつべつ》の一礼を述べる。

六十三

正《まさ》に港口を去る五海里《かいり》と覚しき所に閉塞《へいそく》船は集合して消灯を命じ、高声を禁じ、再び佐上《さがみ》丸を先鋒《せんぽう》に全速力を以《もっ》て進んだ。依然として風は荒れ、浪《なみ》は怒って船体を呑《の》まんとする事幾度《いくたび》、ようやく港口に達せんとする時、早くも敵の哨艦《しょうかん》は探海灯を照《てら》して左右に打振るよと見る間に各砲台より探海灯の強烈なる光を浴《あび》せて面《おもて》を向ける事も出来ない。

加うるに猛烈なる敵の十字砲火は佐上丸の舷側《げんそく》近くに爆発して雨のように弾丸は飛んだ。

なおも屈せず勇進すること半海里《はんかいり》、砲声いよいよ酣《たけなわ》に、敷設水雷の前後に爆発するもの無数、白煙濛々《もうもう》として海面を覆い、どこをさして進む事も出来ない。たちまち船底にメリメリという響《ひびき》と共に船は一寸も動かなくなった。

「残念ッ」

と吉村《よしむら》少佐は船橋《ブリッジ》から叫んだ。

「水雷ですか」

と部下の声。

「坐礁《ざしょう》だッ、坐礁だッ」

と誰かが叫ぶ。

たちまち爆発の命は下って、山本《やまもと》は従容《しょうよう》として電流を綿《めん》火薬に送れば、轟々《ごうごう》たる爆声は四面を轟《とどろ》かして白煙の中に船体破れ、左舷に傾いて船を呑まんとする海水は沸くように船底から噴出した。

一行は速《すみや》かにボートに移乗して、人員を調べると二名の戦死者を出《いだ》した事が判《わか》った。ボートは我が水雷艇を差して漕ぎ出されんとして、船尾《とも》になった吉村少佐は、

「後へッ」

の命令を高く叫んだ。この不思議な号令は一行の予期せるところである。すなわち一行十七名が敵の砲塁《ほうるい》を指して引返したのである。砲火は依然として烈《はげ》しく我が閉塞船の爆声を後に聞いて、漕ぎ着いたのは猪牧礁《いまきしょう》に隣《とな》れる砲塁の下であった。

少佐は一行を引率して、忍びやかに断崖《だんがい》を攀《よ》じて砲台に近づいた。顧《かえり》みれば我が閉塞船が敵の探海灯に照ら

されて、乱射の的となっているもの、火災を起して天を焦《こが》せるもの、今や爆発の任を了《おわ》って白煙に包まれたるもの、凄絶、惨絶の極《きわみ》である。

一行は砲塁に忍び上った時、

「突貫《とっかん》ッ」

の命は少佐の口より発せられ、各手にせる白刃《はくじん》を閃《ひらめ》かして、砲塁の中に躍り込んだ。敵は不意を打たれて、驚愕《きょうがく》の色を見せたが、我が軍の少勢なるを知って、雲霞《うんか》のように我軍を囲んで、一人残らず生捕《いけどり》しようと企てた。

少佐は長刀を振って、群《むらが》る敵を薙《な》ぎ倒し、衆を励ました。いずれ劣らぬ決死の士は我れ遅れじと斬り込む。敵の二十有余名は立処《たちどころ》に血煙立てて斃《たお》れる。

この勢《いきおい》に敵は砲塁の奥深く退いて出て再び戦う勇気もない。少佐は一旦一行と会して再び第二の砲塁に躍り入らんことを計画する時、敵は一斉に小銃の筒先を揃えて砲火を浴せた。と同時に長刀及び槍を引下げたる百名ばかり、ウラーの声鋭く我を再び包囲した。

この時味方は既に五名の生存者を残して後はことごとく一斉射撃の的となったのである。

六十四

「吉村《よしむら》船長殿ッ、吉村船長殿ッ」

叫《よ》びかけられて、驚き息を返せば、少佐は敵の砲塁下の崖の上に絶息しておったのに気が付いた。

「オッ山本《やまもと》、まだ生きておったか」

「ハイ、貴方《あなた》が群《むらが》る敵兵を相手取って奮戦なされておったのを知っておりましたが、私も丁度敵兵四五人に遮られて、抜ける事が出来ず、ようやく四人を片付けて貴方をお捜ししましたが、影も形も見えませんので、必ずこの崖下に落ちて戦死なされた事と思い、ここまで斬り抜けて参りましたが、跡から追かけて来るようです、早くこの場を引上げましょう」

「そうか、味方の生き残ったものはどうした」

「ハイ、皆戦死をしたり三人ばかり生捕《いけどり》になりました」

「なにッ、生捕されたか、残念な事をした」

と立上ろうとして、始めて大腿部《だいたいぶ》に槍傷を負うておることに気が付いた。山本は少佐の足から血の滴《したた》るを見て、

「負傷なされましたか」

と左腕の白布を以《もっ》て繃帯《ほうたい》をする。

「大丈夫だ、構うな。これから一戦争して生擒《とりこ》を取返すか、戦死するかの決戦だ、さア山本行こう」

「お待ちなさい、御一緒に戦死する事は厭《いと》いませんが、敵は多勢味方は二人到底数において及びも付きません。戦って敵の謀《はかりごと》に陥って生擒の恥を受くるよりはこの場を逃れて、敵の目を避け自害なさる方が潔かろうと存じます」

「ウム、それもよかろうが、生擒にされた者共が可愛そうだ、私と一所《いっしょ》に行けッ」

と声を励ます。

「船長ッ、敵は貴方を擒《とりこ》にしようとしているのです。万一誤って生擒に逢ったなら、日清戦争の汚名を取消した夜襲の奇功も、決死隊の名誉も水泡に帰するではありませんか」

「ウム、じゃやはり自殺かッ、しかし生捕《いけどり》された奴等《ら》は不幸な奴だなア」

この時暗《やみ》の彼方《かなた》より、群衆の此方《こなた》に歩み来《きた》る気息《けは》い、山本は小声になり、

「船長、来ました、どうか落延《おちの》びて下さい。ここで私は彼等を喰い止めますからどうか落延びて下さい」

「そうか、それじゃ山本、頼むぞッ」

と云ひ棄てて立去らんとする。

「船長、いずれ私は追付きますから、どうか一緒に死なして下さい」

「そうしてくれッ」

と船長は闇に姿を隠した。

山本は息を殺して、大刀を握ったまま待ち構えたが、群衆は容易に近づいて来る様子もない。

探海灯は依然として、我が水雷艇を照し、決死隊の収容を妨げている。敵の砲台と駆逐艦とより発する砲声はいまだ止《や》む事なく、殷々《いんいん》として轟《とどろ》いておった。

六十五

林《はやし》浪雄《なみお》は監禁室の窓から、首尾よく遁《のが》れ出て、構内を堀に沿うて、忍びやかに歩んで、夜灯の光から身体《からだ》を避けた。正《まさ》に表門の煉瓦塀《れんがべい》に足をかけて塀の屋根へヒラリと飛び付いた時、遥かに人の慌《あわただ》しい足音を聞いた。さては発見《みつか》ったかと思えば、胸も乱れて手足が轟《とどろ》くように慄《ふる》え、危く落ちかかろうとする。

気を取直して、無二、無三に屋根へ這上るや飛鳥《ひちょう》のように、真暗《まっくら》な街路へ、身を投じてまず安心とホッと吐息を漏《もら》して行方《ゆくて》を透《すか》して注意すると、怪《あや》しやここにも人影がまたヌッと突立《つったっ》て、身構えている様子。最早《もはや》これまでと短刀の鞘《さや》を払って、敵の胸もとへ束《つか》も通《とう》れと満身の力を籠《こ》めて、グザと突き立てる、と敵は敢《あえ》なくも横ざまに倒れて絶息した様子。

林はなおも四辺《あたり》に気を配って、死体の短刀を抜き取らんと近寄る刹那《せつな》、またも遥かに人の駆け来る様子に驚いて、そのまま後をも見ずに暗《やみ》の中に姿を隠した。

少佐を追うて駈けて来た山本《やまもと》兵曹は少佐殿の御自害に遅れはせぬかと心も心ならず暗を透しながら、鎮守府の門前近く進み来て、端《はし》なく足に触れたものがある。手探りに闇を探れば、正しく人の身体、流弾に当りて倒れた人でもあろうと、そのままに行き過ぎんとして、再び取って返し、死体を抱き起せば、まだ体温も去りやらぬ少佐の死体であった。

「オッ、船長ッ、船長殿ッ、山本です山本兵曹です」

と叫べども終《つい》に遅く、魂魄《こんぱく》は遠くこの世のものではなかった。山本は地団駄《じだんだ》踏んで、

「残念な事をしたなッ、もう少し早かったならば、お伴《とも》が出来たろうになア」

と男泣きに泣くのである。

しかし怪しい自害のなされ方、場所もあろうにこの街頭で、自殺なさるとはと怪みながら、身体を改めると胸の左側心臓部に深く突立っている短刀の束《つか》を見出《みいだ》した。山本は力を籠めて引抜き、電灯の光に透せば、明皎々《めいこうこう》たる九寸五分、束の所に星《ほし》の銘《めい》ある鮫鞘《さめざや》の短刀であった。少佐が常に御所持なされたとも覚えぬ、正しく敵のためにこの最後か。イヤ、露西亜《ロシア》の奴原《やつばら》にか

く鍛《きた》えた日本刀のあるべきはずはない。さらば敵のためではない、やはり御自害遊ばされたのであろうか。

と、疑《うたがい》は疑を生んで、山本はいずれを是《ぜ》、いずれを非《ひ》とも定めかねて、迷うておったのである。彼はかくてあるべき時でないのを覚って、短刀を鞘に収め、己の刃を以《もっ》て、我が腹を掻《か》き切り、少佐の後を追わんとしたが、死後敵は我が船長の死体に恥辱を与うるやもしれない。もしもの事があれば我《わが》不注意より、死せる吉村船長に対して相済まぬ、引いては日本海軍の恥辱ともなろう。この上は一応我手で仮りに死体を葬った後でなければ、自分は死なれないと、心に決めて、死せる船長の身体を抱き起して己れの肩に背負い、よき場所もがなと、四辺を徘徊《はいかい》するのである。

明け方に近い東の山の端《は》は、一条の白い線を引いて、正に暁《あ》けかかる夜の帷《とばり》の隙洩《すきも》る朝の光を予示しているが、此方《こちら》はまだ真深い闇黒《あんこく》が、静に蔽《おお》いかかって沈黙と恐怖の気に充《み》ちておった。

六十六

露西亜《ロシア》に対する今度の戦《いくさ》は、樺太千島《からふとちしま》の交換以来、遼東《りょうとう》半島屈辱事件、満洲問題に至るまで、実に我国人にとっては臥薪嘗胆《がしんしょうたん》の戦であった。一度戦雲の閃《ひら》めくよと見た我国人は、涙を流し、声を嗄《か》らして戦を叫んだ。そして健気《けなげ》にも老若男女の区別なく相携えてこの事に当った事は、その昔希臘《ギリシャ》国スパルタ人の愛国談以上の美談として、世界の人は賞揚したのである。

今や満洲の野に、山に、海に、数万の生霊《せいれい》は肉を裂き、骨を砕き、血を流して酷烈なる寒風の中に、逆巻《さかま》く怒濤《どとう》の中に愛国の剣をかざして、戦いつつあるのではないか。我国人たるもの、誰か枕を高うして安眠するものがあろう。ここにおいてか東京の宗教界を中心として、軍隊慰問のことが行われたのである。中にも基督《キリスト》教信者の活動は、実に目覚ましいものであった。遠く満洲の野に本部を設け、慰問袋、防寒具、食料その他を供給して、ひたすら愛国の戦士を慰問したのである。

牛込は北町の通り、大抵は黒板塀かさもなくば石畳の厳《いか》めしい鉄門、ちらほらと昔の大名屋敷の跡も残っておる。住む人はと云えば、下は十五六円の腰弁《こしべん》から、軍人、会社員、お役人、代議士という人柄、朝から晩まで「いらっしゃい」「有難う」「お帰んなさい」と繰返して叫んでおる下町とは、打って変った閑雅《かんが》な通りである。この通りの中ほどに、ペンキ塗りのゴシック建、門に漆塗の掲示札を立てて、日曜でなければ滅多に門の開かないのは、いわずと気の付く耶蘇《やそ》教の会堂である。日曜の説教が終《おわ》ったらしく今度米国あたりから神学博士の大風呂敷を拡げてやって来た宣教師ブレストンが今しも講壇を下りて、村瀬《むらせ》牧師と入違いになったところである。牧師は廻《まわ》りにのみ髪のある円形をなした禿《は》げ残りを後ろの聴衆に見せて、重々しい調子で大きな身体《からだ》を講壇に運ぶ。正面の壇上に立った時、例のこの人の癖が出る。ポケットから煮〆《にしめ》たように、脂肪と塵《ちり》に汚れた、灰色がかったハンケチを引張り出して、一面に顔を拭うてから、奇麗《きれい》に光っている禿げ頭を、ツルリと磨くように撫で上げて静かに口の中で

咳払いをしながら、
「只今プレストン博士の有益な信仰上の御経験を拝聴いたしまして、ここに集まれる我々兄弟姉妹は、ますます神様に近づく道を暗示された事と存じます。前にも申上げた通り、博士は我国事の多端なるに際し、教勢応援のため、遥々《はるばる》米国から八十歳の高齢を物ともせずお出《いで》になったのであります。であるから我々日本人たるものは、その心算《つもり》で御国のために祈り一日も早く平和の日の近《ちかづ》かん事を願わねばなりません。この会を閉《と》ずる前、讃美歌の第二百八十五番を歌って散会いたしましょう」

と席に就《つ》く。

腰骨の太い駄鳥《だちょう》のような顔の西洋婦人がオルガンを吹奏すると、機械のように聴衆は一度に立上る。そして泣くような、叫ぶような、怒るような、雑多の声が一斉にオルガンの音と衝突して、妙な音調をなして、讃美歌が歌われた。

六十七

讃美歌は終《おわ》って、再び村瀬《むらせ》牧師が聴衆に向《むか》って立った時、帰りかけようとした人々は、慌《あわ》てて再び席に就《つ》く。

「ちょっと御報告しておきたい事があります。諸君も既に知らるる通り、旅順《りょじゅん》港における我が駆逐艦の働きは、実に勇ましいものでありました。ことに村雲《むらくも》艦のごときは敵艦に肉迫して悠々とその務めを果たしたのであります。その村雲艦の艦長は不思議にも私の旧友で、この教会の信者でお出《いで》になる吉村《よしむら》夫人の良人《おっと》であらるる吉村次郎氏であった事です。この勇士がしかも我が教会の信者の家庭から出たということと、私の旧友であった事とは、我が教会の名誉として誠に偶然ではありません。ひとえに神様の御導きによった事と思います」

と勿体《もったい》をつけた報告に、三百の視線は皆夫人席の後《うしろ》の側の隅におった、間の悪そうに下向いておった、質素な身装《みなり》の吉村夫人に注がれた。この時マーガレットに結《ゆ》った光子《みつこ》嬢も、婦人席の中ほどにいて、四辺《あたり》の友達に突つかれて顔を赤らめ、膝の上で聖書をいじくっておった。

牧師はなおも言葉を続けて、

「それから、もう一つ御記憶を願っておく事は、目下露西亜《ロシア》のペテルスブルグにおらるる同胞の一人で、林《はやし》浪雄《なみお》と仰有《おっしゃ》る方から、東京の基督《キリスト》教軍隊慰問部に宛てて、五千円を寄付して寄越された事です。個人としてこれだけの大金を惜《お》しまずに寄付された志は中々容易なことではありません。それで我々の軍隊慰問部では早速感謝状を出しておきました。この事は慰問部の部長をしておらるる平石《ひらいし》監督から、今朝東京の各教会へ報告があったはずです。もう一つは牛込区の慰問袋が一週間前から三千袋ばかり集まりましたから、これは例の通り御婦人方のお手を煩《わずら》わさなければなりません。袋は牧師館の方に積んでありますから、どうぞあちらでお願いいたします。では今日はこれで閉会を告げます」

と会釈をして講壇を下りる。

群衆は聖書と讃美歌を抱いて、帰るもの、お互に挨拶を交すもの、ブレストン博士を囲んで快談《かいだん》に耽《ふけ》る学生連、村瀬牧師を囲むもの、彼方《かなた》に一団、此方《こなた》に一団、

いずれを見ても柔和な謙遜な顔か、さもなくば聖霊に満たされたとでも云おうか薄馬鹿のように、茫然した顔、汚ない寒そうな身装も信仰の故《せい》で、御本人にはさほど気の付かない人々など、皆基督教徒が他から識別さるる特有の条件ともいわれよう。

もう玄関口はすっかり空《す》いて、帰ったものも半数以上である。

婦人席はと見れば、これも男には劣らぬ雑多な条件を有している。今しも帰ろうとする吉村夫人の前に立《たち》塞《ふさ》がった、お世辞交りに囀《さえず》るように云う言葉も、最後は必らず信仰の故に帰するか神様を引《ひっ》張《ぱ》り出すかで終るのである。

折しも戸外では喧《やかま》しい鈴の音、号外売の叫びが聞える。夫人は気が付かない四辺の人から受ける甘言《かんげん》も上《うら》の空で耳は戸外の号外売の叫びに注意する。

「旅順港閉塞の大快事、号外ッ、号外ッ」

と叫ぶ。

夫人は胸に釘打たるるように、動気が高まって、側《そば》に立っている岡田《おかだ》を促して号外を買わせようとした時、光子は号外を手にして、母の側にやって来た。

牧師はすかさず進み寄って、

「どれ、私が見ましょう」

と覗《のぞ》けば、旅順口閉塞の大快事という見出しで、決死隊を募集したところ、一千名を超過した事、その中から、選抜されたは少佐吉村次郎外《ほか》七十余名だと記されてあった。

六十八

海軍省から吉村《よしむら》が決死隊に加わって港口閉塞の任務を全《まっと》うし、部下と共に行衛《ゆくえ》不明になった事を、夫人の許《もと》まで報知《しらせ》があった。その夕方各新聞紙は号外を出して、閉塞《へいそく》決死隊の壮烈な状態を報導した。中には吉村の忠魂は永く世界に青史《せいし》を飾るとまで賞揚した新聞紙もあった。

吉村の家では戦死したものと覚悟して座敷の六畳間に夫が生前着けた、軍帽短剣を床間《とこのま》に正して、線香を焚き蝋燭《ろうそく》をともし、供物まで供《あ》げて霊を祭っている。

三日経《ふ》るも海軍省から戦死の報がなかった。依然吉村は部下と共に行衛不明のままであった。夫人は霊前の机に向《むか》って坐ったまま思《おもい》に沈んでおった。夫の戦死を覚悟してはおったものの行衛不明という明《あきら》かでない報知だけに種々《いろいろ》と心の中で思い悩んだ。もっとも夫が閉塞の任務に就《つ》いたのは二十七日の午前三時だとすれば、今日でもうかれこれ一週間である。今までに何の報知《しらせ》もないのであるから、無論部下と共に海に沈んで、戦死なされたに違いない。死なれたとすれば、二十有余年の生棲《せいせい》を夫と共にした妻の自分にとっては、今更らのように悲しくなる。結婚した当時の自分達の幸福、あの丈《た》け高いお身体《からだ》に中尉の礼服を着けて、自分と写真を映した時、母に似合いの夫婦だといわれて、面《かお》を赭《あか》めた事、親類廻《まわ》りの時なぞは、恥かしいも恥かしかったが自分達を見て通る人、あるいは友達なぞから種々に囃《はや》された時、一種のほこりを感じた事もある。そしてもうこんなに立派な方と一生を連添《つれそ》うのだと思った時は、本統《ほんとう》に私ほど幸福な者はないと思ったけれども日清戦争からの生活は全く違った、暗い生活であった。十年間の苦労遊ばしたお心持《こころもち》はどんなだったろう。友人に棄てられ、父に勘当され人からは嘲けられて、あれまでに虐《いじ》められて堪えておられた事はどんなだったろう。自分は譬《たと》え夫のためどんなにされようと、どんなになろうと、あくまでも助けて上げる決心であった。あんなに酷《いじ》めた世間が今更《いまさら》らしく、夫の誉《ほまれ》を我物顔に口にするとは恨めしい。

と夫を思う一徹の夫人の心が、誤解した世間の人、友人、果ては父までも恨んで涙を流すのである。

どうかしてこの世間の現今《いま》の評判をお耳に入れてあげたら、どんなに心安く思召《おぼしめ》すだろう。十年間の気苦労もはれて、定めし喜ばれたろうに。アアもうそんなことを思うても無駄な事、自分と夫とはまたいつの世、いかなる場所でお逢いすることも覚束《おぼつか》ない。

と徐《しず》かに襦袢《じゅばん》の袖を出して涙を拭うのである。

とまた外《ほか》の空想が湧いて、
いやいや夫は戦死したのではない、まだどこかに漂流されて、いつかまたお逢いする事が出来るに違いない。などと勝手な事を思い迷うのである。それにしても、これからは光子《みつこ》を人間に仕付けなければならぬ重い責任がある。自分の弱い心は微塵も娘には知らしてはならぬ。

と強い心になって、形姿《かたち》を改める後《うしろ》から光子は泣き腫《は》らした目に、涙を浮べながら、霊前に進んでまたさめざめと泣いておる。

「光子、お客さんが来ると、見っともないからもうそんな顔はおしでない。かねがねお父さんから、軍人の家庭というものの心得を伺ったではないか」

といわれて光子はただうなずくばかりである。

六十九

「お前も、もう十九にもなれば女一人前です、これから先きは、女ばかりですから、よほどしっかりした決心が要用《いりよう》ですよ。もうお父さんやお母さんに甘えるような心持《こころもち》ではいけませんよ」

夫人はしっかりした調子でいう。

「でも、お父さんは本当に戦死されたのでしょうか」

と光子は涙に汚れた顔を上げた。

「そんな未練がましい事は、仮りにも軍人は出征すると共に家を忘れ、出征した人はもう国に捧げた身体《からだ》、君に捧げる身体であって、私達の家庭の人でない事は初めから判《わか》っている事です」

と厳《おごそ》かにはいったが、こう云う自分も先刻《さっき》までは女々《めめ》しい繰言《くりごと》に思《おもい》を費しておったのではないか。まして父子《おやこ》の間で、そんな事を思うなというは無理な話、道理だとは知りながら烈婦《れっぷ》の心を装う夫人の心持はつらい。

「何事も初めから決心はしておりますが、神様にお任せしてあるのですから大丈夫だとは思いますが、悲しい心持を抑えられませんもの」

光子は再び顔に袂《たもと》を押し当てて泣く。

「何故です」

強く夫人は悲しさを堪《こら》えていった。

「何故って、あんなに苦労をなさって今日の名誉を見ることも出来ずに死になされたお父様が可愛そうじゃありませんか。お爺様《じいさま》までがあんなに酷《いじ》めるんですもの」

と口惜しそうに声を立てて泣く。

「そりゃ、私だって、口惜しくない事はないよ光子」

と母は涙を呑《の》んで、

「そこを堪えてるのは私達の務めです。あんな頑固な、変った爺さんを持ったと断念《あきら》めるより仕方がないのです。サア、もうこんな事は考えずにいましょう、お客さんでも見《みえ》るといけませんから」

この時お滝《たき》が静かに襖《ふすま》を開けて這入《はい》ってきて、

「旦那様が御戦死遊ばさずに御在世でお出《いで》になると、どんなにか嬉《うれ》しいでしょうに、ねえお嬢様」

と慰める心持でお滝はいう。

「もう、そんな事はいっておくれでない。私は少しも

悲しい事はないのです」

と止め度なく流るる涙を堰《せ》き敢《あえ》ず、光子は顔を背向《そむ》けた。

「奥様もお辛い事でございましょう」

とお滝は夫人の方に向《むか》っていう。

「どうしてお前、この戦争で討死をした人、これからする人は中々大変なのだよ。家《うち》の旦那さんばかりが戦死されたのではなしお前、数百人数千人の戦死者の中では、随分家が困って、その人がいなければ家の生活《くらし》が立たないような人もあるでしょうし、家には病人のお父さん一人残したまま死ぬ方もあるでしょうし、そんな方々と家とを比べて御覧、どんなに家なぞは好いか判りません」

「エヘ、そりゃそうでしょうけれども……ねえ、お嬢様」

光子はようやく顔を上げたまま黙っている。

お滝はなおも、

「お嬢様、教会なぞは当《あて》になりませんのねえ」

「何故」

「何故って、この間岡田《おかだ》さんが、基督《キリスト》様は死んだ人を活《い》かしたり、病人を癒《なお》したりするからで神様にお願《ねがい》すれば病気にもならんし、危険《あぶな》い事はないといっていましたのよ」

お滝はなお語《ことば》をついで、

「それじゃ神様を信じてお願していたら、大丈夫な訳ですわねえ。旦那様だって死になさる訳はないでしょう」

と眼を円《まる》くして夫人を見る。

七十

「そりゃお前、初めから神様にそういう事をお願いすることが間違っています」

と夫人はお滝《たき》に答える。

「でも岡田《おかだ》さんが何ぞと云えば神様にお願いせえ、お願いせえと仰有《おっしゃ》るのですもの。世の中にお願いして叶《かな》われる事があるなら皆な神様を信じますわ。昔から耶《や》蘇《そ》教といえば、虚言《うそごと》を並べて金を巻上げた上、生血《いきち》まで取られる教だと云うのです。もうお嬢様あんな宗旨はお止《よ》し遊ばせよ」

とお滝はむきになって諫《いさ》める。

ところへ例のように岡田が玄関先きから黄色い声で、

「おばさん、お出《いで》ですか、まだ海軍省の方から何んにも便りはないの？」

と姿を現わす。

「はい、まだありませんのよ、多分戦死なんでしょうから……」

と云って顔を霊前に向ける。

「そうでしょうか、学校なぞでも昨日あたりから大変な評判だ。今も神楽坂《かぐらざか》を通って来ましたら、車夫が三四人で小父《おじ》さんの名を呼んで戦争のお話をしていましたっけ。私今道々神様に感謝してきましたのよ。やはり小父さんの戦功は、小母さんや光子《みつこ》さんの信仰の故《せい》だわねえ」

といって得意そうに両人の顔を見比べる。

お滝は岡田が顔を見せた時から、岡田の横顔を憎々しげに睨《にら》んでおった。今岡田が例の口調で神様を持ち出したのを幸《さい》わい、

「岡田さん」

と鋭い調子で口を出した。

「おや、お前そこにいたの？」

「なんですすッて、貴方《あなた》にお前といわれる訳はありません。私はこう見えても吉村《よしむら》家の女中なんですから、貴方なんぞに召使呼《めしつかい》ばりをされる理由はないのです」

「オヤ、大変お腹立《はらだち》だねえ」

「お腹立もないもんだ。なんでも都合のよい事は神様の故にして、都合の悪い事は知らぬ顔でいるじゃありませんか」

「都合の悪いことッて、どんな事」

「旦那様はそれじゃ何故戦死遊ばしたのです。これも神様の故でしょう」

「そりゃ当り前だわ、神様がお召《めし》になったんだわ」

「神様はそんな迷惑なことをするんですか」

「世の中は神様の御自由に統御したまう所で、一人や二人の迷惑になる事でも、神様の深い、計り知れない思召《おぼしめし》から出る事だから仕方がないでしょう」

「都合の宜《よ》い事は神様が人間に幸福を恵《め》ぐむので、都合の悪い事は何んでも計り知れないで誤魔化《ごまか》すんでしょう。どこの世界に都合の宜い事が神様の恵という事が解《わか》って、悪い時ばかりが、わからない訳があるものかね馬鹿々々しい。お気の毒ですが私は神様なんか信じなくとも、三度の御飯は戴けて、人間並に生きて行かれますわ」

「お滝、お止しよ」

と光子は止める。岡田は顔に青筋立てて憤り、

「そりゃお前は別よ」

「なんですって、私は人様から別にされる訳はありません。今年は三十歳《さんじゅう》になりますが、まだそんな男の腐ったような髪を引詰めに結《ゆ》ったり、筒袖を着て大股に威張って歩いたりした事はありません。そんな人こそよほど変り物だわ」

夫人は大抵のことは我慢していたが、

「お滝、お前口が過ぎますよ」

と叱責する。

玄関の戸が開いて案内を乞う声は村瀬《むらせ》牧師の声である。

七十一

「さア、どうぞお上《あが》り遊ばせ」

と夫人は玄関先へ出迎える。

「近藤《こんどう》さんの奥さんと鶴本《つるもと》さんの奥さんとが教会を代表してお見舞に上りました」

と村瀬《むらせ》は靴を脱ぎながらいう。

「さア奥さん、どうぞお上り遊ばせ」

近藤、鶴本とはいずれも陸軍出征将校の奥さんで、同じ教会の信者である。

「まだ何ともお判《わか》りでないですか」

と敷居《しきい》の上に片足をかけて村瀬が云う。

「ハア、まだ判りません」

「さぞお力落しになったでしょう」

と近藤の妻君が同情ある言葉でいう。

「国のためとは申しても、御家族の方は大抵な事ではありませんわね」

と鶴本の妻君《さいくん》も口を入れる。

「イイエ、どういたしまして、さアどうぞあちらへ」

と三人を通しておいて、夫人は窃《ひそ》かに涙を拭うのである。


と再び戸が開いて二三人の靴音がどやどやとする。

「誰方《どなた》でございますか」

と夫人は手をついて障子を開けばいずれも洋服姿で見知らぬ人々。

「ハア、夫人は御在宅ですか」

と一人が云って、名刺を差出すを見れば、いずれも××新聞記者の肩書ある名刺。夫人は面会の煩《わずら》わしさを避くるため、急に召使の心持《こころもち》で、

「ハイ、只今、お留守でございます」

と云えばその中の一人は
「どこへお出《い》でです」

と聞く。

「海軍省の方かと存じます」

「それじゃ、御夫人でなくとも御家族の方誰でも宜しうございますからちょっと御面会を願いたいのです」

「生憎《あいにく》、誰方もお留守ですから……」

と心許《こころもと》なさそうに云う。

「そうですか、じゃまた伺いましょう」

といずれも失望して立去る。これと入違いに、

「へえ、今日《こんにち》は」

と這入《はい》って来たのは横町の栄楽堂《えいらくどう》という菓子屋の亭

主。夫人は隠れる事もならず、またまたそこへ三つ指をつく。

「どうも今度は旦那様の大成功で、誠にお目出度《めでた》い訳でなアハハハ、定めて御家族一同お喜びと存じますで、へへへへ町内に住んでおる私達一同までも肩身が広うごしてなアハハハハ。ついては甚だこれは失礼なものでございますがお祝いの印まで」

と菓子折を差出す。これはまた勲功の偉大なるに騰《のぼ》せ上って、夫人の心を知らぬ世間の人の一人である。

「イイエ、職務にやったことでございますから、そんなものを頂いてはなりません」

と辞退する。

「イヤ、そんな事はありません、まアどうぞおおさめ下さい。どうぞ、どうぞ」

と執拗《しつこ》い。

「断じてなりません」

と固く断る。

「イヤ、その実はお願いに上ったのでございます。今度旦那様の戦功を紀念するためにお饅頭《まんじゅう》を売り出そうと思うんでなその名前をちょっと吉村饅頭と付けたいのでごして、へえ、誠に恐れ入る次第でごしてお許《ゆるし》を願いたい訳でごす」

と頭を二三度上下《うえした》に振るようにお辞儀をする。戦功紀念は先方への付《つけ》たりで、人気に投じて一儲けしようとする商人肌の敏《こす》いやり方。

「それで見本でごすがなア」

と袂《たもと》を探って取り出す。手元から辷《すべ》って、コロコロと夫人の前に転げ出したのは赤児の頭大《あたまだい》の麦饅頭である。

七十二

吉村《よしむら》の霊前に、しばらくの間静坐《せいざ》して、無言のまま、在世当時の無礼を詫《わ》びた酒井《さかい》中佐は、座を夫人に向けて、初めて口を開いた。

「あの当時の事はどうかお気に止めて下さるな。皆私達が悪かったので今更《いまさら》こうして詫び入る事も、大《おお》に恥入る次第です。吉村君にはもう幾度《いくたび》詫びても取返しはつかんが、せめて在世中のあんたにでも許してもらおうと思うてな。丁度戦地の塚本《つかもと》からも悔悟の手紙が来たものじゃから、私は塚本の名代《みょうだい》も兼ねて今日やって来た訳さ」

と朴訥《ぼくとつ》な云い方。

「イイエ、御詫びでは恐れ入ります、何の貴方《あなた》。あんな事を一々お気になさったら気の荒い軍人社会に御交際は出来ますまい」

「そう云われると私も気が晴れ晴れするが、実際何とも申上げようがないほど馬鹿な真似《まね》をしたと思ってな」

「御負傷の方はもうすっかりおよろしいのでございますか」

「ウム、実は仁川《じんせん》の海戦でな、ちょっとかすり傷を受けただけで、負傷というほど大袈裟なものではありませんで開戦劈頭《へきとう》の負傷者は私が第一じゃ。ハハハハハこんな事に先登《せんとう》第一をつけられたら、もう軍人も下り坂ですなア、ハハハハハ」

と快活に笑う。

「でも、よく治癒《なお》って結構でございます」

「ナアニ、時に貴方々《あなたがた》もお困りじゃろう、男は吉村君一人の家庭じゃからなア」

「始めはどうしようかと思うほど慌《あわ》てましたが、もう別に不自由なことはありませんです。いくら決心を致しておりましても、高が女のことでございますから、終《つい》に死んだと申せば心細くなるものでございまして……」

「ウム、そうとも。でもまだ戦死だとも何んとも判《わか》らんのじゃから、そう心配することもあるまい」

「イイエ、一層生死が判ってしまえば断念《あきらめ》もしよい訳でございますが、生死不明だなどと申せば、自然欲が出て、まだ生きているんではないかなどと余計に気を揉《も》みまして、ハイ」

「将軍はその後少しもお出《い》ではないですか」

「ハイ、父とは日清戦争当時から往来《ゆきき》が断えております。どうしている事やら、あんな頑固な人ですから……」

と思い出す毎《ごと》に夫人は恨めしい気が起きて、思わず涙ぐまれるのである。

「あんな聡明な方ですから、何か思ってお出《いで》になる事があるのじゃろう、徒《いたず》らに貴方々を困らせるような事はせんと思うがなア」

「ハイ、もう八十近い老体ですから種《いろん》なひがみが起《おこ》るのでございましょう」

「も八十におなりかなア」

と言葉が絶えた時、隣室から光子《みつこ》の声で、

「お爺さん」

と叫んで、果ては泣出す様子に、夫人は驚いて立上り、隣室の襖《ふすま》を開けけば白髪の老将軍が、愛孫光子に抱き付かれたまま、茫然突起《つった》っておった。

「オオ、武《たけ》か、よく辛抱してくれたのう」

と云う瞬間、夫人は、

「お父様ッ」

と母子《おやこ》両方から抱き付くのである。

「やア、お前は酒井じゃないか。喜んでくれ、吉村はやはり私の聟《むこ》じゃ」

と嬉《うれ》し涙を流すのであった。

七十三

駿河台《するがだい》は紅梅《こうばい》町の通りを水道橋《すいどうばし》の方へ三町ばかり、和仏《わふつ》女学校から三軒目、昔風の大きな門構えに、思切った大きな木札に岡見義一《おかみよしかず》と掲げられておる。

当時長髪を以て聞えた、議会での名物代議士といえば、誰れ知らぬ者もない、七年前まで幽霊屋敷と呼ばれて誰れ住む者もない荒れ果てた大名屋敷を、ただのように買い取って住まったという噂の高かった家はこである。門を這入《はい》れば両側に板塀代りの長屋が続いておる。請願巡査、車夫、馬丁《ばてい》、馬車庫、車小屋、馬小屋等がその家の種類である。奇麗《きれい》に敷かれた小砂利《こじゃり》の道を常盤木《ときわぎ》の植込や、蘇鉄《そてつ》の間を縫うて十間《けん》ばかりで玄関がある。木目が知れないほど朽ちて、摺《す》りけずられたようになった柱に、昔ながらの屋根が、危く支えられている。敷台の古色、玄関両側の横格子、いずれも徳川時代の遺物そのまま、物申すと案内を乞えばオーと答えて大小差した髷《まげ》姿の武士が出て来そうにも思われる。門から玄関までの近代的の庭の趣向とは打って変った時代の対照《コントラスト》が現われておる。松や杉の並木の間を裏の方に廻れば、屋敷から離れた和洋折衷建《だて》、ここは主人の寝間と書斎とである。今しも開け放たれた座敷は、正午近い太陽が奥深く畳の上に照り輝いて、三月《やよい》の寒さを知らぬ暖かさである。

主人と林浪雄《はやしなみお》とは、円《まる》い、大きなサビタの古木をくった火鉢を前に対座しておる。主人は例の長髪を奇麗に後へ櫛梳《くしけず》って、大島絣《おおしまかすり》の上へ、木綿の大きな五つ紋を重ねて、絶えず威丈け高《いたけだか》にその身体《からだ》を持しておるのはこの人の癖である。庭と玄関との対照といい、行者のように髪を延《の》ばした姿からいっても、大島絣の上へ木綿の紋付を重ねる位はこの人にとって何の不思議がない事である。

林浪雄は霜降背広のズボンを窮屈そうに膝を折って、絶えず相手の顔を打視《うちまも》りながら、快活な話を注意深く聞いておった。主人は話を中途で切って後ろの机のベルを鳴らすと絹地に薄墨でぼかした紅葉《もみじ》模様の襖《ふすま》が荒々しく開いて、三十の坂を五つも越したかと思わる、口髭の濃い、身体の大きい老書生が中腰になってかしこまる。

「アノ、義男《よしお》をちょっと呼んでくれい」

「ハア」

と皺枯《しわが》れた声を残して立去った後で主人は、

「どうも弟の義男にも困ってしまう。少し油断をすると油虫《あぶらむし》のような書生を集めて遊女屋這入《はい》りを計《たく》んだり、親爺《おやじ》を欺《だま》す事を考えたりして始末におえん」

眉に皺を寄せて独言《ひとりごと》のようにいう。

「義男君なぞは素直に育っておるから人が好過《よす》ぎるようでな。つまり四辺《あたり》の誘惑に負けるのです」

「ウム、我輩もそう思うから境遇を変えてやったら直るだろうと思って弟を引取った訳だが、我輩《わがはい》はいつも外出がちで、家におる事が少ないので、自然監視もゆるむものだからどうも困る。実はそれについて君を煩《わずら》わしたいのだがねえ」

と言っておるところへ以前の老書生が這入ってきて、

「先刻まで友人が来ておられたようですが、もう外出されました」

と注進に及ぶ。

「そうか、じゃよろしい」

といって林に向い、

「あの通りだ。始めは謹んでおったようだが、もの馴れてきて、我輩がおる時でも天下晴れて悪所《あくしょ》通いを初めるんだから、中々手に負えなくなってしまった。君の手で一つ矯正してやってもらいたいんだねえ」

「イヤ、それは到底駄目です。僕は僕自身をさえ矯正出来ないのですから、まして義男君を矯正しようなどは不可能の事です」

「そりゃそうだが、どうもああいう小人《しょうじん》は閑居を与えると不善をなしがちなものだ、だからただ遊ばせておくという事が一番悪いのだ。一つ君の廃兵院《はいへいいん》の事務員にでも取り立ててやってくれ給え」

「ハア、義男君さえ承知なら、私の方は差《さし》つかえはありません」

「じゃ、どうかそうしてくれ給《たま》え、僕も安心が出来る訳だからなア。あんなやくざに生れても自分の弟であってみれば責任があるからなア。どうも困った奴だ」

七十四

岡見《おかみ》が弟のことで嘆声を洩《も》らす。しばらく二人の間に言葉がなかった。と再び襖《ふすま》を開けて、老書生の大きい身体《からだ》が現れる。

「この人が是非お目にかかりたいといいますから待たせてあります」

と一枚の名刺を恭《うやうや》しく差出す。受取って、

「何《な》んだ、渡辺常吉《つねきち》」

と小首ひねって、

「どうも知らん男だ。どんな用か聞いてみんか」

と老書生に命ずる。林《はやし》はこれを機会《しお》に帰ろうとして、座蒲団を側《わき》へのける。

「イヤ、ちょっと君に相談があるんだから待ってくれ給《たま》え。今日はイイだろう少しゆっくりして行っても」

と止める。

「ハア、まだ片付かない仕事が沢山あるんですから、いずれまた」

「急に実は相談した上でだ、是非日比谷《ひびや》公園まで一緒に行ってもらいたいんだ」

「そうですか、どんな事なんです」

「まア、落ち付いてくれぬと話せない事だ」

老書生が再び敷居の所へ手をついて待っている。

「どんな用か」

と書生に向《むか》った。

「ハイ、弟さんの事について、ちょっと相談があるんだそうです」

「じゃ、ここへ通してくれ」

林は当惑そうな顔で、火鉢から遠ざかって来客に遠慮する。

「まア、君そんなに遠慮せずにずっとこっちに寄ってい給え」

と主人は気繕《きづくろ》いして待つと、老書生に導かれて恐る恐る這入《はい》ってきたのは痩《や》せぎすな、四十五六の顔にあばたのある、目に厭《いや》な剣《けん》のある男である。細かい銘仙《めいせん》の格子縞の着物にくすんだ色合の羽織は、柄にない京お召《めし》である。この男が数歩を隔てて恭々《うやうや》しくお辞儀して頭を上げた時、主人は見覚えのある男だと気が付く

と同時に、記憶に浮んだのは、去年の秋、貴族院の○○子爵の財産差押えをした強欲高利貸の渡辺だという事に気がついた。東京で高利貸の渡常《わたつね》といえば、細民《さいみん》共も、慄《ふる》えるほど恐れられている有名な高利貸。七八年前までは本所《ほんじょ》で車を貸して、ひき子から歯代《はだい》を絞り上げた金で、細民に高利を借しつけ、四五年の間に十万の身代《しんだい》を造り上げたという、鬼を欺く強《ごう》の者だ。一昨年あたりから、そろそろ上流社会へも手を出し初めて、今では社会の上中下の区別なく、八方に手を廻して、絞れるだけ絞るという強欲非道な親爺《おやじ》。本所辺《あた》りでは渡常が来たといえば泣いた子もだまるといわれておる。

「久しくお目通りを得ませんでした。エヘヘヘヘ」

と紫の風呂敷に包んだものを側へ引寄せて、厭《いや》な目付で主人を見る。岡見は知らぬ振りして、

「誰方《どなた》だったかなア」

「ヘエ、昨年の秋○○子爵《ししゃく》のお邸《やしき》でちょっとお目にかかったことがございました。ヘエ」

「そうだったかなア」

「どうも誠に好いお天気で、なるほど眺めのいい所ですなア」

と取ってくつけたようなお世辞を云いながら、対岸の人通《ひとどおり》を眺める。

七十五

「時に御用はどんな事かね」

と岡見《おかみ》は尋ねる。

「ヘエ、そのちょっとお願いに伺いましたのでございます」

「それは解《わか》ってる。用向《ようむき》は何か」

と一喝を浴《あび》せられ、どぎまぎしながら、風呂敷から取り出したのは証文である。

「実はこれでございますが」

と岡見の前に広げる。岡見は見向《みむき》もせず、

「それがどうしたと云うんだ」

とあまり邪慳《じゃけん》に出られるので、渋紙包《しぶがみづつみ》のあばたが青くなる。

「実は去年の夏先生の弟さんがお出《いで》になって、少し入用があるから、暮れまで五百円ばかり貸してくれろ、その替《かわ》りこれを抵当に置いて行くから期限が来たら売払ってくれろといって、持ってお出になったのはここにある金《きん》の観音様ですがねえ。その後何の音沙汰もありませんから、この一月に鑑定人に観てもらいますと、天ぷらなんです。どうも驚きました。どうも致し方がありませんので、先生にお願いに伺った訳でございます」

「弟の借りた五百円を返せというんか」

「ヘエ、どうもこの頃の五百円は私達にとっては生《いき》るか死ぬかの金でございますから、ヘエ誠にどうも御面倒を願って済みませぬ」

「この証文には観音様を抵当に五百円を借りる、期限が来たら債権者が観音像を売ってもよいということが書いてある。証文通りに売ったがよいじゃないか」

「ヘエ、どうも唯今申上げる通り天プラでございますから、五百円の価値《ねうち》はございませんので、ヘエ」

「価値のあるなしはとにかく、証文通りに履行したがよかろう」

「純金なれば売ってそれ以上の価値はあるんですが、天ぷらと純金とは価《ね》が違いますから」

「そんなら証文になぜ純金観音像と書かせなかった。お前の方が不注意じゃないか」

「つい岡見さんと聞いて信用致したものですから」

「都合のよい事を云うな。お前達が貧乏人に金を借し

つけて期限が来るとどうするか、よく考えてみるのが宜《よ》い。証文に書いてあるから財産を差押える証文に書いてあるから訴訟を起《おこ》すと、証文を楯《たて》にとって一言も云わせないじゃないか。それほど証文に信用を置くお前達のことだから、その証文通り売り払うがよかろう」

「損が行きます」

「そりゃお前の不注意だ、人の不注意を引受ける必要はない」

「それじゃまるで詐欺《さぎ》ですからなア」

「何ッ」

と癇癖《かんぺき》の強い岡見の顔色が変ったと思うと側《そば》にあった茶呑《ちゃのみ》茶碗が宙を飛んで、渡辺《わたなべ》の頭を掠《かす》めて柱に当り粉々に砕けた。

「馬鹿ッ、我輩に向って詐欺とは何だ。貴様に偽った覚えはないぞッ」

再び立って床《とこ》の柱の鹿の角に掛けてあった正宗《まさむね》の名刀取るより早く、ギラリと抜き放った。

「ヒヤッ」

と叫んで渡辺は立上り際に狼狽《うろたえ》たまま、厭《いや》というほど柱に頭を突付《ぶっつ》けて逃去った。渡辺の去ってしまった跡に証文と金仏《かなぶつ》と、風呂敷が散々《ちりぢり》に取り残されて、茶碗が粉々に部屋中に広がっておった。その音に老書生がヌッと顔を突き出したまま、眼を円《まる》くして四辺《あたり》を見廻した。

岡見は林《はやし》と顔見合して快活に腹の底からカラカラと笑った。

七十六

岡見《おかみ》と林《はやし》は昼飯を済《すま》してなお話を続けておった。老書生は立派な口髯《くちひげ》や大きな身体《からだ》にも恥じず、恭々《うやうや》しく出てきて二人のお膳を運び去る。

「オイ、オイ、ちょっと待ってくれ」

と呼び止められた老書生はお膳を持ったまま畏《かしこ》まる。

「アノ馬丁《ばてい》にそういって、もう三十分ばかりしたら、出るから、馬車の用意さしておけといっておいてくれ」

と、書生に命じておいて話の後を続ける。

「君もそう廃兵院《はいへいいん》の事ばかりに追われておっても仕方がない。第一身体が続かん。人間は何事をするにも余裕がなければ駄目だ」

と教えるようにいう。

「ハア、しかし戦争があまり烈《はげ》しかったものですから気が気でなかったです。もう今日のように平和になってみればひとまず安心が出来る訳です。しかしあの長屋を御拝借して直《す》ぐに収容したからこそ、二百人足らずの廃兵を収容することが出来たのです。これも皆貴方《あなた》のお陰です」

と今更《いまさら》のように創立の始めに百方《ぼう》岡見の尽力に預かったことが有難く思われたのである。

「そんな事はどうでもよい。この上は資金を募集して立派な廃兵院を建てなきゃアいかん。あんな間に合せの長屋では事が仕憎《しにく》くていけまい」

「イヤ、そんな事は考えませんが、しかし私の財産は八万円ばかり残っておりますから、それに寄付金を足して十五万円ばかりありますれば、どうやら出来そうですから、今から心掛けておきます」

「ウム、至極宜《しごくよ》い考えだ」

といった限りしばらく岡見は言葉がなかった。

というのは林が東京へ来て廃兵院を起《おこ》して以来、ほとんど十万近くの金を投じて、今なお財産の全部をこの仁慈事業に投ずるといった、まだ三十に満たぬ林の真心が解せなかったほど林を人間以上の人間と思って見た。そして林がいまだかつて自分の身分について一言も云わなかった事が不思議の男と思われて、いよいよ神に近い人間という概念的な見方を岡見自身が自分の心に銘《めい》じたからであった。が岡見はその気を少しも顔には出さなかった。

「まア、君も少し休むんだねえ。君の両親だって君が廃兵を世話するようにと云って育てた訳でもあるまいから、そう一生懸命にならなくともいいじゃないか」

　と云った時、老書生が馬車の用意の整ったことを告げに来た。岡見は、立上って書生に小倉《こくら》の袴《はかま》を出させ

て手早く着け了《おわ》って、林を促して玄関に出た。二人は家族のものに送られて幌《ほろ》を取り去った、二人乗りの馬車に乗るや否や馬丁の手綱《たづな》は引かれて、車輌が小砂を嚙んで、ガラガラという響《ひびき》と共に門を出ると、乾いた街道の上を馬は元気よく轡《くつわ》の音と共に、辷《すべ》るように車が進む。三月の午後《ひるすぎ》の日は真向《まっこう》に射して、眠気を催すほど暖かな日だ。林は心地よげに車の上から、この暖かい午後の日光で包まれた市街の雑閙《ざっとう》を眺めながら、黙っておった。林が岡見の横顔をチラと見た時、この深い考えに沈んだような岡見が自分を日比谷《ひびや》に伴う理由が解《わか》らないので、非常な不安を心の中に呼び起した。で林は岡見に向って終《つい》に口を開いた。

「一体僕を日比谷へつれて行かれるのはどんな訳なのです」

　と問いを発したが返事がないので、

「岡見さん、どうして日比谷へ行かなければならないのですか」

　と真剣になって尋ねると、岡見は鈍いような目を開いて、大きな欠伸《あくび》をしながら、

「アー、好い気持でちょっと眠ったわい」

七十七

「フフ眠い、しかし好い心持《こころもち》であった」

と再び背のびをしながら答えようともしない。馬車の近くを通りかかった書生二三人が車上の岡見《おかみ》を見て笑った。

「僕はそれを伺わんと何《な》んだか不安心で堪《たま》りません」

と、もどかしそうに云う。

「そうだろうとも。相談というのは以前にも君にちょっと話した君の結婚問題なんだ」

「そんな事ですか。じゃ僕アお供《とも》をする必要が無かったんだがなア」

と心《しん》から弱ったという顔付。

「いつもいつも君は逃げるから、今日は黙って馬車へ乗せたのさ」

「でもそんな相談ならお邸《やしき》の方でも伺われるじゃありませんか」

「イヤ、今日は君のお嫁さんを君に選択してもらう第一日なんだ。お嫁さんの方では今日の午後の三時半までに日比谷へ来るはずになっておる」

「そりゃ困ります。弱ったなア、そういう事を無断でお決めになるとは随分酷《ひど》いですなア、僕アもうここから失敬します」

と小供《こども》のようにそわそわして車上に立ち上《あが》る。

「まあ、まあ、僕の今いうことを聞いてくれ給《たま》え。廃《はい》兵院《へいいん》の事業もあれだけ出来上ればまず成功に近いといってよい。で、男子はいつまでも独身でいる事は世間に対してまだ身分の未熟なことを証明するようなものだ。でことに我国の社会なぞで独身ものは信用がない。これから廃兵院の資金募集という一つの難関を切り抜けなければならぬ君にとって、妻帯するという事は少からず信用に影響する事じゃから」

「…………」

「君の社会的立場から種々思い煩《わずら》った結果、どうしても妻帯した方が君のためになると私は信じたのだ。だから君にとくと相談しようと思っておったが隙《ひま》がないので、とうとう見合《みあい》をする今日まで延《のば》してしまったのだ。それは私から改めて謝罪する。しかし私は君は結婚をしなければならぬと強《し》いはしない。この前も君に話したとき君が云ったのに、一生の中《うち》一度は結婚もしなければならないが、今はまだ早いと云った事がある。

本当にそうならば成功した今日妻帯することが順当だと思う」

とちょっと林《はやし》の顔を覗いて言葉を途切る。

「万事私にして下さる事は私貴方《あなた》の御親切からだということは解《わか》っておりますが、どうも困るですなア。私の知らない中に先方が決ってしまうなどとは……どうも……」

「イヤ、そんな事は心配する必要はない。君が見合の上、この人ならばと思ったら貰うが宜かろうし、厭《いや》なら廃《や》めるばかりさ」

「そ、そんな事は出来るもんですか」

「何故?」

と不審そうな顔付。

「そんな、そんな、不徳義な事は出来ません」

「エッ、ハハア、まだ君は見合という事が解らんと見えるなア。見合という事と結婚という事とは、富士山を遠くで眺めるのと、富士山に登って見るのとの違《ちがい》がある。見合は結婚する前にちょっと逢って先方の心意気を見る、そしてあれならばと思ったら結納《ゆいのう》を取り換わした上で結婚式を挙げて初めて夫婦となるのだ」

「どうも面倒臭いものですなア」

「そりゃ君、犬や猫じゃあるまいしオイソレと出来るものじゃない」

この時馬車の進みゆく先方遥かに喇叭《らっぱ》の響《ひびき》が聞えた。林は顔を挙げると車は既に美土代町《みとしろちょう》の通りを真直《まっすぐ》に日《ひ》比谷《びや》を指して急いでおる。林はなおも前方を望めば二三町を隔てて黒山のような群集の影をチラと認めた。

七十八

馬車の先方二三町を隔てて林《はやし》の目に映じた群衆というのは、戦地から帰国した近衛《このえ》師団の歩兵が習志野《ならしの》の仮屯営《とんえい》所を引払い、今日初めて住み馴れた都の土地を踏んで師団へ引上げの途中であったのだ。

岡見《おかみ》の馬車は終《つい》に神田橋で行進中の軍隊に追付いて、隊列右側を検閲使《けんえつし》の馬車のように過ぎ行くのである。林は岡見の言葉も耳に入らず、ただ熱心に行進しつつある軍隊を見廻しておった。

隊伍の延長日比谷公園から神田橋までおよそ十町余り、喇叭《らっぱ》の響は聯隊《れんたい》より聯隊に吹奏せられて、堂々たる歩調は勇ましく四辺《あたり》を圧して進軍しつつある。遠く行軍を望めば立昇る煙塵《えんじん》の間に先登《せんとう》は正《まさ》に包まれんとしてようやく動いている。各聯隊の先登旗手によって掲げられた軍旗はいずれも僅かに縁《へり》のみを残して、全く形をなさなかった。そして将校兵士の纒《まと》える軍服は、雨に汚れ、雪に色褪《あ》せ、煙硝《えんしょう》に煤《くすぶ》って戦闘のいかに惨たりしかを点頭《うなずか》せるのである。林は更《さ》らに驚くべき悲痛の思《おもい》をこの軍隊から感受した。それは一中隊僅《わず》かに十人、あるいは一大隊僅かに四五十人の隊列が隊伍の切れ目毎《ごと》に見出《みいだ》されたからである。林の慄《ふる》い恐れた感情がこの人員の不足せる理由を知りたくないと思った時は、既に冷《ひや》やかな感情と不思議な空想を馳《か》って軍隊の不足せる人員を補充してみようと試みた。弾丸に傷《きずつ》ける数千の病傷兵と、戦死せる数万の霊魂はこの隊列を補うべき当然の人員であると思ったのである。この時岡見がようやく口を開いて、

「ウム、惨憺《さんたん》たるものだ」

と独言《ひとりごと》を云う。

林は岡見の言葉も耳に入らず、心の中に入り乱れて種々な方面から感情と理性との争《あらそい》が起って攪《か》き乱された気分を冷静に保とうと勉めておったのである。

この惨害と罪悪は戦争をおいて他にあろうかという声が真に心の底から叫ぶように聞《きこ》ゆる。そして戦役終了の我国四千万の民族は、戦勝国の月桂冠を戴いて、世界の各国から献《ささ》げられた謳歌の供物に挙《こぞ》って心酔したのみならず、並ぶものなき武勇の誇《ほこり》に歓楽を尽して

日を送ったのである。歓喜と誇りとに満ちた華かなる本国！　この明るい歓楽の裏面をじっと見詰れば、暗黒な深淵が底知らぬ深さを示してその四辺にはまだ生々しい白骨の山が聳《そび》え立っている。数知れぬ傷に悩む半死の若者が苦しい叫びも手に取るように聞えるのであった。と林の現《うつつ》のような奇《く》しい空想が、

「万歳い、万歳ッ、万歳ッ」

　と叫ぶ歓声によって我に返ると、そこここに一団をなす群衆が歓喜の極《きわみ》、帽を振りハンケチを振ての歓迎であった。そしてこの戦友を失える痛ましい軍隊に向って、不謹慎な形式的な「万歳」を浴びせて弥次《やじ》っているこれ等《ら》の市民の不明が悲しかった。なお続いて浮薄な調子で「万歳」が連呼される。林は不快の心持《こころもち》で、彼等の浮《うわ》ついた叫声《きょうせい》はやがて待合の奥に賤《いや》しい女の三味線に合せて叫ぶ声であると命ずるように心の中で思ったのである。

「林君、ここは日比谷だ」

　と岡見が林を促す声に馬丁《ばてい》は車を公園の正門側につけた。林は黙って岡見の跡について降りる。

「好い天気でよかった。君もいまだ公園の内部は初めてだろう」

　と岡見が林と並んで正門をくぐったとき云った。

「ハア」

　とすげない返事に、岡見は林が先刻の問題について自分の処置を恨んでいるのではあるまいかと気を配ってみた。

七十九

泉水《せんすい》に臨んだ東屋《あずまや》の椅子に岡見《おかみ》と林《はやし》は腰を下ろして林の結婚問題についてなお話を進めておる。三月《やよい》の温かい光は鏡のような水の面《おも》に反射して、眩《まぶ》しいほど閃々《きらきら》と目を射った。池の中央《まんなか》には銅製の鶴が翼を拡げて、晴渡った空に水を高く吐いている。この下を睦ましく家鴨《あひる》の番《つがい》が悠々として辷《すべ》るように遊んでおった。どこからともなく撫《な》でるように吹いて来る微風が対岸の山茶花《さざんか》の葉を静かにゆすると銀の葉が閃《ひらめ》くようである。

「じゃ君はどうしても厭《いや》なのか」

と岡見は少しむっとする。

「イヤ、決して私は全然厭だと申す訳ではありません。ただ時機が早いと思うのです」

ときっぱり林が云う。

「時機？　どうして早いのだ」

「貴方《あなた》の御尽力でこれだけの廃兵院《はいへいいん》がどうやら出来上って今日の私としては無論結婚をしても少しも差《さし》つかえる事はないのです。しかし私にはまだ尽されていない責任があります」

「そりゃどんな責任か」

「それは明け暮れ思うている父の行衛《ゆくえ》です」

と悄然とする。

「ウム、それか」

と岡見も共に沈む。やがて穏かに、

「君のお父さんの行衛については、君が日本へ来て以来、僕も一方《ひとかた》ならず心配して調べもし、知っておるだけの人に聞いたりしたが、どうもそれらしい人の姓名は見当らない。で僕もこういうことは急に捜したところで到底出逢うものでない。永い間にはまた逢う事も出来ようとあの時君にもお話したはずじゃ。マアこれから気を長くして捜すことじゃ」

「でも生きておりますれば幸福ですが、もしや戦死したのではないかと実は気が気でないのです」

「そうだねえ、とにかく日清戦争と日露戦争があった後のことだからなア」

「海軍省の日清の役と日露の役とは死なれた海軍の将校の名簿には確かに見当りませんが、もしや……」

「イヤ、それならば確かなものだ。決して戦死者の名を一人でも洩《もら》すようなことはせん。ただこれ等《ら》の戦争以前に病死でもされればまアわからない訳だ。しかしそれとても、その当時の海軍の名簿を見れば解《わか》るのだが、私が見た時はどうしてもその森山《もりやま》という姓の人はないいて」

「そうでしたなア」

と深い考《かんがえ》に沈む。

「だからそう速《すみや》かに捜そうとしたって出て来るものではない。まア無用な心配はせずに、ゆっくり捜す外《ほか》はあるまい」

「どうしても私はそのことが気がかりですから捜し当てた上、自分の身体《からだ》を定めようと思うのです」

「それも宜《よ》かろう。が、結婚したから捜せなくなる訳でもあるまいから、結婚でもすればそれだけ君の交際が広くなる。広くなれば従って捜すにも便宜があろうと思うのだ。ことに今日見合《みあい》の約束をした人達は海軍の戦死軍人の遺族でもあるし、そういう点はかえって君のために宜かろうと思うのだ。しかし私は君にその娘と結婚せいと強《し》いはせん。厭なら断われば済む事だから、今日は約束もしてある事だし、是非見合だけを済《す》ましてもらいたいがねえ」

「そういうことなら構いませんから見合しましょう」

「そうか、それで私も安心した」

と岡見はポケットから時計を出して、

「三時に来るはずだがもう三時半だ。どうしたんだろう」

八十

「何《な》んだか変ですなア」

と林《はやし》は急にもじもじする。

「そう恥《はず》かしがらんでも好《い》いさ、先方は軍人の遺族だからしっかりしている人ばかりだ。君のようにそうおどおどすると嫌われるぜ」

「イヤ、嫌われた方が本望《ほんもう》です」

と淋《さび》しく笑う。

「でその戦死軍人というのは君も御承知だろうが旅順《りょじゅん》閉塞《へいそく》決死隊で戦死されたあの有名な吉村《よしむら》少佐なんだ」

「アア、あの方ですか」

と林は驚く。

「家族は未亡人と娘さんだけなのだ。先月まで未亡人のお父さんで、日本海軍の発達を許られた、海軍の親玉とも云われた例の川村《かわむら》将軍が御一所《ごいっしょ》であったが、将軍が病死されてから母子二人で淋《さび》しい月日を送っておったんだ。で二人とも熱心なクリスチャンで中々信仰家だ」

「すると川村将軍の孫さんで、軍神《ぐんしん》吉村少佐の娘さんですねえ」

「ウム、それでクリスチャンだ。話ばかりでもう気に入ったかね」

「イヤ、僕などには器が大き過ぎて到底駄目です」

「だから先方ではなるべくは今の中《うち》に娘の好い配偶者を求めて吉村家を継がし、安心したいというのだ。でもこちらが立派な品格の人で、養子になるのが厭《いや》なら嫁にやっても好いというんだ」

「私は養子とか嫁とかいうことは全く眼中にはありません。ただ私の事業を充分認めてくれればいいのです。しかし大問題ですから見合をした上でよくよく考えてみなければなりません」

「無論熟考の上で決めるさ」

この時植込の蔭を此方《こなた》に歩んで来た人の足音がした。

「どうも遅くなって、お待ちになってお出れば宜《よ》いが」

という声は確かに吉村未亡人の声である。

「林君、来たよ」

と低くいって笑顔を林に向ける。林は何となく胸騒がしく、衣摺《きぬず》れと共に足音の追々近く聞えるのに一層胸を押し付けられて心臓の鼓動が烈《はげ》しくなる。

やがて未亡人が植込の葉蔭から身体《からだ》を出すと、続いて光子《みつこ》も俯向《うつむ》きがちに現われた。

「どうも誠に遅くなりまして、お待たせ致しました。途中で軍隊に出遇って一時間以上も電車が待たされましたものですから」

と挨拶する。

「イヤ、私達も丁度都合よく軍隊と並行してやって来ましたものですから、立往生《たちおうじょう》だけは免れました。そりゃお困りでしたろう。サア、どうぞお掛け下さい」

と座を立って譲る。

「ハイ、有難うございます」

と未亡人は光子を促して掛けさせる、いずれも質朴な身装《みなり》。夫人は細かい碁盤縞《ごばんじま》の絹の綿入に紬小紋《つむぎこもん》の袷《あわせ》羽織を重ねて、引詰めて束髪《そくはつ》に結び、顔色が心持《こころもち》憔悴しておるので年よりは三つ四つ老《ふ》けて見える、光子は銘仙矢絣《めいせんやがすり》の羽織と着物を重ねて、心持肥《ふと》った身体に円《まる》みを持たせて母の蔭に隠れるように低向《うつむ》いている。時々マーガレットの真白なリボンが風になぶられてヒラヒラするのが目立っておる。

「これが兼ねてお話の廃兵院《はいへいいん》々長林浪雄《なみお》君です」

と岡見が両人に紹介する。

「私は吉村の家内です、何分よろしく」

と夫人が立って挨拶する。林は心中すこぶる間誤付《まごつ》いたが、平気を装いながら、

「林浪雄です。何分よろしく」

と勇気を振《ふる》っていったつもりだが、終《おわ》りの何分よろしくが妙に夫人の言葉の調子に似ておったので、思わず岡見が笑《わらい》を殺した。

八十一

林《はやし》は覚束《おぼつか》なくも両人《ふたり》に挨拶を済ましたつもりでまず安心と椅子に腰を下すと、光子《みつこ》が立って恥《はずか》しげに無言の御辞儀をしたので、面喰いながら立って挨拶の言葉に窮し目立たなかったが少しもじもじした。これも黙《もく》して頭を下げる。やがて夫人は林に向い、

「今日は誠に好いお天気で結構でございます」

と口を切った。

「ハイ、好いお天気です」

と固くなる。

「林君、光子さんは女子学院で有名なピアノニストだそうだから、廃兵《はいへい》の慰問会や、資金募集音楽会の時は是非お願いしなくてはならんねえ」

と岡見《おかみ》が話の種を蒔く。と夫人は、

「イイエ、ほんの、真似《まね》ごとだけですの。ただ光子が好きなものですから、皆さんが大袈裟に仰有《おっしゃ》るのです。到底《とて》もまだ公会の席なぞでは演奏は出来ません」

「イヤそんな事はありますまい。いつかも青年会館で催した軍人歓迎会のとき伺ったことがあります。僕なぞは旧式の頭だから判《わか》らんが、林君今度一遍聴かせて戴き給《たま》え」

林は最前より自分の言葉があまり人の言葉尻を真似た事に思い及んで、今度は反対に答えようとしておった矢先であったから、

「僕は音楽は嫌《いや》です」

と心にもないことを口走った。

「音楽が嫌いだ、あんなに音楽趣味を説いた君が、音楽を嫌いだとは妙だねえ」

「この頃……ちょっと嫌になったのです」

と思わず急所を突かれた苦しさにシドロモドロの答をする。

岡見も林の顔色で苦しい心持《こころもち》を察したので、別に追究はしなかった。

「どうです、ここでは話は出来ませんから、ちょっとそこの松本《まつもと》で紅茶でもやりましょう」

と岡見が皆を促し先きに立つ。

「それが宜しうございましょう」

と夫人は岡見の跡を追うて話ながら先に立つ。光子と林は立遅れたので道を譲り合いながら黙って後に

従った。皆が丁度松本の玄関上の露台《バルコニー》を認めた時、運動場の方の植込の中から一人の酔漢《すいかん》が巡査に引かれながら通って、やがて広場へ達した時、

「兄さん」

と叫ぶ声が聞えた。

林は思わずその叫声《さけびごえ》に胸を抉《え》ぐられるように感じて、好奇心からその事件を目当《まのあた》り見なければ済まないような気がしたので、一行を離れて独《ひと》り声する方に走った。

広場には先きに通った巡査の側《わき》に、酔漢に縋《すが》って一人の若者が膝まずいておるのを見た。

「用があるなら警察へ来い、護送の邪魔をすると貴様も一緒に引致《いんち》するぞ」

と大喝されて、若者は顔を上げて巡査に嘆願するように、

「どうかお暇は取らせません、私の兄に一言だけ言わして戴きたいのです」

といい放って酔漢に向い、

「兄さん、お母さんの御病気はますます募るばかりです。どうかこの弟を憐《あわれ》んで早く家へ帰って下さいませんか」

と涙を拭うて忠告したのである。と兄と呼ばれた酔漢は、よろよろする足を幾度か踏みしめながら、どんよりと充血した眼を見張って、廻らぬ舌を舐《な》めずり、調子を外した大声で、

「ナニッ、この弟を憐んでだア。いやしくも国家の干城《かんじょう》じゃ、名誉の負傷者じゃないか。憐めとは何だ、意気地《いくじ》のない馬鹿野郎、帰れ帰れ、帰らんかッ」

と足を挙げて若者を蹴倒した。

八十二

巡査はこの乱暴を憤って、酔漢《すいかん》の左頬《さきょう》をピシャリと見舞いながら、

「行けッ」

と怒鳴る。酔漢は横面《よこづら》をさすりながら、

「痛いじゃないか、君は我輩を護衛するためについて来るんじゃろう。護衛されるべき貴い身分の我輩の頬べたをなぐるとは怪《け》しからん」

と巡査に喰ってかかる。

「愚図々々《ぐずぐず》いわんと早く歩めッ」

と巡査は髯面《ひげづら》を不興気《ふきょうげ》に顰《しか》めて引立てて行った。

若者は杖《つえ》に縋《すが》ってようやく起き上り、恨めしそうに兄の後《うしろ》を見送って、泥にまみれた着物を払いもせず、側《そば》のベンチに腰を下して深い吐息をついた。

林《はやし》はこの事件を酔漢の活劇という単純な考《かんがえ》で見済《みす》ますことが出来なかった。で直ちに自分を忘れて若者に近づいて、

「貴方《あなた》どうかしましたか」

と林の問いが急《せ》き込んでおったので若者は驚いて、不審そうな眼で林を見た。

「一体どうしたのです」

とやや落着いて問い返した。

「イイエ、何んでもありません」

と若者は打消すようにいう。林は若者の垢染《あかじ》みた着物の泥を払って種々《しゅじゅ》いたわりながら、

「どこも怪我はありませんか、随分乱暴な人ですなア」

「エエ、いつも酒を呑むと、あんな風ですから、もう馴れております」

「あの方は貴方の兄さんですか」

「ハイ、私の兄です。子供の時から酒が好きで今以《もっ》てああですから誠に困ります」

と気のない云い方をして、物憂《ものう》そうな顔付で何か考込む。

「貴方、失敬ですが何か心配事があるんではありませんか」

と言葉に親切の情が現れておった。

「大した心配ごとはありませんが、実は今家に病気で苦《くる》しんでおる母が一人ありまして、明け暮れ兄のことを心配しておるものですから、どうかして兄の心を翻《ひるがえ》させて、家へ帰したいと思っておるんです」

「そうですか、じゃ兄さんは家を出ておるんですか」

「ハイ、昔からあんな風に育ってしまって、金のある間は決して家へも帰って来ません。父が在世の頃は金もかなりありましたが、今の兄が一人で使い果たしてしまいまして、今はもう見る蔭もなく、零落《れいらく》しております。それでも私が出征中は兄は真面目《まじめ》になって、母をいたわりながら働いていてくれましたものですから母も私も安心しておったのです。ところが私が南山《なんざん》の戦《たたかい》で鉄条網を切り破った時に、この事に当った人達はみんな戦死して、私一人この太股《ふともも》へ傷を受けただけで生き残りました。そのために廃兵《はいへい》になりまして帰る事になりました。そして陸軍省の方から一時金三百円ばかり下賜《かし》されまして、その金で今までの貧乏世帯を改めて、商法でも始めようと思っておりますと、兄がその金を持ち出して、家を出た限《き》り今日まで帰らないのです。どうも誠に困ってしまいます」

「そうですか、そりゃアお困りでしょうなア。そして今はどうしておられるのですか」

「ハア、誠にお恥《はずか》しい話ですが、昼はごむ風船玉を売り歩いて、夜は鍋焼うどんをかつぎ廻っておりますが御覧の通り足が思うように利《き》かないものですから、充分な所までは行けません」

八十三

「そんな身体《からだ》に添わないことをなさるとますます悪くするばかりですよ」

「有難うございますが、一日休めば食う事が出来ない始末ですから、致し方がなくやっております。これで兄でも真面目《まじめ》でおりますれば、どうか相談も出来ましょうが、あの通りですから、とても駄目です」

「ウム、そうですなア」

林《はやし》も一緒に太息《といき》を吐《つ》く。

「どうも始めてお目にかかって飛んだ事を申しまして失敬いたしました」

と杖《つえ》を頼りに立ち上る。

「貴方《あなた》、失敬ですが住所とお姓名《なまえ》を知らせておいて下さいませんか」

と、林は若者を呼び止める。

「イヤ、いずれお目に懸《かか》った時に申上げます」

と立ち去ろうとする。

「でもまた何か及ばずながら御相談に預る事もありましょうから」

「そんな御心配は要りません。その御親切のお心で充分です」

と云い捨てて足元危く立ち去ってしまった。

林は淋《さび》しい若者の後ろ姿を見送ってしばらく佇《たたず》んだまま無言であった。突然後ろの方から艶《なま》めかしい女の笑声《わらいごえ》に雑《まじ》って、よほど酒に酔うたらしい、言い廻しの鈍い男の声が聞えた。林は我に返って、植込の蔭に身を寄せて思案に暮れている。

「ここだ、ここだ。ここで休むとしよう」

と男はよろよろしながら、倒れるようにベンチに寄る。

「あら危くってよ。しっかりおしなさいよ。五合や六合の酒に酔払って、意久地《いくじ》がないねえ、この人は」

と続いて芸者もベンチに腰を下す。

「酒にゃ弱くも、色には強い……と来たんだ。杉山《すぎやま》の野郎もとうとう我輩には降参したろう」

「御冗談でしょう、私はやはり杉山さんの方が可愛いのよ」

「馬鹿ッ。まだそんな事を云うとるんか。今頃は牢屋の中へでも打《ぶ》ち込まれておるだろう。金が一文もない

くせに、我輩に対抗して、この女を奪おうという奴はあるもんかなア」

「金があるから、金がないからで可愛い人が決まるんじゃなくってよ。金が無くとも、可愛い人はやはり可愛いわ」

「この野郎、まだ云うか」

と目を据《す》えて女を睨《にら》む。

「お止《よ》しなさいよ、粋《すい》でもない、そんな顔」

「ハハハやはり恐いと見えるなア」

「そんな顔は初心《うぶ》な妓《こ》にして見せるものよ。私なんぞはそんな達磨《だるま》の腐ったような顔をされると気色が悪くなるわ」

「なんだ、達磨の腐ったような顔だ、怪《け》しからん奴だ。しかしオイ、杉山と我輩とはどっちが色男じゃ」

「そうねえ、ひょっとこと業平《なりひら》さんを並べたと思えば間違がないわ」

「そりゃ面白い。しかし我輩は色男だとは思っておったが、業平とまでは自信がなかったわい」

「オヤ、この人は……鏡と相談して云いなさいよ……サア行きましょう、私咽《のど》が乾いて仕様がないの。あすこでサイダーでも飲みましょうよ」

「よしよし何んでも飲むよ」

と引張《ひっぱ》られて立上り林と顔を見合せて、

「ヤア、君か、失敬した失敬した」

と、きまり悪る気に逃げ去る。林は後姿《うしろすがた》をにらんで岡見《おかみ》さんも困った弟を持たれたものだと、心の中に思った。やがて林は急《せわ》しげに若者が去った跡を追うて立去るのであった。

八十四

芝区《しばく》桜田本郷町なる、とある米屋と女髪結《かみゆい》との露路《ろじ》を入れば、そこはいずれもむさくるしき八軒長屋である。その一番奥の在郷軍人杉山直次郎《すぎやまなおじろう》と記《しる》せる家では、この長屋の家主、年頃五十七八胡麻白《ごましろ》頭を振り立て、赤ら顔を火のようにして家賃催促《さいそく》の談判中である。

奥には病みほうけたる六十前後の老婆が、枕をたよって半身を起し、いいわけに窮してもじもじしておる。家主はなおも猛《たけ》りたて、

「この物価騰貴の今日日《きょうび》、二三ケ月も家賃を滞《とどこ》おられちゃ、家主も飯の食いあげだ。お前さんとこは在郷軍人だとか、名誉の負傷者だとか云って、世間でも色々褒めるからこそ、俺《わし》も遠慮して三度来るところは一度にして済ましているんだ。そうすればいい気になって、これでもう五ツ月になりますぜ。二た月分の時にゃ息子が戦地から帰って来ればきっと差し上げるといっておきながら、帰ったたって何の挨拶も無いじゃないか。そしてその後は度々《たびたび》やって来ても、今日やる、明日やるでとうとう五つ月になったじゃないか。お前さんの方のいう事に信用を置いちゃ、俺の方の商売が立たねえ。無理な事は云わない。今晩中に決めてもらおう。今晩返事がないと、この家は人に借しますからそのつもりで立ちのいて戴きたい。立ち退《たの》きたくないならば、半分でもいいから今晩中に入れてもらいましょう」

老母は手をふるわしながら床をすべりおり、

「ええ、それやもう、この際何と云われても私の方の落度《おちど》なんですから致し方が御座いません。あの馬鹿兄さえしっかりしていてくれれば、こんなことも無いでしょうに……まア、そんな愚痴はさて置いて、もう弟が帰って来るでしょうから、弟と相談して今晩中に返事を致しましょう」

「それじゃ、何分よろしく願いましたぞ」

と捨てるように言って家主は立ち去った。

と入れ違いに前回の杉山直次郎がかえって来る。

「お母さん、ただいま」

「直か、よく帰って来てくれた。兄に会えたかね」

「はい、梅月《ばいげつ》へ参りましたら、丁度今出かけられたと云いますので、どこへ行きましたと女中に尋ねたら、

日比谷《ひびや》の方とのことに、痛い足を引きずりながら、一生懸命に追いかけましてようやく日比谷で追付《おいつ》く事が出来ました」

「うむ。それから」

「そしておとどめしまして種々《いろいろ》お母さんの御病気の事から、私の難渋していることも申上げて、お帰りになるように御願いましたが、どうしてもお聞き入れがありませんでした」

「それで兄の身装《みなり》はどんなだったい、汚い風をしておったかい」

「いいえ、そんなことはありません、相当なお身装でした」

「芸者でも連れておったのかい」

「いいえ、お一人でした」

「何、ほっておけ、達者でさえおればそう心配することはない。今にお金がなくなれば、黙ってでも帰って来るだろうから……」

「じゃ、お母さん。生活《くらし》はどうしますか」

「お前さえ少し働いてくれれば、それで食べて行かれるんだから」

「お母さん、お薬召し上りましたか」

「俺《わし》かい、俺はもうお薬はいらない」

「いえ、それはいけません。お医者様は薬だけは精々《せいぜい》飲まなければいけないと仰《おっしゃ》っておられました」

「実は昨日から薬がないんだがなア」

「あら、そうでしたか。商売の方に追われまして、行《ゆき》届《とど》きませんでした」

八十五

「それじゃ、お前薬を買ってきてくれないか」

「はい。お母さん今晩食べるお米がないでしょうなア」

「ああ、恰度《ちょうど》昼限《き》りなんだよ」

「それじゃ弱ったなア」

「お銭《あし》が足りないのかい」

「はい、晩の米代にもようようです」

「何、私の病気は始終なんだから、薬はしばらくやめていようよ」

「いえ、いけません。そりゃいけません」

「何かまわんよ、年寄の病気は重いようで軽いもんだよ」

「それじゃ困るなア」

「心配することはないよ。晩にまた働きに出てくれれば薬代位すぐとれるだろうから……でもお前もあの兄のために、そんな片輪の身体《からだ》をこき使わなければならないんだから、私も実にお前の心持《こころもち》を察しるよ」

「何んですお母さん、そんな馬鹿な事を……子が親を養うのは当り前じゃありませんか。よしんばこの足が一本無くなったって、無ければ無いような働きを見付けて、働いて見せます。そんな事を仰《おっ》しゃるのは水臭いじゃありませんか」

「うん。それやお前の方から云えばそうだろうが、私の身になってみると、そうは行かないよ」

「もう、そんな事は考えますまい、お母さん」

といって形を正して、

「しかし晩の米代は是非《ぜ》共《ひとも》無ければならず。あなたの薬代も是非共なければならない」

と思案に暮るる。やがて直次郎は格子越しに、

「おい屑屋《くずや》さん、オイ屑屋さん」

「へい、今日は、いいお天気でございます」

と古びたる山高帽子を取って、揉《も》み手をしながら愛《あい》嬌《きょう》を振りまく。母親は直次郎に囁《ささや》いて、

「お前、何かはらう物があるのかい」

「何《な》に御心配なさるな」

と上衣《うわぎ》を脱いで屑屋に渡しながら座につく。屑屋はかなり汚れた上に、地のすりきれた紡績の綿入《わたいれ》羽織を何度も引っくり返しては打眺《うちなが》め、

「ええ、旦那、幾何《いくら》ほどでおさげになりますか」

「いくらでも君の方でよろしく値を付けてくれ給《たま》え」

「ヘイ、そうですなア」

と眉に皺《しわ》寄せて再び羽織を見瞋《みつめ》ながら、

「大分地がまいっておりますから……それに汚れてもおりますし、三十銭ではどうですか」

「そりゃ君綿ばかりだって十五銭で売れるじゃないか」

「そりゃもう、こちらでは綿を御願いするようなもので、……上はもう切れていますからお供《とも》に頂いて行く訳です」

「そうかなア、じゃ仕方がない、いいから持って行きたまえ」

「そうですか」

と懐《ふところ》の財布をがちゃがちゃいわせながら、十銭銀貨を三枚並べて、

「旦那、まだ外《ほか》にお払いものがありませんですか」

「もう無いからまたいずれお願いします」

「それじゃ、どうも有難うございました。また、いずれお願いします、さようなら」

と屑籠を肩にかけて「くずいくずい」と破《わ》れ鐘《がね》をたたき潰したような声を残して立ち去った。跡に親子はほっと呼吸《いき》をつく間もなく、再び外の戸をあけて、

「御免なさい」

と誰れか来たものがある。

「どなたですか」

「えい、米屋でございます」

八十六

「今日はたしかでござんしょうね」

「えい、実は種々《いろいろ》母と相談して、出来るだけは手を尽しましたが、母も見らるる通り、こういう風な病人、私も戦《いくさ》で傷を受けて以来、右の足がきかず、働くにもようようの体でございますから、一日一晩働らいたところで、その日その日の食料と母の薬代ようようしか働けません。どうか兄が帰ったら何とか出来ると思っておりますのですが……毎度の事でお気の毒ですが……それまで何卒《どうぞ》御猶予を願いとうございます」

「それやお前さん。あんな兄貴の事をあてにされちゃ、私の方でも迷惑しますからなア……、弟のお前さんが戦地から負傷して帰って来て、すぐ恩賜《おんし》金が下る。その金を持って病人と貴方《あなた》と二人を残して逃げてしまうような、そんなわからない兄貴をあてにされちゃ困りますが。私ア決して因業《いんごう》な事は申しません、とにかく貴方の所の米代はもう一年余りも滞っておるのです。だが皆はくれと申しません、その内いくらでもいいから入れて下さればよろしいのです。私の口からこんな事をいうと何んだかおこがましい次第ですが、人間にゃ義理って奴がありますからなア。私もお前さんが軍《いくさ》に行く時だっても町内のよしみもありますから、あの頃も貸しはあったけれどもそんな事は少しも思わず、僅《わづ》かばかりだが酒一斗にするめを寄付して、世間への義理もかかさずに心よく貴方を出兵させてあげたはず。私は恩に着せるじゃないが多少貴方の方で義理を守って下さらなくちゃ困るじゃありませんか」

「そりゃもう、そう云われますと、私の方では何《な》んとも申上げる事は出来ませんが、何辺《なんべん》も申上げるようですが、病人だらけの家でございますから」

としばらく考え、

「よろしう御座います、この十五日には必ず幾分かもってあがりますから」

「お前はあてがないのにそんなことをお約束していいのかい」

「いいえ。かまいません」

と米屋に向い、

「必ず十五日には幾分なりと持って伺いますから」

「そうですか。こういう際に御願いするのもお気の毒ですが、去年からの勘定ですから、少しずつでも入れて下さらないと、帳簿の整理に困りますから……じゃ何分よろしく……」

再び表の戸を荒々しく開けて、そこに表われたのは、高利貸渡辺《わたなべ》の手代《てだい》である。

「杉山《すぎやま》さん、お宅ですかねえ、今日は何んとか返事を貰わぬと帰らないよ」

と上框《あがりがまち》に腰を下《おろ》す。米屋はその素振りを見て、驚きながら、

「じゃ何分よろしく」

と去る。

「おい、どうしたんだね、黙ってたんじゃ埒《らち》があかねえや。またいつもの病人揃いで胡麻化《ごまか》すのかね。今日はそんな手は喰わねえのだ。そんな事で欺《だま》される奴たア人が違わア、おい、何とか返事をしてくんねえ」

八十七

手代《てだい》は鵜《う》の目鷹《めたか》の目《め》で四辺《あたり》を見廻しながら、

「金が出せねえなら抵当でも出すがいい」

「ご覧の通り着のみ着のままの家族ですから、抵当と申しましても、差上げるようなものも御座いません」

「それじゃ、てんで話せないじゃないか。病気だから金を貸せ、といって、貸してやれば期限が来ても返しやがらない、お前の方で都合がつくまで抵当を持って行くというのに、それもいけないというのなら、一体どう話をつけるんだい、人を馬鹿にするにもほどがある。こんな奴等《ら》に話をしてると日が暮れる。お前の方で抵当がないと云うのなら、俺《お》れの方でこれと目星をつけて持って行くからそう思え」

と、上《あが》り框《がまち》の上に置かれてあった鍋焼うどんの屋台を持出そうとする。直次郎《なおじろう》は驚いてこれを遮《さえぎ》り止め、

「それを持って行かれては、今晩から商売が出来ないのですから、何卒《どうぞ》それればかりは許して下さい」

「お前の方で商売が出来ないのは当り前だ、俺達もお前さん方にさんざん苦しめられたんだから少し苦しんでみるがよい」

「いいえ、そんな事は決して心覚えもなければ、貴《あな》方々《たがた》を苦しめようなぞとは思わんです。ただ母の病気やら、私の病気で思うように働けなかったりして御返済の時期を失ったのです。何卒その屋台だけは御許しを願います」

「いいや、いけねえ」

「どうか、そう仰《お》っしゃらず、親子のものが命を繋《つな》がなければならぬ商売道具で、それがなくては一晩も叶《かな》いませんです。どうか親子のものを救けると思って、それればかりは置いて下さい」

「おい串談《じょうだん》じゃないぜ。そんなまた涙っぽい愚痴を並べたって、俺を煙《けむ》に巻こうたって、今度はそうはいかねえや。どうれ帰りましょうか」

と天秤棒《てんびんぼう》で屋台をかつごうとする。直次郎は取り縋《すが》って、

「何卒お許し下さい」

「うるせえ」

突然、霜降羅紗《しもふりらしゃ》の洋服姿の若紳士が立表《たちあらわ》れ、手代を睨《にら》みつけ、

「貴様何か」

慌《あわ》てて屋台を肩よりおろした手代は、若紳士の身装《みなり》をきょろきょろ見廻ながら、

「へへへへ、いいお天気で」

とひょこひょこと頭を三四回上下に打ち振る。

「君は持って行きたいなら持って行くがよい」

「何《な》に、ちょっと酔興《すいきょう》でこんな事をやってみたんです」

「酔興に人の物を奪って行くものがあるか、ぐずぐずいうと訴えるぞ」

「へい」

と縮み上る。若紳士は直次郎に向い、

「先ほどは日比谷《ひびや》で失礼しました」

と帽子を取って会釈するを見れば、若紳士は林浪雄《はやしなみお》であった。直次郎は慌《あわ》ててほとんどなす所を知らなかった。

「どうも、むさ苦しい所へお出《い》で下すって、かえってお気の毒でございます」

「先ほど、日比谷で速《す》ぐにお相談申上げようと思いましたが、外《ほか》のことではあるし、種々《いろいろ》また云いにくい事でもあるし、お宅の方へ伺うと思いましてお住所《すまい》を伺った訳ですが、お知らせがなかったので後をつけてこの辺まで来たものの、ちょっと判《わか》り兼ねてしばらく徘徊《はいかい》してました。ところが米屋から聞いてようやく判り、お宅に伺いましたが、何か家の中で争いの声がするので、しばらく心ならずも立聞《たちぎき》した次第です」

八十八

「旦那、馬鹿に退屈でござんすなア。こっちゃ先手で御座んすから、こっちの話をきめてからお願申します」

「お前はその屋台を持って帰るというじゃないか、だまって持って帰ったがいいじゃないか」

「こうなって見ますれば、まさかそういうわけにも参りません、エヘヘヘ」

「一体お前の方でこの方へいくらほど位《ぐらい》金を御用立てたんだい」

「へえ、元利合計二十五円でございます」

といいうと、傍《かたわら》より老母は膝を進めて、

「いいえ、始め薬代として五円をお拝借したんですが、それが一ケ月にならない内に十円となり、十五円となって恰度《ちょうど》今日で正確《きっぱり》に勘定しますと十八円某《くらい》でございます」

「馬鹿云いなさるな、俺等《おいら》の方ではそんな死んだ金は借さないんだからそれを承知で借りたんでしょう。文句は云わないで二十五円耳を揃えて出しておくんなさい」

林はポケットから銭入《ぜにいれ》を出し五円紙幣を五枚、手代《てだい》の鼻先きに突きつけ、

「これを持って帰れ」

「へへえ、いつ見ても大黒様笑っておいでるわい」

と受取らんとして林が急に手を引込《ひっこ》めながら、

「証文を返せ、返さんか？」

「へへい、大黒様の顔に見とれて証文を忘れちゃった」

と無駄口を聞《き》きながら、腹掛けの内から証文を出して渡す。

「へい、どうも有難う御座んす。おい杉山《すぎやま》さん、果報は寝て待てって、お前さん達は仕合《しあわ》せものだ、病気だ病気だといってごろごろ寝ころんでいると、こういう福の神様が飛び込んで二十五円という大した金が入るんだからな」

「金を持ったら愚図々々《ぐずぐず》いわんとも帰るがいいじゃないか」

と林は再び手代を睨《にら》みつける。

「どうも、実に恐れ入ります、どうも御邪魔様《おじゃまさま》、さようなら、御ゆっくり」

と出て行く。後には親しく林《はやし》が杉山の一家と胸襟《きょうきん》を開いて物語るのであった。

「今日は、いかがです?」

と入って来たのは、午頃《ひるごろ》この家を立退くかあるいは家賃の滞納《とどこおり》を払い込むかの二つに一つの、杉山家にとって免《まぬが》るべからざる運命を約し去った家主《おおや》がやって来たのである。

「立ち退《の》いてくれやすか」

と頭からぶしつけに叫ぶように云った。

「いえ、とてもこの病人を抱えては立ち退くという訳にも参らず、また今日中に格好の家が見つかりますればよろしいが、それも当てになりません」

「それじゃ家賃を払って下さるか」

といわれて直次郎《なおじろう》はぐっとつまる。林はそれと悟って、後ろを顧みて、

「家賃はいくらばかり滞納になっております」

と家主に聞く。

「恰度半年分、三十六円でございます」

「ああ、そうですか。今もち合《あわ》せがありませんが小切手ではいかがですか」

「ああ、金にさえなれば何でも結構です」

「そうですか、それじゃ小切手にして差上げますから」

とポケットから銀かざりのある万年筆と小切手とを取り出しさらさらと認《したた》めて、

「はい、三十六円」

と家主に渡す。

八十九

「たしかに今月分まで頂戴《いただ》きました。大分畳も切れてますから早速取交《とりか》えさせます、壁にも大分破損した所がありますから早速取り交えさせます。はいどうも有難うございました」

と家主《おおや》はほくほくもので出て行った。

「どうも何から何まで、飛んだ御迷惑をかけました。つきましてはそのお金をすぐ御返済致しかねますが……………」

「いや、そんな事は決して御心配は要りません」

「いいえ、私とても始めてお目にかかって、こういう事まで御心配して戴く理由《わけ》はございません……ああお母さんにもまだお話しませんでしたが、この方は今日日比谷《ひびや》で計らずお目にかかって、種々《しゅじゅ》一身上の事をお尋ね下すった方です」

「ああ、さようでございますか、息子《せがれ》もこんな片輪で御座いまして、生計《くらし》の事も充分に手廻り兼ねますからこんな不行届の事を仕出かしたので御座います。初めての貴方《あなた》にこんな所をお目にかけて、なおその上にお金の心配までして戴いて、何とも申上《もうしあげ》ようの無いほど御迷惑をかけましたでございます」

「いや、そんな金のことなどは決して御心配なく、私は今日改めて御宅に伺ったのは、廃兵院《はいへいいん》々長林浪雄《はやしなみお》として伺がったのであります。御存じでもありましょうが、私の廃兵院は今小石川の茗荷谷《みょうがだに》に在《あ》って廃兵を三百人ばかり収容しております。その目的は無論主として廃兵の生活を計るという事が主意です。今日日比谷で貴方が南山《なんざん》における激戦中に負傷されて廃兵となられた事を伺って、もしお望みもあるなら、私の廃兵院の方へ入られてはいかがかと思って伺った次第です」

「ハイ、さようでございますか。わざわざ何から何まで御親切に、有難う御座いますが、御覧の通りこんな老惚《おいぼ》れた母親を抱えておりますから、自分の都合ばかり考える訳には参りませんです」

「無論それはもっともな次第です」

と深く考えて

「御家族はお母さんお一人ですか」

「はい、外《ほか》に兄があるっきりでございます」

「ああ、それじゃこうしましょう。貴方が私の廃兵院に収容されて、一定の職業を覚えるまで、私がお母さんを引受けましょう」

「それではあまり御厄介をかけ過ぎるようでございますから……」

「いや、人間は御互《おたがい》に棲息する以上は助け合って行かなければならんという心持《こころもち》が御互にあるものです。のみならず私は殊更《ことさら》に自分の資産を投じて日本の若い負傷した勇士を養ってみたい考《かんがえ》から組織した廃兵院ですから、そういう方面に使用する財は少しも惜しまないつもりです」

「けれども何ですか、あんまり甘え過ぎるようで」

と躊躇《ちゅうちょ》する。

「そんな事は少しも構わんではありませんか。貴方はもう生活の半生を立派に日本の国へ捧げた勇士ではありませんか。それを国民の一人としてこの私が廃兵院を建てて、勇士諸君の志の万分の一の心持を償うことが出来るかと思っているのです。何卒《どうぞ》そんな御遠慮なく、是非お母さん諸共《もろとも》、私の廃兵院にお出《い》で下さい」

「はい、千万辱《かたじけの》う御座いますが、まだいろいろ家政の事が取り乱してありますので一応整理した上でなければ……」

「それは金のことでしょう。金のことならば向うへ行ってからでも出来ますから御安心なさい」

「どうも、実に重々御世話になりまして何とも申上げようがございません」

「何卒、これからお互に一身同体として御国のため、また神様のために尽してもらいたいのです」

「どうも、実に有難うございます」

　続いて老母も、

「どうも有難うございます」

凹《くぼ》んだ目から涙を流すのであった。

九十

薄く曇った空には星かげ覚束《おぼつか》なく輝いて、吹き来る風も暖く、三月末の気候とも思われぬ暖かさ、今にも花の綻《ほころ》びそうな季節である。夕景から八時頃まではここ上野不忍《しのばず》は、赤門あたりの書生を初めとして、本郷辺《あたり》に住める学生達が、散歩の時刻と見えてほとんど人足の絶ゆる時もないが、もう十時に近いこの暗夜の不忍は寂寞《ひっそり》として、待合《まちあい》の絃歌《げんか》の音、電車の響《ひびき》等のみが鮮かに聞える。ここは不忍弁天の岡政《おかまさ》の奥座敷、両隣は宵からの客を以《もっ》て賑《にぎや》かされておった。池に臨んだ座敷の客は、今しも床の間の黒檀《こくたん》の柱にもたれて芸者を相手に悠然と盃を挙げている。客は長髪代議士の弟岡《おか》見《み》である。年の頃二十八九、少し長めの顔は浅黒く、口元の締り、眉の太い所といいどことなく男らしい品位を備えておる。着物は一楽織《いちらくおり》に同じ羽織を着ながし、縮緬《ちりめん》の太い帯には金鎖が光っておる。岡見は短かく刈った口髯《くちひげ》をひねって芸者に向い、

「今日は是非共《ぜひとも》待合へ行くぞ……」

と男らしい力のある声でいった。芸者は千代松《ちよまつ》といって二十三四、女は十人並の顔立ち、お納戸《なんど》色のお召《めし》の重ねを着てつつましやかに侍《はべ》っている。

「御串談《ごじょうだん》でしょう、待合へ行くような達磨《だるま》芸者とは株が異《ちが》いますわ。見そこなっちゃいけませんよ、岡見さんにも似合わない」

「それだから俺が相談しているんじゃないか」

「そんな御相談は真平《まっぴら》です」

「だってお前は待合へ行くっていうじゃないか」

「そりゃ行くこともあるでしょうよ」

と空嘯《そらうそぶ》く。

「それだから俺が願って相談するんじゃないか」

「いくら願われてもそんなことばかりは真平です」

「真平だ」

「ええ真平ですわ」

「真平だなア？　貴様はいつぞや杉山《すぎやま》と待合へ行った事があるというじゃないか」

「へい、そんなこともありましたろうかしら、こういう浮き川竹《かわたけ》の商売をしておりますとその日その日が命

なんですからねえ」

「うむ、乙《おつ》なことを仰《お》っしゃるな」

「ねえ貴方《あなた》、生《うま》れっからの仇《かたき》でもあるまいし、膝ッつつき合せて膨《ふ》くれっ面《つら》をしていたって初まらないじゃありませんか。陽気に唄いましょうよ」

「いや、俺は唄は嫌いだ」

「おや、まだそんな嫌やな顔していらっしゃるのねえ。

貴方の得意の『夕暮』が聞きたいわ。いつか私が気がくさくさしてたまらなかった時、貴方に呼ばれてその『夕暮』を聞かされた時は、たまらなくよかったんですもの……よう貴方や」

「そうかそんなによかったかな……夕暮よりも俺は追《おい》分《わけ》が得意なんだ」

「追分ならなおいいわ」

「今夜気持が悪いから何《な》んにも出来ないや」

「まア、そう仰っしゃらずと聞かして下さいよ」

「どうも気が向かん、ああ酔うた酔うた、ちょっと女を呼べ」

千代松は立って柱のベルを押す。ややあって廊下伝いに足音が聞こえ女中入り来る。

「お呼びでございましたか」

「ああ、ちょっと屋敷へ行って家《うち》の車夫を呼んで来てくれ」

「はいかしこまりました」

と女が去る途端に雁《がん》に芦《あし》模様の唐紙《からかみ》が少し開いたと思うと、千代松の眼はその隙を睨《にら》んだ。

九十一

襖一重《ふすまひとえ》を隔てて岡見《おかみ》の恋敵手杉山《こいがたきすぎやま》がいようとは岡見の思い及ばなかったことである。今しも千代松《ちよまつ》は、暗い廊下を忍んで杉山の室《へや》へたどり着いた。

「お待ち遠でしたわねえ、淋《さび》しかったでしょう?」

と火鉢を差し向いに座った。

「何淋《なに》しくもないさ」

「またあの代議士の弟とかの岡見という、いけすかない男が来ているのよ。何ぞというと待合へ行け、待合へ行けといって責めるのですもの、その執着《しつ》こいっちゃありゃしないわ。あの人の顔見ると寿命が縮《ちぢま》ってしまうわ。だから今日わざわざ貴方《あなた》を呼んだのよ。わざわざいらしって下すって済まなかったわねえ。私のためにこんな所へ来て下さるのは厭《いや》でしょう? やっぱり好いた人と一緒に勝手な所へ行った方がいいでしょうにお気に障《さわ》ったら御免なさいよ」

「何《な》んだ、そんな馬鹿なことを云ってお前飲み過ぎてるね」

「御冗談でしょう。あんな男の顔を見て一升飲んだって酔いやしないわ。酔うならこれからだわ。サアお前さん、さして頂戴」

と盃を杉山の前に出す。

「お前に酔われちゃ困るなア」

と燗徳利《かんとくり》を取ってついでやる。

「やっぱり対手《あいて》がいいと酔うわねえ」

と、ぐっと飲み干して杉山に盃を渡す。

「この間から酒は注意しようと思っておったからあまり飲まんよ」

「なアぜ? お酌が悪いでしょうからねえ」

とつんとする。

「そんなことでないよ、この間の梅月《ばいげつ》の一件さ」

「そうそう、あの日岡見と貴方と鞘《さや》あてをしたってねえ。そして貴方が大変酔ってたもんだから岡見が裏へ廻って巡査を呼んで、貴方を引っ張らせたんだってねえ。何っていう腹悪い男なんでしょう」

「岡見が悪いんじゃないよ、やはり僕が酒に敗けたんだ」

「貴方だまされたのよ、岡見が何でも貴方が巡査に引っ張られておったのを見て『金もないくせに俺と張合うからあんな目に会うんだ』って、芸者衆を前に置いてさんざん貴方の悪口を毒づいたんだってさ。貴方口惜しかアないの？　そんな事を云われて私口惜しいわ。人事《ひとごと》でないように思うわ」

「そんな事は放っておくさ」

「何ていう貴方も張合《はりあい》のない人でしょう。私がこんなに心配しているのに何とも思わないの？　私と貴方は小さい時からの馴染だし、岡見と私はほんの四五年前からの知り合い、今は貴方の方が金がなくなって岡見の方に金がある。こういう商売をしていると金がない人は捨てられて、金の有る人につくのは当り前だわ。けれども私はそんな事は大嫌い。金がないからって好きな人は好き、金があるからって嫌いな人は嫌い。ねえ貴方そうじゃなくって？」

この時隣室より岡見が千代松千代松と呼ぶ蠻声《こえ》と共に、足音荒くあちらこちらを探し廻る気息《けはい》がする。

「おい、呼んでるぜ」

「かまやしなくってよ。も少しじらしておきなさいよ」

「しかし岡見という奴も、日毎夜毎《ひごとよごと》の御参りでそれで肱《ひじ》鉄砲とはよくよく因果な男だねえ」

「たれがあんな横柄な面《つら》しやがる奴にへいこらへいこら頭をさげるやつがあるもんか。やっぱり私、貴方が可愛いわ」

とひたと寄り添う。

九十二

「岡見《おかみ》さん」

と疳《かん》高い声をして、少し酔いの廻った桜顔に、目尻を少し釣りぎみにして膝をのり出したのは千代松《ちよまつ》である。

「私とこの方が話をしておるのに、貴方《あなた》が口を出す必要はないじゃありませんか。ねえ貴方、かまいませんからどうか御話なすって下さい。一体その金をどうして貸したのですか」

「何《な》に、この金《きん》の金仏《かなぶつ》を岡見さんが持っていらしって、純金だから五百円貸してくれ、とこう仰《お》っしゃったんです。私も岡見さんの事ではあるし、信用して貸して上げたのですがねえ。後でしらべて見ると純金ではない、全くの鍍金《メッキ》ものなんです。で私も驚いて早速岡見さんの有《あ》り家《か》を捜しましたが、いつでも御不在で埒《らち》が明きませんから、駿河台《するがだい》の岡見さんの兄さんに当る人の御屋敷に伺いましたんです。ところが全く引受けて下さらないものですから、まアこの間から一生懸命手を分けて捜し廻った結果、今晩ここにいらっしゃる事が解《わか》りましたので、ようやく尋ねあてたのです。今晩こそは是非解決をつけようと思いまして、伺った次第ですが、この通り酩酊《めいてい》してはおらるるし、実に弱ってしまいます」

「まア、そうですか、それじゃお気の毒ですわねえ。そうするとこの岡見さんが金鍍金の金仏を持っておって、純金だから五百円貸せといって借《かり》られたんですね。そうすると詐欺《かたり》ですわねえ、どうもこの間から変だとは思っていましたよ。成金にしちゃ金がなし、華族の若様としちゃ品がなし、いずれ法螺《ほら》でも吹いて女をたらしたり、詐欺をしたりする人だとは、内々目星をつけておりましたのよ」

「何を吐《ぬ》かすかッ」

と顔を火のようにして、麦酒《ビール》の空罎《あきびん》を引っつかみ、あわや打ちつけんとするを廻りの芸者に遮《さ》えぎられる。

「へん、だれにそんな顔をするの？　お気の毒様だがそんな顔に驚く女とは女が違いますわ。いくら芸者でもぴんからきりまでありますからね、一々そんな面《つら》に驚いてた日にゃこの商売が出来やしない」

「なにッ？」

と大喝して再び飛びかからんとして再び廻りの芸者に止められる。

「そんなにもたせ振りしないでぶつなら打《ぶ》って下さいよ。男らしくもない。女の三人や四人つき退《の》けれや、つき抜けられる大きな身体《からだ》を持っていながら、そんな人達にささえられているのはもたせ振りにきまってるわ。そんな見えじみたことをするより打つならすっぱり打って下さい。私だって芸者です」

と岡見に背中を向けて、

「まア、貴方さして下さいよ」

と渡辺《わたなべ》に盃をさし出す。渡辺おどろいて、

「へへい」

と云っている。

「そりゃ渡辺さんとやら、とても五百円を取ろうたって駄目ですよ。向うでは腹があってやった仕事だから一文だって返しはしませんよ。それよりどうですか私にその偽《に》せ金仏を売って下さいな」

「さようでございますな。そう願えれば結構でございますが。どうせ私は一文も取られないという見込はついておりましたが、やっぱり欲がございまして今日まで引張《ひっぱ》ってはおりましたもののやっぱり駄目です」

「そうですねえ。この金仏は実のねだんにしたら九十円位でしょうが、種々《いろいろ》手がかかったでしょうから百円に引受けましょうや。どうです」

と傍若無人《ぼうじゃくぶじん》に振るまう。

「有り難うございます。そう御願い致しますです」

九十三

ここは小石川茗荷谷《みょうがだに》なる廃兵院《はいへいいん》応接間の一室、今しも白衣をまとえる病兵四五人は、手に手に経木真田《きょうぎさなだ》を編みながら四方山《よもやま》の話に耽《ふけ》っている。ストーブの上方《うえ》の壁には院長林浪雄《はやしなみお》の油画像《あぶらえ》を掲げ、その隣りにはクリストがゲウマネの園《えん》に痛哭《つうこく》の祈禱《きとう》に耽りつつある画像を掲ぐ。中央のテーブルには水仙が活《い》けられて、一室が清楚の気に充ちている。

中にも年齢《とした》老けたる内村《うちむら》と呼ばれたる以前軍曹であった男が、急《いそ》がし気《げ》なる仕事の手も休めず、同僚を顧みて、

「とにかくこん度の戦争には旅順《りょじゅん》に向った僕等《ら》の隊は一等苦しかったよ。二百三高地で三度敵の逆襲を受けて、四度目にとうとう奴等に高地を渡してしまったんだがその時は実に口惜しかったよ。大隊長がなくなられる、中隊長が続いてやられる、小隊長はその前に行《ゆ》く衛《え》不明になる、僕が群集を指揮しなければならなくなった時には涙がこぼれるほど心細かったのだ。しかし三度まで逆襲に堪えたため、生きたものは僕とその外《ほか》のものたった十人しかなかったのだ。しかも皆重傷を負って立つことが出来なかった。実にあの時は悲惨だったがなア」

と長歎息する。

「いやしかし、私は旅順まで向わずに南山《なんざん》に遣《や》られたものですが、随分あすこでも私達の隊は苦しみましたよ。何《なん》にせよ上陸早々かつて見ない機関砲とやら云う奴でばらばらやられたんですからなア、たちまちのうち一中隊全滅という悲境に陥ったんです。私も恰度《ちょうど》その中隊の一人で御覧の通り腰部関節を射抜かれてこの通り腰の立たないんですからなア。しかし二百三高地や赤坂山、海鼠《なまこ》山などの激戦は酷《ひど》かったそうです」

「そうですなア」

と軍曹が和《わ》す。

「旅順方面も随分酷かったろう、けれども沙河《さか》の戦《いくさ》ときたらこれも随分酷かったからなア」

とその時奥《おく》大将の麾下《きか》にあって、聯隊《れんたい》旗手として驍《ぎょう》名《めい》を馳《は》せた橘《たちばな》予備少尉がこう云った。

「しかし戦争は戦争として引上げてからの苦労も大抵じゃありませんでした、僕なぞも」

と弘前《ひろさき》聯隊区から出た上等兵が言いながらちょっと仕事を休めて、四辺《あたり》見廻す。

「恰度僕が衛戍《えいじゅ》病院から退院して出てくると、直《す》ぐ親父の借金は恩賜金《おんしきん》で埋《うず》めて、まだ足りなくて家財一切を売り払い、弟三人を引連れて東京へは出て来たものの、片輪の身体《からだ》で自分の口に食わしその上三人を養おうということは到底出来ないし、種々《いろいろ》途方に暮れておる矢先、わざわざここの院長が来られて種々便宜を計らわれた上、負債なども、済まして下すって、大変都合よく収容されたのです」

「そうですか、私も恰度五年前に桜田本郷町で三百円の恩賜金を取って新たに商売でも初めようというておりますと兄が自駄落《じだらく》でその金を以《もっ》て病人の母とこの私を残したっきり、帰って来ませんでした。その時は薬代がない米代がなし、米代があれば薬代がないというわけなのです。その上所々方々《しょしょほうぼう》から借金をせめられる。随分一時は悲惨な生活上の苦戦をしました。恰度その時ちょっとした事からこの院長に知られてやはり負債の全部を払って戴いて自分は収容されたのです」

九十四

「私はここの院長があまり親切にして下さるものだから非常に疑がったのです。初めこういう風に親切にしておいて後で油を絞《し》ぼられんではないかと思ったのです。収容されてみると誰の前にもまして親切にして下さるんですからなア」

以前の上等兵は感謝の意を述べる。

「御夫婦揃って吾《わ》れ吾《わ》れを慈《いつく》しんで下さることは、何だかこの傷を受けて、人並になれない身体《からだ》になってから、新たに私達を生んでくれたお父さんやお母さんのような気がします」

と杉山《すぎやま》がいいながら隣の予備少尉の顔を覗く。

「実に高潔な人格だ。この廃兵院《はいへいいん》が日に月に繁栄《さかえ》て行くのも、また吾々《われわれ》が何の不平もなく、束縛もなく、自由と満足を以《もっ》て働らいて行かるるというのもみんな院長御夫婦の人格の片影とも見らるるのだ」

と少尉は口髯《くちひげ》をひねって云うのであった。

「どうして御夫婦揃いも揃ってあんなに親切なんでしょうなア」

と上等兵が不思議そうにいい放つ。

「奥さんは川村元帥《かわむらげんすい》の孫さんに当り、それから日露戦争の旅順《りょじゅん》閉塞隊の勇者として聞えた海軍少佐吉村次郎《よしむらじろう》氏の娘さんに当る方だ。そこへこの院長が養子に入られたのだそうだ」

と物知り顔に少尉は四辺《あたり》の人々の注意を一身に集めた。

「ああ、そうですか、川村元帥の孫さんに当るんですか」

と目を円《まる》くするのは軍曹である。

「しかしこういう極楽のような所にも鬼がおると云うのはやっぱり、娑婆《しゃば》ですなア」

と嘆息したのは、一等卒である。

「何を君はいってるんだ」

「何をって貴君《あなた》、あの岡見《おかみ》っていう取締りを御覧なさい。実に嫌やな奴ではありませんか」

「うむ、彼奴《あいつ》か、彼奴は吾れ吾れの眼中にないさ」

と少尉は超然とする。

「いえ眼中におくまいと思っても私達にとっては目の上の瘤《こぶ》です。いやに取締風を吹かせて私達のような片輪者を権柄《けんぺい》ずくで、頭からがみがみいじめるような所がありますからなア」

と上等兵が嘆息する。

「そればかりじゃ有りませんよ。あれで奥さんが家庭教師の遠山《とおやま》さんにはいつでも妙な素振りをすると見えて遠山さんなぞは大嫌いだといっていますよ」

と一等卒が口を挟さむ。

「ああいう人は廃兵院のためにもなりますすまいがなア。何とかみんなで追い出す訳には行かないでしょうかなア」

と建議をするのは軍曹である。

「行かない事もないだろうが、ちょっとむずかしいと云うのは、あの岡見っていうのは例の有名な長髪代議士岡見義一《よしかず》の弟さんだ。で、ここの院長が岡見代議士には非常に世話になった人だ。岡見代議士が弟の放縦な事を心配して謹直な吉村院長に托して矯正してもらおうとしたのだから、吉村院長には追い出すわけには行くまい」

と少尉が理由《わけ》を解き出すと、

「吉村院長とは誰方《どなた》ですか」

「誰方ですかって君、四年ばかり前には林《はやし》院長とはいったが、吉村家に婿養子になったから吉村と名乗っているのさ」

「ああ、そうでしたか、ちっとも知らなかった」

「君も呑気《のんき》だねえ、一所《いっしょ》に起臥《きが》しておる院長の行動を知らないようでは実に呑気千万だ」

この時二人の客を案内して荒々しくドアを排して入って来たのは背広姿の岡見である。廃兵の仕事しつつあるを尻目にかけ、椅子に腰かけながら、

「ここは応接間で、仕事場ではない。いけ、いけ」

と威丈高《いたけだか》に叱咤《しった》する。

九十五

客人はと見れば五十七八の背の大きい胡麻塩頭《ごましお》で顔が日に焼けて煤《すす》けたように黒ろく、物いうたびに厚い唇から涎《よだれ》が流れ出る。細かい縦縞の木綿の着物の上に、赤毛布《ケット》を背負ったまま端折《はしょ》った裾《すそ》を下ろしもせず、どっかり椅子に腰を下ろした。もう一人はと見れば、年は四十六七の、小さな丸髷《まるまげ》を頂上《てっぺん》に結《ゆ》いなして顔はこれも劣らぬ渋紙色《しぶかみいろ》に焼けておる。時々人の言葉を聞いて、おはぐろのはげた大きな歯をむき出して笑うのがこの人の癖らしい。さすがは女だけにメレンスの青い腰巻が表わに出ているのを、端折りて下ろして椅子に腰かけた。岡見《おかみ》は二人に対座して得意そうに二人の来意をたずねると、とてつもない大きな声で親爺《おやじ》が物語った。

「俺《わし》やここの高橋定吉《たかはしさだきち》ちう一等卒の叔父に当るんで、こん度べい東京見物にこの嬶《かかあ》を連れてやって来たんでございますだァ。それでは定吉も親爺はなし、お袋はなし、嬶はなし、一人ぼっちで、さぞ淋《さび》しかんべいと思って、ちょっと寄って種々《いろいろ》土産物を届けべい思うんでございます」

と袋の中から玉蜀黍《とうもろこし》の干したのや粟餅《あわもち》のかび臭いのやら、その他二三品を卓子《テーブル》の上にごたごたと並べて、

「これは去年俺《おら》んとこの畑で一等出来がよかった蜀黍《もろこし》でございますので、これを甥《おい》に食わせべい思ってわざわざ持って来たんでございます」

岡見は顔をしかめながら、

「そんな事は本人に会ってからいって下さい。今本人を呼びますから」

「本人て甥の事でございますか」

「そうです」

と渋《し》ぶりかえりながら、帳面を開いて、

「お名前は何ていいましたっけね」

「定吉でございます」

「定吉ではわからん、苗字をいいなさい」

「はい、高橋でございます」

「うむ高橋か、そりゃビーの十三号だ。給仕、給仕」

「はい」

と答えて袴《はかま》をつけた十三四の、可愛らしい給仕が恭《う》や恭やしく進み出る。

「ビーの十三号の高橋を呼んで来い」

と横柄ないい付け方をして、二人に向い、

「今高橋が来ますから、ゆっくりお話なさい」

といい捨てて立ち去る。跡には老夫婦がきょろきょろ室屋《へや》を見廻しながら、

「なんて奇麗《きれい》だんべいなア。俺らあへい初めて入《へ》いった時に、ここへ座るべい思ったが、あの役場のお役人様が腰かけるようなものがあるで、これに腰をかけるだア思って、黙って立っていただア。おかアお前座りそうになったなア」

と二人でたあいもないことを大きな声で語り合いながら、からからと笑ってると、手の一本無い白服をまとった若者がはいって来る。と、親爺は早速飛び上るように、

「お前、定吉。よく達者でいてくれたなア」

涙をこぼして定吉の体をかかえる。

「定ちゃん。お前淋かんべえなア」

と叔父叔母が質素な涙も、孤子《こじ》の定吉には憐れ深いものであった。

「まア、叔父さんも、叔母さんもお掛けなさい」

と片手を取りて椅子を直してやる。

「どうか御心配なさるな、叔父さん、ここの院長様御夫婦は神様のような人です。三百人からいる私達を一々心を配って御世話して下さいます。初めこの三百人もいる人達が商売を覚えるまでみんな院長様に養われておったのです。今でもまたこの後とも私はこの院長様をお父様ともお母様とも思って仕《つか》えて行こうと思うのです」

と落付《おちつ》いて物語るのであった。

九十六

「そういう院長様の御厄介になっていれや、お父様もお母様も草葉の蔭で喜んでいべいなア嬶《かか》」

と女房を顧りみる。

「本統《ほんとう》にまア、それじゃ定《さだ》ちゃんも何《な》んちう仕合《しあわ》せだんべい」

と例のおはぐろの禿《は》げた歯をむき出して笑顔をなす。

「ハイ、私達三百人の御父様ですからなア、院長様は」

と快活そうに椅子にもたれる。

「あんちう神様のような有難いお人だ、ちょっとおがんで行きたいがどこにござらっしゃるだか」

「叔父さん、院長は人ですから拝むなんて云うと笑われますよ」

「そうでねえだ、そういう情深い方はどこかに神様が乗りうつってござらっしゃるだ。お前もそのつもりで不調法はしねえ方がいいだぜ。今ござらっしゃらねえだか」

「はい、今院長はこん度新しく建つ廃兵院《はいへいいん》の建築場の方へお出《いで》になっておってこちらにはお出でになりません」

「じゃ、帰るとしべいか。これやお前の畑で出来た粟でこしらえた餅だ。肥料《こやし》がよかったもんだから法外によく出来て、お前のお父さんが生きておりゃ、なんぼ喜ぶと思ったが、死んでいないし、お前にこうして餅にして持ってきてやったら喜ぶだんべい思って、嬶と二人で持ってきただア。これや俺《おらんが》の畑で出来た玉蜀黍《とうもろこし》だ、これもお前にお土産に持ってきただ」

とかび臭い粟餅のほしたのと、玉蜀黍の干したのとその他二三品を食卓《テーブル》の上に出す。

「ああそうですか、どうも有難うございました。それじゃ私の子供の時を忍びながら、この粟餅と玉蜀黍を戴くことが出来ます」

「それじゃ俺等帰《けえ》るから体を大事にするだあよ。この頃その手は痛まねえだか」

「実《ほん》に不自由だんべいなア、定ちゃん」

と叔母が追《つけ》加《くわ》える。

「いやこの頃は別に痛みもしませんし、不自由にも感

じなくなりました。院長さんがいつでも手や足のない人に向《むかっ》て『君達は体の手足が失《なく》たって心配してはならん、御互《おたがい》は精神の手足で働くことが出来るんだから、決して失望してはならん』と云って聞かせるのです。ですから私達は始終そういう心持《こころもち》でいますから、決して御心配は要りません」

と椅子から立ち上りながら云う。

「何《な》んちう偉い人だんべいなア。お前もせいぜい院長様に尽してあげなさいよ。また来るだアからな、俺等も安心して帰れるだ」

「じゃ定ちゃん、帰るだあから体を大事にさっせいよ。不自由な事があったら何でも云ってよこすだアよ、遠慮することはねえ。いいかい」

「有り難うございます、それじゃ叔父さん叔母さんさようなら」

と玄関に送って出た廃兵の高橋定吉《たかはしさだきち》がそういった。振り返ると岡見義男《おかみよしお》が渋面《じゅうめん》造りながら卓子《テーブル》の上を見廻し、

「おい高橋、こんなものをいつまでも卓子の上に置いちゃいかん早く片付けろ」

「はい、ただいま、玄関まで送って出たもんですから」

「何《な》んか知らんが非常にかび臭いじゃないか、こんな不潔なものを卓子の上に置かれると困る」

「ハイ、只今かたつけます」

卓子の土産物を引下げて奥へ入る。

九十七

常盤木《ときわぎ》を廻《めぐ》らせる百坪《つぼ》ばかりの庭にはまだ芝生の緑も見えず、庭の東寄りに植えられた彼岸桜の蕾《つぼみ》もかたく、ただ庭の中央に植えられた椿の一株のみが時得顔《ときをえがお》に真紅《まっか》な色をはなって咲きほこっておる。今しも廃兵院《はいへいいん》の裏口から五歳ばかりの男児《こども》の手をひかえ、唱歌を歌いながら庭の方へ来るのは二十二三の女、背のすらりとして品のある体つきに、銘仙矢《めいせん》がすりの綿入《わたいれ》を着て、地味な柄のセルの袴《はかま》をつけておる。顔は丸味を帯びた十人並、エス巻に梳《くしけづ》って、一糸乱れないのは謹直な性格を表わしているのであろう。男児と見れば愛らしい顔容《かおかたち》ではあるが、物の黒白《あやめ》もわからぬ盲目《めくら》であった。これは吉村《よしむら》院長夫婦が愛する一子一《はじめ》である。年よりは盲目の故《せい》でもあろう、変則な発達が著しい極端な鋭敏性と絶えず物事を疑う性情が見ゆる。先《さ》きなる女は遠山翠《とおやまみどり》とて、一が三歳の時から、母に代って心を尽して育てあげて、乳母ともつかず、家庭教師ともつかぬ婦人である。

二人は椿の株を廻って、風車《かざぐるま》を歌いながら興じておった。三月初めの日は枯れた芝生の上に照り渡った、池を越した中庭には陽炎《かげろう》さえ立昇って、長閑《のどか》な暖かい日和《ひより》であった。

「オヤ、一さんどうなすったの？」

「先生、僕ア眠くなった」

と芝生の上に小さい身体《からだ》を横えた。

「それでは少し休んでからまた遊びましょうね……」

「え……先生雀《すずめ》が鳴いていますねえ」

と耳を傾けて聞いておる。

「雀？　アア、あれは鶯《うぐいす》という、鳥ですよ」

「雀と鶯とはどこが異《ちが》うんでしょう」

「毛色だの鳴き声が異いますよ」

「雀はチュウチュウと云うんでしょう、鶯は？」

「ホウホケキョウとなきますわ」

「毛色って何？」

「雀は頭から背中が茶色で、腹が灰色で目の下が真黒です。鶯は皆な濃茶色です」

「先生、色はどうして判《わか》るんですか」

「ああ、一さんにはお判りがないのですねえ」

「どうして僕ア判らないのかしら？」

「ええ、それは今に解《わか》りますから、先生と一所《いっしょ》に勉強しましょうねえ」

「勉強さえすれば解るんですか、ええ先生？」

「えいえい、勉強さえすれば何事も解りますよ」

「僕あ先生、勉強して軍人になれましょうかしら？　隣の健《けん》ちゃんが、君は軍人になれないってそう云ったんですもの、何故でしょうねえ」

「軍人になれなくっても世の中には軍人より偉い人が

沢山ありますよ」

「でも僕あ軍人が一番好きなんだからなア」

「でも一さんは体が弱いから軍人にはむつかしいのです」

「でも体さえ丈夫になったらいいんでしょう？」

「ええ、そうですとも」

突然一は何かに聞きとれるように耳を外に傾けて注意をその方に移した。と、やがて静かに芝生を踏んで、こなたに近く人の気息《けはい》がする。

「遠山さん」

と後《うしろ》に突立って岡見《おかみ》がそう云った。遠山は形を改めながら、

「何か御用で御座いますか」

「いやこの間の御返事を伺いに来たのです」

とつかつかと進み寄って翠の手を取らんとす。翠は驚いて振り放ち、

「何をなさるんです」

「遠山さん、そんな邪見《じゃけん》な事を仰《おっ》しゃるものじゃありませんよ」

となおも追いせまって抱きつかんとする。この時吉村院長は応接間の窓からちらと二人の様子を認めた。

九十八

上野の広小路《ひろこうじ》から湯島天神《ゆしまてんじん》の方へ一町ばかり、見番《けんばん》を角にして右に曲ればここはこの界隈での芸者家町である。格子越しに御神灯《ごしんとう》の見える家の数々を両側に見てなお一町余りで左側の二階家造りの新らしい家は「栄光《えいこう》」と呼ばるる珍らしき家号はここの女将《おかみ》がかつては露国《ろこく》までも渡ったことのある女とかで、元は真面目《まじ》な耶蘇《やそ》教信者で、今でも時には商売の上に耶蘇教臭いところがあるので数寄屋町《すきやまち》では変り者の銘《めい》を打たれておる。この家の茶の間の長火鉢を挟んで、一番流行児《はやりこ》の千代松《ちよまつ》を囲んで、四五人の朋輩《ほうばい》が囀《さえず》るように物語っておる。

「ねえ姐《ねえ》さん、取引所の米山《よねやま》のいやみったらありゃないわ。この間も、岡政《おかまさ》で口がかかって行ってみたら、藤本の小艶《こえん》ちゃんにつや子ちゃんが米山を取巻いて騒いでいる真最中なんですよ。私早速調子を合せようとしたら、二人に『これは俺の馴染《なじみ》の女だ』といって私を引合《ひきあわ》せたまではよかったが、二人が帰ってしまった後で、着物を買ってやるだの、帯を買ってやるだなんてくっつけたような御世辞《せじ》を云って欺《だま》そうとしたから思い入り肱《ひじ》鉄砲を食わしてやったわ。なんて嫌やらしい男なんでしょう」

と十八九の丸顔の小奴《こやっこ》と呼ばれた可愛らしい妓《こ》が、身振りをしながら話している。

「米山かい。ありゃ鼻っつまみだよ。あんな奴の甘ったるい言葉に乗ったら往生だわ。知らない子はうっかり乗せられるけれどもあんな奴はこれからうんと油を取ってやるがいいさ」

と三十に近い年増《としま》の老松《おいまつ》というのが意見がましく云うのである。

「ねえ小奴さん、私音羽屋《おとわや》の紋《もん》をこん度指輪へうつしたわ。あの正月のお召《めし》の紋付《もんつき》も音羽屋の紋に染めかえさそうかと思ってるの」

と音羽屋贔屓《ひいき》の「おちゃら」というのが嬉《うれ》しそうな顔付をしてそう云った。

「およしよお前、そんな馬鹿な事をしてきめがあるものならどんな苦労をしても厭《いと》わないが、音羽屋なん

ぞに苦労したって苦労のしだおれだ」

　と小奴がたしなめる。

「でも音羽屋のあのすべてまるく太った舞台顔を見ると、私寝てもさめても忘れられないもの」

「おやおや随分この妓はお目出度《めでた》いんだわね。そんな時は私達にもあったたっけ」

　と千代松がちょっと口をさしはさむ。この時奥座敷から茶の間に入って来たのはこの家の女将お時《とき》である。年四十七とはいえど顔のつややかさと体の造りが五つも若く見せるのである。地味な新お召の二枚重ねを着て、長火鉢の側に座り込むと、芸者達は席を譲って立つのもある。

「あのお前達はちょっと奥の方へ行っておくれ。千代ちゃんちょっとお前に話したい事があるから残っておって頂戴な」

　女将は長煙管《ながきせる》に煙草《たばこ》をつめながら引込もうとする千代松を顧みた。

「急な御用？」

「急でもないが今の方が都合がいいからちょっとお座りよ、早速だがあの杉山《すぎやま》の事だがね」

　と千代松の顔を覗く。

九十九

「この間恰度《ちょうど》お前が都鳥《みやこどり》から口がかかって行った後で、岡見《おかみ》が来て杉山《すぎやま》の事を種々《いろいろ》悪口云った時に、杉山の今の身分もすっかり解《わか》りは解ってしまったんだが、お前は無論長い間の馴染客でもある事だから、その辺は私よりも詳しいだろうね」

　といい了《おわ》らぬ内に千代松《ちよまつ》は、

「ええ、以前の身分は芝の愛宕《あたご》下で家屋敷なぞを持って、なかなか立派に暮しておったんだそうですが、それもみんなあの人の手で人手に渡ってしまったそうです。

　その後は三四年顔も見せなかったのですが、またこの二三ケ月先きからちょいちょい顔を見せるようになりましたの。私も以前は別の客と選ぶ所もなくつき合っていましたが、この頃は何んだかあの人も浮かない顔色ばかりして御座敷が陰気でしようがないから種々慰めもしたり、なだめもしたりしております。それも以前とは異《ちが》って、金廻りもあんまりよくないようですから、三度に一度は達引《たてひ》いてやる事も度々《たびたび》ありました。今ではもうこっちから呼びにこそやれ、向うから呼び出す事なぞは全くなくなりましたわ。そうなると何んだか不愍《ふびん》な思《おもい》がつのって、人一倍気の毒な可愛そうな気がしてなりませんの。それに傍《はた》の人は何《な》んのかんのと云いますから、私も意地になって、かばってやっておりますわ」

　と膝の上で金と銀ののべ煙管《きせる》をまさぐりながらこう云った。

「それや、こういう商売とはいうものの永い間には自然人情や義理が出てくるのは当然の事だから、私はお前達に商売はさせてはいるもののお前達を道具のような売物にはしないつもりだよ。岡見にこの間聞いてみると杉山はね千代ちゃん、この二三月前に顔を出し初めたというのは、それは弟の金を取って来たんだそうだ。そして今の家は随分暮しに困って、芝の桜田本郷町あたりの長屋に住んでいて、母親は重い病気で、弟は戦争で足を痛めて、杉山に金を持ち出された後病人二人で働く事も出来ず随分困った様子だったとさ。そ

れが何《な》んだか廃兵院《はいへいいん》の院長とかいう若い立派な人に助けられて、今では母親と一所《いっしょ》にそこへ引取られているんだとさ。そうあの人の身元が解ってみれば、外《ほか》の芸者家はいざ知らず、私の所では黙ってはおられないわ、ねえ千代ちゃん、私はその三百円とかの金を返してやろうと思うから、お前は苦しいだろうが杉山とはすっかり手を切っておくれよ。お前が自然情をかければ、向うは男だものやっぱりひかされるわねえ、だからお前の方からふっつり手を切っておくれでないか、ねえ千代ちゃん」

　と、さとすような親切に説き聞かすのであった。千代松の荒果《あれはて》た心持《こころもち》は、杉山のような陽気なお座敷にも失意のために生真面目《きまじめ》な自分を表すその男の心持がほしかった。その矢先昔馴染《むかしなじみ》の杉山が自分の理想通りの男として目の前に表れたから、千代松はどうしても杉山を浮っ調子に扱うことが出来なかったのだ。そして終《つい》にすべてを杉山に許したのである。であるから女将《おかみ》に対しては、杉山に対するほんとうの心持は云わなかったが、この女将の言葉に対しては、つまり答える事が出来なかったから、ただ「ええ」と黙頭《うなず》いたきりである。

百

緑色の洋服着たるボーイの案内で一人の紳士と芸者とが奥に面した一室に導かれた。それは岡見《おかみ》と千代松《ちよまつ》とであった。

「この頃お前はよほど妙になってるね」

「ちっとも妙じゃありませんわ」

「何か心に添わない考事《かんがえごと》でもあるんじゃないか。有るんなら相談してくれ及ばずながら、力を尽してやろうと思う」

「まア尽していただかない方が危げがなくって安心ですわ」

「ひどい奴だなア」

ボーイが麦酒《ビール》その他お誂《あつらえ》の品々を持ち運んでくる。

「ちょっとボーイさん。私にウイスキーを下さい」

とコップを差出せば、棚に飾られた大きな角瓶《かくびん》を下ろしてなみなみとついでやった。

「おお、お前はそんな事をして体が大丈夫なのかい」

「およし遊ばせよ。人間は人の心配をするより自分の心配が肝心よ」

「妙な理屈をひねくるねえ、お前は」

と麦酒のコップを飲み干す。

「ねえ貴方《あなた》、もう一つお願いがありますが叶《かな》えて下さって」

「お願《ねがい》って一体何か」

「ここへ杉山《すぎやま》さんを呼んで戴けなくって？」

「杉山を呼んでどうするだい」

「どうもしやしないわ。ちょっと話したい事があるのよ」

「俺の前でまた杉山といい話をされちゃ俺の顔が立たないじゃないか」

「そんなしみったれた気はおよしなさいよ。男には度量が肝心よ。どんな事をするか一つ今日は二人を目の前に置いて御自分の御心持《おこころもち》をためして御覧なさいまし。ねえ、いいでしょう」

「こいつあ驚いた。心持の試験をされるのか」

と云い終らぬ中《うち》に千代松は立って呼鈴《よびりん》を押す。

「お呼びでございますか」

「ああ、ちょっとねボーイさん、天神町二十三番地の曙館《あけぼのかん》に車をやって杉山直一《なおいち》という人を呼んで来て下さいな、大急ぎですよ」

「かしこまりました」

と急《いそ》いでボーイは立去った。

「とうとう呼んだのか」

「たまにはこの可愛い、千代松に楽な目を見せて下さいよ」

「そういう、時ばかり可愛がられるようだって可愛がる奴の方は浮ばれない」

「そんな事は云わずと、まア時節の来るのを待って下さい。今に浮ばれるようにしてあげますわ。さア一杯召しあがれ」

と麦酒瓶を取る。

「そうかお願いしよう」

とコップを差し出すとなみなみとついでやりながら、

「ああ私ゃこの頃にない酔ぱらっちゃったわ。『お前正宗《まさむね》わしゃ錆刀《さびかたな》、お前切れてもわしゃ切れぬ』随分古い文句ですがねえ、若い時にゃそういう心持ですごす事も出来ましたが、だんだん年を取ると世の中の義理人情がからまって、そんな強い奇麗《きれい》な心持にはなれなくなりましたわねえ岡見さん」

と酔ってはおるが真面目《まじめ》な追懐《ついかい》は千代松の色に表れておった。

百一

「お前嫌《い》やに考え込んだね」

「いいえ、考え込むという風のこともないじゃありませんか。いくら芸者だって人間ですもの、ぴんぴんばかりしていられませんわね、ちっとは落付《おちつ》いてみたい事もありますの。ねえ、そうじゃありませんか。貴方《あなた》」

「そんなに真面目《まじめ》にならないで呑気《のんき》で世の中を送るサ」

「でも私ゃ何だかこの頃淋《さび》しくってしようがないのよ、だんだん老い込んできたせいもありましょうよ。今申上げる通り若い時は意地で通した事も、だんだん顔が知れ、お付合が広くなるに従って義理と人情という錆《さび》のようなものがからまってきて、自由に身動きも出来なくなってくるのですもの。私は実に若い時がなつかしいわ、何だかつくづく今の身分が嫌になっちゃったの」

「今更《いまさら》そんな事を云ったって始まらないじゃないか、世の中というものは成るようにしかならんものじゃとあきらめるが肝心だ」

「そんな事は常には思っているものの嫌な人とは何のさしさわりもなくお付合が出来たり、好きなお方とは種々《いろいろ》な事情で付合が出来なかったりしたら、やっぱり未練がましく気をもむのが当然《あたりまえ》になってくるじゃありませんか」

千代松《ちよまつ》の酔うた顔色が電灯の光に青色く見えた。

「杉山《すぎやま》さんがお出《い》でになりました」

とボーイの開けた戸口から杉山は入ってきたが不断《ふだん》心よからぬ岡見《おかみ》がおるのを見て、ちょっと色を変えたらしかったが、さあらぬ体で、

「今晩は」

と岡見に会釈して席に着いた。岡見はちょっと頭を下げたっきり、鼻であしらうように振り向きもしなかった。

「オイ、千代ちゃん、君の大事な杉山君が来たよ」

といわれてちょっと杉山の方を振りむいた千代松の顔は、杉山に対する常の嬉《うれ》しそうな顔とはうって変っ

た沈んだ顔色であった。

「杉山さんよく来て下すったのねえ」

という言葉も何となく他人に対するような句調であった。杉山はあっけに取られて一言も云わなかった。

「杉山君、まア一杯やり給《たま》え」

と岡見の差出すコップを受けると、千代松が酌する手元があやしう震えておった。

「杉山さん、貴方《あなた》はよほど義理知らずねえ」

と杉山を睨《にら》んだ。

千代松のこんな冒頭《きっかけ》の言葉が千代松の口から出ようとは岡見も杉山も思い及ばなかった事である。

「どうして?」

と杉山は不思議そうに問い返した。

「どうしても無いものですよ、私は貴方のために何度たて引いたと思ってて。この頃は貴方のお蔭で、この千代松は借金のために頸《くび》が廻らなくなっているのよ。それを思ったら三度に一度は工面《くめん》をして来てくれたって罰も当らないでしょう。だから私は金のない奴と金具のない雪駄《せった》はすたれ物だと思っているわ、ねえ杉山さん。私達の境涯へは金の無い人の来る所じゃなくってよ、私ゃ今日貴方とは一生会わないつもりでここへ貴方を呼んだのです。貴方が私の云う事を口惜しく思ったり、心悪く思ったらどうでも私の身体《からだ》を勝手におさばきなさい。打《ぶ》とうともたたこうとも殺そうとも貴方の勝手ですわ」

「千代ちゃん、君は真面目でそんなことを云うのか」

とキッとなる。

百二

「どうして戯談《じょうだん》なんぞ云うもんですか、芸者の言葉に二言《にごん》はありませんよ」

「貴様、欺いたなあ?」

と体を震わして杉山《すぎやま》は千代松《ちよまつ》を睨《にら》む。

「今更《いまさ》らそんなことを云ったってしようがないじゃありませんか、男らしくもない。私の方は商売で口を利《き》いているのです、貴方《あなた》の方でもそれを承知でいらしって下すったのでしょう。今更ら嘘をついたとか、つかないとか騒いだって、二人仲《なか》のいい恋人にする証拠になりませんよ、馬鹿々々しいお止《よ》しなさいよ。そんな事を云う人の顔を見るのも厭《いや》ですわ、これだけ云ったら貴方もお解《わか》りでしょう。さっぱり帰って下さいまし」

というを杉山は、

「侮辱したなッ」

と立って千代松の襟元を引ッつかむ。岡見《おかみ》は初めて口を開いて、

「杉山者、見ッともない、止《よ》し給《たま》え」

と杉山の手を摑《つか》んで千代松から引き離す。

「何卒《どうぞ》、お構いなさるな岡見さん、杉山さんのいいようにしておいて下さい。私達の商売はその日その日の出来心で、東にもなれば西にもなる、南にもなれば北にもなる事があるんですから。それを去年あたりの事を持ち出して、あの時の約束だからといったところで、私達の社会では通用が出来ません。お気の毒だが杉山さん、その事が解ったらさッさと帰って頂きましょう」

と立って杉山を戸口の方へ押しやる振りをして、袖の中へ紙包《かみづつみ》を入れた。杉山は心の怒り押えがたく、

「何を失敬なッ」

と云いざま、千代松の胸元を力まかせに押すと、よろよろとよろめきながら、椅子にたおれかかる。杉山は堪えられぬ怒りと堪えられぬ侮辱を押えて、まだ蕾《つぼみ》の固い桜の並木が、電灯の光に鮮かな夜の上野を一人、とぼとぼと帰途についた。道々千代松の今夜の挙動が確かに岡見の入智恵《いれぢえ》から起《おこ》ったことと深く心に思いか

えして千代松を怨《うら》むというよりか、岡見を怨む念が強かった。そして意気地に強かった千代松がたあいなく岡見のような男に説き伏せられた理由が不思議でならなかった。あれほどまで誓った千代松が、僅か三日も顔を見ない内に、全く変ったあの素振をしたのは解《わか》らない理由の第二であった。そんな事を幾度か心の中に繰り返して思い煩《わずら》いながら、いつしか自分の宿へ入っておった。

「お帰んなさいまし」

と下女が迎えるのに目もくれず、二階なる自分の部屋へ入って、仰向けにねころんだきり再び起きようとしなかった。ややあって突然起き直り着物をぬいで常衣《つねぎ》に着かえて、机の前に坐りながら下女を呼んだ。

「何の御用でございますか」

と下女は入ってきた。

「ああ気の毒だがちょっと着物をたたんでくれたまえ」

といい了《おわ》って自分は机に向って筆を取った。

それは千代松に宛てての絶交状と、弟及び母に対する今まで自分がなし来《きた》った懺悔《ざんげ》の意味をしるすべき手紙を書こうとしたのだ。と、下女が、

「杉山さん、何か袂《たもと》に入っておるようでございますよ」

「いや何も入れたおぼえはないが」

「いえ、でもこんな大きな紙包が入っておりますよ」

と差し出すを見れば、全く自分の憶《おぼえ》のないものであった。

百三

紙包《かみづつみ》の中には三百円の札束と、千代松《ちよまつ》よりの手紙が入っておった。杉山《すぎやま》は不審の眉をひそめながら、手紙を読み下すと次のような事が書いてあった。

一筆染《ふでそめ》し上げ参《まい》らせ候《そうろう》、さてふつつかな私事《わたしごと》を見捨て給《たま》わず、永年御贔屓《ごひいき》給わりしこと深く深く御礼申上参らせ候。妾《わたし》がいつも申し上ぐる通り、妾の淋《さび》しき心にとって、あなた様は、最もなつかしき御方《おんかた》に御座候。なお末永く思いをかけ給わらんと存じ上げ候《そうら》いしを、この度承《うけたまわ》れば、貴方《あなた》様には随分御無理な算段をなされおられしよし、おどろき候。まして弟様の御下賜《かし》金三百円を御持ち出しなされ候いしことは妾の返す返すも残念に存ずることに御座候。甚だ失礼ながらこの金は妾と女将《おかみ》とが貯蓄の中より幾分を割《さ》きたるものに候間何卒《なにとぞ》御心配なく御持ち帰り、正業に就《つ》かれん事を祈《いの》り上げ参らせ候。妾も以後は過ぎにし事は一場《いちじょう》の夢と思い、諦め、家業を励み候まま貴方様にもその御決心然《しか》るべくと存じ上げ参らせ候。いずれ再びお目もじの折もこれあり候わんがここしばらくは音信を絶ちし方双方のためよろしかるべくと存じおり候まま、さよう御承知下されたく、返す返すも今夜の失礼は妾のおさえ難《がた》き淋しさと苦しさをまぎらすための狂言とおみのがし下されたく幾重《いくえ》にも御詫《わ》び申上候　かしこ

と示されてあったので、初めて杉山は千代松の本心をさとる事が出来たと共に急に自分の既往《きおう》の行いが恥《はず》かしくもあり、おそろしくもなってきたように思われた。こう思い続けるとじっとしてはおられなくなって杉山は三百円を懐にしたままぶらりと外へ出たのである。電車通りへ出《い》で大塚行きの電車へひらりと飛び乗った。現在の恥多き懺悔《ざんげ》に充《み》ちた身体《からだ》を母の前に告白すべく大塚なる母のもとをたずねようとしたのである。電車を降りると九時少しまわったばかりの大塚の通りはまだ賑《にぎ》やかであった。大塚弾薬庫の向うに大きな西洋洗濯の看板をかかげた家は茗荷谷《みょうがだに》なる廃兵院《はいへいいん》の仕事の傍《かたわ》ら、この頃は洗濯の得意も多くなった母の家である。母は先年病気全快してから、院長より幾何《いくばく》かの資本をもらって開いたのはこの店である。店には瓦《ガ》斯《ス》の青白い光と電灯の光の下で雇人が一生懸命に洗濯

物にこてをかけておった。杉山は表から入るのを憚《はば》かって勝手口から忍ぶように入った。

杉山が静かに茶の間の障子を開けた時、母は老眼鏡をかけたまま、洗濯の綻《ほころ》びなぞを繕《つくろ》っていた。

「お母さん、今日は生れ代って御目にかかりに参りました」

両手を突いて母の前にひれ伏した。

「おお、誰れかと思ったら直一《なおいち》か。お前も随分こり性がなく生れたものだねえ。お前のために弟とこの母親はどんなに苦しんだか知れやしないよ」

「その事はもう仰《おっ》しゃって下さるな。昔の事は水に流してただこれからの私を見て下さいまし。あの時弟の下賜金《かしきん》三百円を持って出ましたが、これは改《あらため》て今持参致しました。これは再び私が御拝借致しまして、何か真面目《まじめ》な商売を初める所存で御座りますから、どうかお母さんから弟へよろしく御伝え下さいますように」

「真《ほんと》にお前そのつもりで、帰ってきたのかい」

「今更《いまさら》お母さんを欺いたって何になりましょう。この三年の間というものは随分みだらな日を送って暮しましたが、時々は貴方《あなた》方《がた》々のことを思わないことは無かったのですが、今日ほど真面目になれなかったものですから、遊びの方に気を取られて忘れることが出来ましたが、今日という今日は本当に心の底から考えさせられたのです」

と母の顔を覗《うかが》う。母の老いたる目からは涙がはらはらと落ち散って、堪えられないように、

「よく帰ってきてくれた」

と後はせき来《く》る涙に顔を覆うた。

百四

廃兵院《はいへいいん》の応接間では村瀬《むらせ》牧師と吉村《よしむら》院長とが対座しては時々快活な笑声が窓を通して聞えている。

「今日の私の要務は廃兵院の募集資金と吉村少佐銅像の募集資金とを持参致しました」

と傍《かたえ》の風呂敷包をといて、

「廃兵院の方が五百円、銅像の方は二百円、これは牛込区の方ばかりです」

と紙幣《さつ》を出して院長に渡す。

「ああ、そうですか。どうも種々《いろいろ》御尽力に預《あづか》ってようやく廃兵院の方もここ一週間ならずで出来上りますし、銅像の方は今もう三日もあれば据えつけが完《おわ》ります。そうすれば新築落成式と除幕式とが一所《いっしょ》に出来ますので非常に好都合かと思っております」

「結構です、当日は及ばずながら種々と御相談に伺いますから、何《な》んなりと仰せつけ下さいまし」

「はい、どうせ貴方方《あなたがた》の御尽力によらなければならぬことと思っておりますから何分よろしくお願い致します」

「それでは今日はこれで失礼いたします」

と立ちかかるを院長は呼鈴《ベル》をならして家族のものを呼ぶ。やがて光子《みつこ》は上品な縞モスリンの綿入《わたいれ》を軽く着なして入ってきた。

「おお、先生がお帰りなさるのだよ」

「やア、これや奥さん、どうも失礼いたしました」

「おやもうお帰りでございますか、まだお早くございましょう、御ゆっくり遊ばせ」

「いや実は教会の方の仕事が忙しいので今頃は訪問もしないようなわけですから、いずれまた仕事が片付いてからゆっくり伺う事にいたしましょう」

と辞し去るを玄関まで院長夫婦は見送った。やがて院長夫婦は応接間の椅子に対座して、

「貴方もこの頃は廃兵院の建築のことばかりに心をかけられてちっともお休みになるひまもないようですが、お体にさわるといけませんから、少しお休み遊ばしたらいかがでございますか」

「なあに、私の体なぞは使えば使うほど達者になる体

だ。光《みつ》さん日本の相撲《すもう》というものを御存知だろう？あの相撲を御覧なさい、一生懸命になって稽古をして、体を土俵の上に打《ぶ》っつければ打っつけるほど大きくなる。丁度私の体もあの相撲と同じ事で、使えば使うほど強くなるのです」

と快活に妻の顔を覗く。

「でも相撲とは異《ちが》いますわ」

「そりゃ無論相撲と一所にされてたまるもんか。ただそういう心持《こころもち》だというのだ」

「そうですわねえ、適宜にお使いなさると強くもおなりでしょうが、あまり過ぎますと、やっぱりお体のためにはならないと思いますわ」

「まあ、いいさ、その時はその時でまたどうかなるだろう」

この時奥より母親の武子《たけこ》が、ちょっと戸のすき間から頭を出して、

「おや、御客様はもうお帰りかい。どなたと思ったに、お前達二人で話しているのか」

「まア、お母さん、おかけなさいまし。光さんが種々なことを云うもんだから僕ア今相撲の説明をしていたところです」

「オヤオヤ、この人達はまだ子供ですねえ」

と微笑を洩《も》らしながら、二人の間の椅子に着いた。

百五

「お母さん、いよいよ新築落成式もじきですし、銅像の方は今日明日の中《うち》に据え付けが終りますから、除幕式と落成式と一緒にしようと思います」

「ああそうかい、その方が都合がいいわけだねえ」

「はい、そうしますと二重の手間をはぶくわけですから、そう致そうと思うのです」

「そうですか。その方が宜《よ》いでしょう」

「こうして家内が睦まじくして、廃兵《はいへい》達が皆んな私達を兄弟のように思ってなついてくれるとは実に幸福なことですわねえ」

と光子《みつこ》は心地よさそうに椅子にもたれて、

「ああ、この間もあの杉山《すぎやま》のお母さんが来てね、兄が悔い改めて、少しばかりの反物《たんもの》を背負って行商して歩くようになったといって、これもみんな院長さんの御蔭だと、泣いて私に話してゆきましたよ」

「ああ、そうですか。あの兄がそんなに真面目《まじめ》になりましたか？　それは非常に杉山の家にとって喜ばしい事です。こういう風に廃兵達がなついてきて、あの人達が仕事をいとなむという事は永年貴方々《あなたがた》が一生懸命になったからだと思います。ただ私はこの際、ほとんどすべてが成功に近い今日、私の実父の行衛《ゆくえ》が知れないということが何《な》んとなく落付《おちつ》かないことの一つです」

「そうですわねえ」

と光子の言葉に一座何となく蕭然《しょうぜん》とした。

「いずれその方面に注意をいたしたならば解《わか》るでしょうから、その事はさておいて一《はじめ》も追々《おいおい》物心が付いてくると、教育の方法もだんだん難かしくなるでしょう。その辺は遠山《とおやま》さんによくお願いして下さい」

「はい、この頃はもう私なぞより遠山さんの方ばかりになって『先生』『先生』といって朝から晩までなついております」

「そうねえ、遠山さんもなかなか大抵《たいてい》じゃないねえ」

と母親が付け加える。

「そして遠山さんは、一に対してはなかなか親切で可愛がって下さることは私なぞ及ばぬ位です」

「しかし遠山さんもよく出来た人だね。けれども何だか廃兵の噂だと、岡見《おかみ》さんが変な様子をなさるとか聞いたが遠山さんの事だから大丈夫だとは思っているものの、何だか気にかかってなりませんからいつかお前に云おう云おうとして云う時がなかったので、今まで云わずにおりました」

「ああ。そうですか、もうそんな噂が立つようになったかなア」

と院長は一人言《ひとりごと》云った。

「岡見さんのことに付いてはそればかりではありません。いつも給仕には兄さんの所へ行くと云って出なさるようだが、いつも十二時過《すぎ》になって、ぷんぷんお酒の匂《におい》をさして帰ってくるそうです。それが普通《ただ》の家ならば差支《さしつかえ》もありますまいがキリスト教主義の廃兵院の主事がそんな風だと、家《うち》に対してはなおさら、外《ほか》に対しても面白いことではありませんと思います」

と、老夫人は吉村《よしむら》の答を促すのであった。

百六

この三日ばかりは白金《しろがね》の糸のような春雨が小止《こや》みもなく降り続いて、飛びはねる事を仕事としておる小供《こども》にとっては抑えられるような気候であった。昨日の日暮れ方から、雲の裂目《さけめ》から太陽の光が切れ切れには照らしておったが、今朝起きて見るともう庭の枯草の上はすっかり乾いて底に湿り気をたたえた所からは平和な陽気が一面に立ちのぼっている。一《はじめ》は遠山《とおやま》先生をさそって中庭の東屋《あずまや》へ来る。日の影は一雨一雨ごとに春の音信《おとずれ》を秘めているように何となく親切な暖か味を持った光を、長い冬の間沈黙しておった草や木の上へあびせてどこからともなく土の香《か》が鮮かに匂うのは、土にひそんでおる草の芽が萌《も》え初《そ》むる兆候《きざし》とも思われる。池に望んだしだれ柳の芽はもう五分通りふれている。静かによどんだ池の水は東屋の屋根裏に日影《ひかげ》を映してきらきらと輝いていると、時々小鳥が裏の藪《やぶ》から常盤木《ときわぎ》を縫うて飛び去るかげが、閑寂《かんじゃく》な庭の気分を呼びさますのも、何となく春らしい感を深からしめる。

「先生、今日は鬼ごっこが出来ましょうか」

と円卓子《まるテーブル》を擁してベンチに腰かける一が、いつもより元気そうにいうのである。

「え。道は大分乾きましたが、まだ庭の土が湿っていますから今日は遊戯をして遊びましょうよ」

と遠山は気遣《きづかわ》しげに一の顔を打ち守る。一は機嫌よく、

「兎と亀にしましょうよ」

と云って考深《かんがえ》そうに打沈みながら、

「先生どうして亀が兎を追いかけるんでしょうねえ」

「ああ、一さんはまだそのお話を御存知なかったのねえ。ある日亀の所へ兎が来て『亀さん亀さん、貴方《あなた》の歩き方はなぜそんなに遅いのです。世界中で貴方ほどのろいものはありませんねえ』といったのです。そうすると亀が答えて云いますには、『そんなら貴方と向うのお山までかけっくらをしましょう』と云いました。そうすると兎は自分の足の速いのを自慢に『それじゃしましょう』と兎は腹の中では『こんなのろい亀などは対手《あいて》にならん、僕は一足飛びに飛んだら、あんな山

まではすぐに行けるから』と嘲笑《あざわら》いしながら、亀と兎とが一緒に駆け出すことになりました。なるほど駆け出すのを見ますと亀が汗だらけになって一生懸命にかけ出しても、兎が何の苦もなくピョンと飛びますと亀の後より出た兎の方が二間も三間も先になるのです。けれども亀は一生懸命にありったけの力を出して、目指すお山に向って駆け出しました。兎はあまり張り合いがないので、『あんな奴と駆けっこするのなら一眠りねむっても大丈夫だ』という心を起《おこ》して、とうとう途中の草の上にねてしまいました。そうすると亀はのろいけれども、兎のねむっている間にお山の上にのぼって、後から来る兎を待っておりました。兎が目を覚ますと、もう亀がいないから、『さア大変』と一生懸命にかけだしましたが、もう及びません。おくればせにお山に上って見ると、亀はにこにこもので『どうです兎さん』と勝ちほこっておりました」

「とうとう兎が敗けたんですね」

と非常な好奇心を持って、話に注意しておった一がそう云った。

「ええ、そうです。あののろい亀が勝ったんです。一さん、何故勝ったのでしょうね？」

「え兎が眠ったからでしょう」

「そうです兎が油断したからですねえ」

百七

「先生油断てどんな事です」

「兎のように自分が偉いと思って一生懸命に飛ばないで昼寝なんどする事ですねえ。丁度私達も自分が他人《ひと》よりも偉いものだと思って勉強を怠るとつまらない人に負けてしまいます。それからあんなのろい亀が何故勝ったんでしょうね？」

「一生懸命にかけるからです」

「そうです。そうです、亀が自分が兎よりものろいと知りつつもただ一生懸命にはげんだからですねえ。だから私達も人よりも敗けをとるとか足りないとか思ってくじけてはなりませんのよ」

「隣の健《けん》ちゃんが僕が盲目《めくら》だから偉くなれないってそういうんですもの」

「いいえ、そんな事はありません。目が見えなくとも目の明いている人より偉い人が沢山あります」

「僕のとこの矢田部《やたべ》大尉だって盲目じゃないかってそういったら、あの人は戦争で眼を見えなくしたんで、初めは眼が開いていたんだ、それだから君は偉くなれないとそう云うんですもの」

と訴えるように先生のひざに凭《も》たれる。

「いいえ、そんな事は決してありません」

と力を入れて慰める。

「僕ア何故盲目なんだろうなア」

「そんな事を考えずにさア兎と亀の歌をうたいましょう」

と、打沈んだ一《はじめ》をうながして遠山は小供《こども》のようにおどり上って唱歌をうたい初《はじめ》るのであった。一も嬉《うれ》しそうな先生の唱歌にいつしか自分を忘れて後から駈け出すのであった。この時気がつかなかった太鼓《たいこ》橋の上から「遠山さん」という声と共に院長の姿が表れた。

「ちょっと折入って御相談したい事がございますから東屋《あずまや》へ参りましょう」

といって一を顧みて、

「坊やはお母さんが呼んでおるから行ってごらん」

「でもお父さん僕ア先生と一緒に遊んでいた方が面白いや」

「でも先生は今お父さんの御用があるんですから」

「僕の先生ですよ。お父さん、僕ア面白く遊んでいるのに……」

　と哀しそうな素振りをする。遠山は子供の肩をなでながら、

「先生はお父さんの御用を済ましてから直《す》ぐにまた面白く遊びますからね。おとなしくお母さんの所へ行っていらっしゃいまし、ねえ一さん」

　となだむれば、軽く点頭《うなず》いて立去ろうとするところへ下女のお勝《かつ》が一の手を引いて行く。院長はベンチに腰を下ろして、

「この間から申上《もうしあ》げよう申上げようと思ってつい申上げる機会がなかったものですから」

　と遠山の不安そうな顔をちらと眺めて、

「実は廃兵《はいへい》から種々《いろいろ》な噂を聞きました。それは岡見《おかみ》君と貴女《あなた》の事です」

　ときっぱり云い放つ。遠山の心は非常におどったけれども、自分の方には少しも後《うしろ》めたい事がないので、初めの不安はいくらか落付《おちつ》いた。

「それじゃ私と岡見さんとが何か関係でもあると仰《おっ》しゃるんですか」

「いやそれほど極端ではないのです。ただ岡見君が貴女に五月蠅《うるさ》くいい寄るのを認めたというものがあるのです」

「ハイ、それは私がこちらへ伺いました当時から種々岡見さんが親切にして下さいましたのもこの頃になって乱らがましい事をなさるおつもりであったかとこの頃ようやく感付いたのでございます」

百八

「私は貴方《あなた》の潔白を決してどうこう疑うものではありません」

と院長は落付《おちつ》いたとは言え、しかし厳《おごそ》かな声で云って、遠山《とおやま》の面《かお》をつくづくと見るのであった。

見られて遠山は、さも眩《まぶ》し気に瞳《ひとみ》をそらして、

「ハイ」

と、かすかに返事をした。それより外《ほか》に、どういうことをこの場合云ったら好いか、遠山には全く分らなかったのである。

「疑いはせん」

と、もう一度強く云って、

「信じてはいます。信じていながらこういう事を貴方に対して言わねばならん私の胸中もよく察して下さい……」

と再び相手の顔を正面《まとも》に見た。

「ようく分っています」

と、これだけ云って、また俯向《うつむ》いた。

院長はしばらく黙っていたが、

「実は貴方は今日限りここを出てもらわねばなりません」

と、キッパリ云い切った。そして遠山の様子を眺めた。

「ハ、承知しました」

と遠山もキッパリ答えた。身に決して暗い覚えはないけれども、それは院長の云う通り院長の心に十分分っておることだ。今更《いまさら》そんなことを女々《めめ》しく言いわけしたところが何《な》んになるだろう。潔《いさぎ》よく出て行こう、何事も公明な神様には分っている。と、突然の間にも健気《けなげ》な遠山は決心したのである。

院長は、そのハッキリした遠山の態度を心から頼もしく思って「嗚呼《ああ》惜しいものだ」と、心では泣きながらも世の中の義理には勝てぬ。遠山を眺めつつ幾度か大きく頷《うなず》いて、

「いや、早速に承諾下さって有難う御座います。貴方に何《な》んの落度があるではなし、私は貴方に出てもらうことは決して本意ではない……」

と声まで曇らして、

「本意ではないがその間にはいろいろ複雑した事情もありましてな……どうぞ御察し下さい」

と顔を打《う》ち反《そむ》けるのであった。

遠山の健気な心も、院長にこうやさしく言われては、引きちぎられるような苦しさを感ぜずにはいられぬ。溢れ落ちそうに瞼《まぶた》に一ぱい溜《たま》ってくる涙をようやく歯を喰い占《しめ》るようにして抑えて、

「私には……」

と、云ったが、思わず涙に声がつまりそうになったので、わざと淋《さび》しい笑顔に紛《まぎ》らかして、

「何事もよく分っております。私はただ、坊ちゃんにお別れするのが何より悲しう御座います。せっかくなづいて先生々々と、私のような者をも慕って下さいますのに、このまま私が出てしまいましては、どんなに後でお淋しがり遊ばすでしょう」

と心弱くもハンカチーフを目に当《あて》るのであった。

院長は、これもこぼれ出ようとする涙をようやく抑えるのであった。

百九

「遠山《とおやま》さん、何故私は貴方《あなた》の恩に背き、なくてならぬ貴方を私の家庭から出てもらい、あの憐《あわれ》な一《はじめ》の手から杖《つえ》とも柱とも頼んでいる貴方を引裂かねばならないのでしょう。こんな矛盾した事を私は知りつつもしなければばならないのです。どうか、私の苦しい心持《こころもち》を察して下さい」

「ハイ、よく解《わか》りました。世の中に義理という事がなかったらどんなに住み安いでしょうに……」

と涙に汚れた顔を挙げる。

「よくお察し下さいました、貴方に行かれたらあんなに馴付《なつ》いている一がどんなになるかと思えば私はもう堪えられないほど可愛そうです」

と声を曇らす。

「せっかく物心がついて追々《おいおい》成長なさるのを楽《たの》しみに致しておりましたが、もう私の望《のぞみ》も楽《たのしみ》もなくなりました」

と力なく云って低頭《うなだ》れると、急に、

「それではこれで失礼致します」

と急に身を起《おこ》す。

「ちょっと待って下さい。先刻《さっき》から一が遊戯をするのを楽みにして待っているでしょうからちょっと遊んでやって下さい、あれも気が済むでしょうから」

「でも逢わずに参った方が一さんのため私のためによろしうございます」

「そうでございましょうが、どうか約束だけ守ってやって下さい。もう明日から先生に就《つ》くことが出来ず、あの盲目《めくら》の子が手探りで独遊《ひとりあそ》びをしなければならんのではございませんか」

「でもあんな神経の鋭いお子さんですからもしや覚《さと》られたら面倒でございますもの」

「ですから貴方が此家《ここ》を去るような素振りを見せずにどうかちょっとの間だけ遊んでやって下さい。今私が迎えに行ってきますから」

と吉村《よしむら》院長は席を起って太鼓《たいこ》橋を彼方《かなた》に去った。独り残された遠山は気抜がしたように椅子に身体《からだ》を凭《も》たせて、じっと池の面《も》を見詰めた。目には涙が一杯溜《たま》って、果ては遠慮なく両頬を伝って迸《ほとばし》るように流れ出《い》ずるを拭《ぬぐ》いもやらず茫然としておった。

「遠山さん、お察し申しますよ」

と云いながら遠山の後《うしろ》に立ったのは武子《たけこ》老夫人である。

「ねえ、貴方、世の中の親達は子供のためなら、食うものも食わずにおると云うに、世の明《あかる》みも解らない盲目の子から、母親よりも馴付《なつ》いておる貴方を引裂こうとするなんて、そんな親がどこにありますか。昨夜も私がよく云ってやりましたが、義理という事を楯《たて》にして強情を張るんです、でもやはり自分だって悲しい心は胸一ぱいなのですよ。終《つい》には光《みつ》や私に泣いて詫《わ》びたのです。どうか遠山さん、不縁《ふえん》と諦《あき》らめずに、また家庭も変る時があるでしょうから、その時は是非御願いいたします」

と涙ながらに老夫人は愚痴を交ぜて詫びるのであった。この時下女に手を引かれながら一は愉快そうに『もしもし亀さん』の歌を唱《うた》いながら橋の真中《まんなか》から、

「先生、もう御用がすんだんでしょう。さア遊戯をしましょうよ」

と嬉《うれ》しげに遠山の袂《たもと》を取って喜んだが、ちょっと考えて、

「これをお父さんが」

と何やら紙包《かみづつみ》を先生に渡す。

「何ですか」

と包を開ければ、吉村一と印《しる》して、遠山先生へとある。封を切れば百円札二枚と、左の文字が手紙に認《したた》められてあった。

「永年《ながねん》御養育に預り有難く存じ候《そろ》。毎日の御教訓は必らず御守り申すべく、成長の後《のち》は先生の所へえらい人と相成《あいなり》お目にかけ申すべく候。一代《はじめ》筆第二の母上へ」

と母の手で書かれてあった。

百十

「お婆さん、先生はなぜ早く帰って来て下さらないかしら」

遠山《とおやま》が去った二日目、老夫人と二人で何気なく庭の芝生の上で遊んでおった一《はじめ》が老夫人に問いかけた。

「今に帰ってお出《い》でになるから坊は温順《おとな》しくして待っているのですよ」

と老夫人はなだめるように一の頭を撫《な》でた。

「今にっていつ?」

「先生の御用が済《すみ》次第です」

「詰《つま》らないなア、先生がいないとちょっとも面白くないんだもの」

と詰らなそうに考え込む。

「ではお婆さんがこうして坊と一所《いっしょ》にいてもかい?」

「お婆さんは先生のように唱歌も遊戯もしてくれないんだもの」

「ホホホお婆さんだって唱歌ぐらい出来ますよ」

と夫人はなるべく一の気を引立《ひきた》たせ喜ばせて遠山の事を忘れさせようため教会の讃美歌をなるべく調子を縮め面白く歌って聞かせた。一は考えるように耳を傾けておったが、

「お婆さん、僕いつか教会の日曜学校で譜《ふ》は違うがそれと同じ歌を聞いたよ。教会の歌なんか詰らないや」

と老夫人の苦心も記憶のよい一のためにたちまちの間に看破《みやぶ》られ、水泡に帰してしまった。

「お前知っておったのかい」

と夫人は何か自分が女学校時代の小供《こども》らしい歌の記憶をたどってみた。一はもう堪えられないように、

「お婆さん、早く先生を呼んで下さいよう、ねえ、お婆さん」

と迫る。

「ええ、すぐ帰るように呼びますよ」

と老夫人は静かに云う。

「いつ? いつ来るように?」

と隙もなく問いつめられて夫人はハタと当惑したが素振《そぶり》を隠して、

「サア、お婆さんが好《い》い歌を聞かして上げるから」

と自分がまだ娘当時、女学校へ入り立てに習った『松島《まつしま》』の歌を唱って聞かせた。
「そんな歌は詰らないや、遊戯も何《な》んにもないんだもの」
と相変らず不機嫌である。夫人はひそかに吐息を洩《もら》して、ほとんど当惑したような顔をして、しばらく一の顔を打見《うちみ》た。吉村《よしむら》一家では遠山の去った事を一には知らせなかった。それは一があまりに先生に親しんでおった事と、この児《こ》の神経の激動を恐れたからであった。
そして数日を経過する中《うち》には一も自然に忘れ去るのであろうという予想に随《したが》ってなるべくは遠山の記憶を一の心から取り除こうとしたけれども、ほとんど毎時間ごと一には先生の事を口走ってほとんど一家族を困らしたのである。そして遠山がいないという事はこの児《こ》にとっては暗黒な世界から灯明を取去《とりさ》ったよりも淋《さび》しかったのだ。だからこの五日の間はこの盲目《めくら》の児にとって頼りなく、詰《つま》らなく悲しいのであったのだ。かく子供の悲しむのを目《ま》のあたり見ている両親、老夫人は一《はじめ》自身よりも、より以上に気を揉《も》んだのである。青ざめた心配そうな一の顔を見るごとに一家は憂愁の気に満たされた。そしてほとんど遠山が去った以来の家庭は、陰鬱《いんうつ》な、雨の洩《も》る薄暗い穴に陥って行くような感じがした。

百十一

　廃兵院《はいへいいん》新築落成の迫った今日この頃は院長を始め部下の事務員達も、事務の整理やら名簿の書替《かきかえ》寄付金の受取やらで夜更《ふ》けるまで多忙を極《きわ》めておった。独《ひと》り岡見《おかみ》事務長のみは近頃頻《しき》りに欠勤がちで、そろそろ内部から苦情を云うものが出来てくるのみならず、出先から時々電話で矢田部《やたべ》事務員のもとまで、金の才覚を頼んできたこともあるので、いよいよ岡見の不評判は高まった。

　院長が丁度新築場から帰って、忙しげに事務室のテーブルに向った時、寄付金係の矢田部と云う遼陽《りょうよう》の激戦に失明した矢田部大尉の弟に当る人、この青年は現に帝国大学法科三年に席を置いてその余時を割《さ》いてここの寄付金係を勤めている篤志家《とくしか》であるが、静かに這入《はい》って来て、

「院長、寄付金が届いておりますからお収《おさ》めを願います」

　と院長のテーブルの上に、紙包《かみづつみ》を置いて、

「小石川から二百円、本郷区から五百円、深川から三百円、都合千円です」

　と受取証と金とを院長に渡す。

「アアそうでしたか」

　と院長は受取証と金高を調べて金庫を開いて収めようとして、

「オヤッ」

　と妙な声で叫んだ。

「違っておりますか」

　と矢田部は不安になって問う。

「イヤ、紛失物が出来たのです」

「何です、金ですか」

「牛込区から届いた分三百円と、基本金の中《うち》二百円がなくなっております」

　と金庫の中の隅から隅まで探してみたが、どうしてもなくなっておった。

「それは怪《け》しからん事だなア」

　と顔色を変えて矢田部は院長の顔を覗く。

「ハテ、妙だなア。昨夜《ゆうべ》帳簿の整理をしてから確かに入れてあったはずだが、盗まれれば昨夜《ゆうべ》ちょっとの間鍵を閉めずに便所へ行った跡《あと》の事だ。そうだ鍵は今まで確かに僕のポケットの中に入れてあったから……」

　としばらく無言であった。

「院長それは必ず内部のものだろうと推考します」

　と矢田部は院長の答《こたえ》を待った。

「イヤ、こんな事で罪人を定めるよりは取られない工夫をするが先決問題です」

「しかし五百円といえばちょっと大金ですからなア。あくまでも捜索する必要があるだろうと思いますが、昨夜ここにおって事務を取った人達を呼びましょうか」

「イヤ、この事はなるべく他言しないで下さい、徒《いたず》らに人の心を騒がせたところで仕様がありませんからな」

「でもこのままにしておけばかえって罪人に味を知らせるようなものです。どうも昨夜ここに事務を取っておった僕としても黙ってはおられません。ちょっと調べてみましょうよ」

「イヤ、それには及びません」

「それじゃどうしましょうか」

「関《かま》わずにおいて下さい」

と院長は意にかけぬもののように帳簿を開いて調べ物を初める。

「じゃこうして下さい。ここの所では誰《だ》れにも知らせない事として、警察へ訴える事に致しましょう」

「そんな事は無意味です。大丈夫御心配なく擲《うっちゃ》っておいて下さい」

「しかし今訴えないと法律の効力が少ないですよ」

「関いません」

と云い放って再び、

「あの事務室の方に岡見がおったら、ちょっとここまで来るように伝えてくれませんか」

「ハイ、じゃそれでよろしうございますか」

「よろしい」

という院長の言葉を跡に矢田部は立ち去った。

百十二

栄光の茶の間で長火鉢を前に、女将《おかみ》お時《とき》と千代松《ちよまつ》が対座して、暇な午前の日を過しておった。

「千代ちゃん。お前杉山《すぎやま》さんと別れてからよほど座敷が変になったと、〆《しめ》ちゃんがそういってたよ」

「どうも変りはしないわ、いつもと同じよ」

「この間肥料《ひりょう》会社の社長さんを酷《ひど》い目に合せたってもっぱら評判よ」

「ええ、ありゃ高山《たかやま》が酷いことをしたから仕返したまで、二十円を紙に包んで私の袂《たもと》の中へ入れて待合《まちあい》へ行こうって云うんでしょう。だからお気の毒だが私は芸者でござんす。そんな事をなさるなら淫売屋か女郎屋へお出《いで》なさい。外《ほか》の芸妓《ひと》は知らぬ事、私は芸を売るのが商売ですって、そう云って金を返したまでよ」

「そりゃ当り前の事だが、お座敷なぞではなるべく手加減をしなさいよ」

「ええ、手加減はするつもりでもこういう性分だから仕様がありません」

と沈む。

「千代ちゃん、杉山さんに未練があるんじゃないの？」

「いいえ、そんなことはないわ」

と元気のない返事。

「昨夜岡見《おかみ》が大変怒って来てねえ。お前に恥をかかされたって私にさんざん厭味《いやみ》を云って帰ったよ」

「外《ほか》に何か云っていなかって？」

「ええ、別に云わなかったが、八重《やえ》ちゃんを落籍《ひか》すんだってその相談もあったのよ。岡見の方からいえばお前に面当《つらあ》てに落籍すつもりなんだろうけれども……」

「なに、面当になるもんかね。こうして商売していてこそお互いに客取りで睨《にら》み合う事もあるでしょうが、八重ちゃんが落籍《ひ》けばそれで私の商売敵《しょうばいがたき》がなくなる訳で私にゃ痛いことも口惜しい事もありゃしないわ。かえって商売が楽になると云うものだわ」

「ウム、一体どんな事をしたの？」

とやさしく女将が問う。

「ナアニ、大したことはないんですよ。岡見さんが俺の云う事を聞けと云うから、私は身元の判らない人に

身《からだ》を任せるのは厭だと云ったの、そしたらすっかり自分のことを話して聞かしたのよ。現在居《い》る所があの人のいつも豪《えら》そうに吹聴する小石川の廃兵院《はいへいいん》とかいう所なんです。そこで月給が三十五円しか貰《もら》ってないんだそうですよ。いつも大層な事を云う化《ばけ》の皮が剝げた訳だわ。そしてすっかり白状してしまってからの云い草がいいじゃありませんか。あの例《いつも》の甘ったるい口調でさ、千代ちゃん、俺《お》れはこれほどお前を懐《おも》っているんだから俺れの好《い》い人になってくれよ、どんな事でもしてお前のためにするからって、まるで素人《しろうと》でも口説くようにさ、人を馬鹿にしてるじゃありませんか。素人ならそこで『貴方《あなた》本当にそう思って下さるの？』とでも云って男の膝にしな垂れかかるところでしょう。ところでそんな素振《そぶり》でもこっちから見せようものなら、ああいう男は宜《よ》い気になって女を踏みつける腹があるには決ってますわ。そんなお芝居はちゃんと心得てい ますから、そんな野暮《やぼ》臭い手に誰《だ》れが乗るものですか。あんな奴にはこっちからうんと持たせ振りをして、すっかり腹の中をさらけ出させておいて踏みつけてやらないと癖になると思ったからやったまでの事ですわ」
「それもそうだが、八重ちゃんを落籍す一件だが、私もちょっと頭痛《あたまや》を病んでるんだよ」
「金でも持って、そんなことを云うの？」
「イイエ、現金三百円渡すから是非頼むというから、宜しうございますとは云っておいたが、落籍された後でごたごたが起《おこ》ると八重ちゃんが可愛そうだからねえ。これが外の家《うち》なら売り物に買い物で、金さえ取りゃ家にいた妓《こ》にどんな迷惑が懸かろうがそれで宜いのだが、私はそれでは気が済まないんだ。お前でも八重ちゃんでも皆《みん》な私の妹か娘なんだからね、そんな迷惑はかけたくないんだ」

「そりゃ、やっぱり『金仏《かなぶつ》の手』でなきゃア、人を欺《だま》したお金でしょう、あの人にそんな纏《まとま》った金のありようがないわ」

「まア、私の睨《にら》むところもそんなものだがねえ。そこで院長さんが耶蘇《やそ》教信者でしてる仕事もやはりそういう方の仕事だそうだから、あんな遊び人がいるはずがないと思ってるんだが」

「確かにいる事はいるらしいのよ」

「でもまア、八重ちゃんから金の出所《でどころ》を捜《さぐ》らせてみるんだねえ」

「ええ、それが一番宜いわ」

百十三

「岡見君《おかみ》、君にこの間からお話しようしようと思って、忙しかったんで機会がなかったから申上げずにおいたが、大分君の評判がよくないようですから少し注意したらどうかと思ってね」

と院長はじっと岡見の顔を見据えながら語った。岡見は時々院長の顔と岡見の顔とが見合う時があっても、すぐ白《そ》らして何《な》んとなくそわそわしておった。そして窓越しに庭の植込を見るかと思うと、テーブルの上の本をいじくり廻したり、天井を眺めたりした。院長の話された事を聞取って、急に腹立たしげに顔を膨《ふく》らして、

「僕に事務長を止《よ》せと云うですかッ」

と屹《きっ》となる。

「イヤ、そんな風に取ってもらっては困る。この多忙の時に欠勤されたり出先から金の才覚を頼んだりする事ですな、これ等《ら》の事はこんな所にいる人の夢想だもしない事ですから、もう少し謹《つつし》んでもらいたいと云うんです」

「イヤ、欠勤をした事は致しましたが、あれは家を持ったために三日ばかりお暇を戴きました。それから出先から電話をかけて金の才覚をした覚えはありません」

とあわて気味になって自分から自分のぼろを発《あば》く。

「イヤ、電話をかけた事は私は問いません、金を才覚してもらったという事を云うのです」

「イヤ、その……あの電話という事は私も内々噂を聞いたんです。僕が出先から電話で金の才覚を頼んだという事です」

と機敏にごまかす。

「ないならないで好いのですが、あまり騒がないようにして欲しいのです」

「騒ぐものは勝手ですから、一々そんな事を顧憂《こゆう》する必要はあるまいと思うのです」

「イヤ、そうですが、貴方《あなた》は貴方の罪を指摘されても、少しも顧憂しませんか」

「僕はいまだ罪を犯した覚《おぼえ》はないですから、どんな事か知らんがそんな事は何んともありません」

と頑張る。

「岡見君、僕は決して君にばかり悪い所があるとは思わん。人間だもの御互《おたがい》に弱点がある、だからその弱点を御互に語り合って、そして日々の課程を励もうじゃないか。そんな外出行《よそゆき》の考《かんがえ》を擲《なげう》ってさ、ねえ、僕は君

には云わないが随分君のために尽しておるつもりだ」

「尽して戴く必要はありません。僕は恩を売られるが苦しくて耐《たま》らぬ性分《たち》ですから」

と皮肉る。

「そんな事を云うてくれ給《たも》うな。誰が今更《いまさ》ら君に恩を売るものか。僕が初めて東京の地を踏んでこの事業を起《おこ》したのも皆《みん》な君の兄さんの厄介になった事だ。こう

した僕だもの君を思う心はあるが、恩を売るなどは毛頭考えておらん」

「止してもらいましょう、僕は兄の威光で飯を食っておるようで世間に対しても肩幅が狭いです。自由に働らいて自由に食しているつもりです。もし僕に悪い点があったらいつでも追い出して下さい、御遠慮はいりません」

ナニ兄の顔に免じても追い出せるもんか、という腹を以《も》っておった彼れは、あくまでも落付《おちつ》き払った口調で云い放った。

「君は本統《ほんとう》にそんな心持ちでおったのか」

と院長の唇は神経的に震えている。

「男子に二言はありません、無論の事です」

とズウズウしい。

「君ッ」

と岡見の肩へ手を掛けて、

「何故君はそうだろう、僕の心持ちは判《わか》らんかなア」

と熱情の籠《こも》った言葉は自然に自分の涙を誘ったのであった。

「何んです。失敬なッ」

と肩より院長の手を払い除《の》ける。

百十四

この岡見《おかみ》の仕打ちに、さすが温厚の院長もカッとしたが、しかし思い返してみると岡見は、院長をして今日あらしめる恩人の弟である。

どうすることも出来ない、恩義にからむ柵《しがらみ》は苦しいものだ。

院長は、怒りにふるえる胸をようやく自らさすって、

「まあそんなに激してもらっては困る」

と穏《おだや》かに云うのであった。

一度腹が立っても、少し平静になって考えてみれば馬鹿々々しいことだ。院長は、もう常の自分に返った今、ちょっとの間でも感情の劇した自分が、むしろ哀れであるような気がした。

けれども、岡見の心には、この院長の心持ちは分らない。一度《ひとた》びは激したものの、直《す》ぐにまた折れて出るような院長の態度を見て、心の中では「ざまア見ろ、何《な》んと云ったって俺は貴様の恩人の弟だぞ。どんなことがあったって貴様の手で俺を出すことが出来るものか、馬鹿奴《め》ッ」

というような気持ちで、その剛頑《ごうがん》な眼色《めいろ》に院長を見下して、

「劇するようなことを言われれば、誰だって劇します、人間は感情の動物ですからな……無実の罪を着せられてどうの、こうのと言われれば、誰だって好《い》い気持ちはしますまい」

と、至って突《つ》っ慳貪《けんどん》である。

院長はやはり温顔《おんがん》を以《もっ》て、優しい顔は慈愛の影を湛《たた》えながら、

「ああ、あるいは私の言いようが悪かったかも知らん、しかし私は何も悪い心を以て云ったわけじゃない。お互《たがい》にこうして仕事をしていて、人にかれこれ云われるようだと面白くないから、それでちょっと注意したまでです。だから君がそのつもりでいてくれれば好い」

こう云った院長の胸の中には、総《すべ》ての人間の何事も許す、という広い海のような慈愛が溢れ光っていた。

「どんなに仰言《おっしゃ》ったって、ないことはないのですから、

「それでは私はこれでお暇《いとま》します」

と、まだぷりぷりしながら、ドアを排して出て行った。

院長はその後《うしろ》を見送って、

「ああ困ったものだ」

と一人つくづくと嘆息するのであった。

＊　＊　＊　＊　＊

岡見が家に帰ったのは夕方であった。新らしく持ったばかりの世帯は、玄関から茶の間から、まだ整わないでゴタゴタしたような感じを与えた。

「あらお帰り遊ばせ」

と、まだ四五日前までは、商売をしていたということの一目見て分る女がバタバタと出て来た。

岡見はまず洋服を着かえて茶の間の長火鉢の前に座ると、女はその向うにペタリと座って、

「ねえ、貴方《あなた》」

「何《な》んだ」

「何んだって私を落籍《ひか》して下さる時に三百円の月給を取っていると仰言ったでしょう。私に着物を買って下さいよ」

と、煙草の煙を吹いて岡見を見たが岡見は黙っていた。

百十五

「ねえ、貴方《あなた》いいでしょう」

とせがむ。

「そりゃ三百円の月給をとっていたからって皆《み》んなそんなものに払ってしまう訳には行かないじゃないか」

「でも家を持ったら指輪を買ってやる衣物《きもの》も買ってやると云うたじゃアないの？」

「買う事は何《な》んでもないが、少し暮しの事を考えてからにしてくれよ」

「貴方と私の暮しなんど知れたものじゃないの？　毎日洋食や、丼《どんぶり》を食べていたっても、五六十円あれば間に合うじゃありませんか」

「そうか、そんな事でよいのかなア。けれども、あまり掛《かか》り過ぎはしないかねえ」

「貴方が遊ぶ事を考えたら何んでもないの」

「そりゃ、そうだなア」

と云ってはみたが僅か月給三十五円で三百円の暮しをしようとは、いくら姦智《かんち》の勝れた岡見《おかみ》だとて神様でない以上どうしてそんな事が出来るべきはずがない。心の中で「弱ったなア」と嘆声を洩《も》らしたところでもう後の祭、これにはほとほと当惑しきって、さすがの岡見も落胆《がっかり》したのである。

「それからねえ、貴方。この間の五百円の中《うち》三百円は家《うち》へやるし、残りの二百円は世帯道具やなんかで、もう五十円しかないのよ、小遣《こづかい》を少し頂戴な」

「五十円あったら今月一杯やれるだろう」

「どうして貴方、私が家を出る時だっても祝物《いわいもの》一つも朋輩《ほうばい》達に配りはしませんわ。もっとも女将《おかみ》さんがそんな事厭《きらい》な性分だからいいものの、どこだって落籍《みうけ》時には百や百五十の配り物はするわ。だから友達が尋ねて来たってお酒の一本も出せないようじゃ旦那の恥じゃないの？」

「そうか、いくらばかり要るのか」

「そう、もう百円もあったらいいでしょうよ」

「じゃ明日何んとかしよう」

といよいよ落胆する。

「それから女将さんが来ていろいろ話して行ったのよ。そりゃ面白い事を云うてね、さんざん笑ったのよ。貴方あの五百円の証文っていうのを今日持っていらしっ

て？」

「一体そんな証文何んにするのだ」

「何んにもしないんですが、家の女将さんという人は妙な性分で家の妓《こ》は皆《みん》な自分の妹か娘のように可愛がっているのよ。だから家の妓が落籍《ひか》される時はいつでも、旦那の身元を調べたうえ旦那の方から証人を立ててその妓を引取るのよ。だから家におった妓で落籍されたものは、皆んな安心して旦那を持つ事が出来るのよ。こんな所から証文が要《い》るんですわ」

「そうか、お女将も随分変りものだからそんな事もするだろう」

「持っていらしッて？」

「証文って何んだぜ、ただ院長が五百円僕に借してくれたという証明書のようなものだぜ」

「それでもいいでしょうよ、女将さんに見せたら何んと云うか知れませんが」

と岡見が洋服のポケットから取り出した書付を受取る。

「じゃ私、今晩でもちょっと家へ行って来るわ」

「明日でもいいじゃないか」

と止める。

「貴方淋《さび》しけりゃ明日にするわ」

「独《ひと》りでおる事は僕は大嫌いだから明日にしろよ」

「負惜《まけおしみ》をいわずに、淋しいッておいいなさいよ」

と煙管《きせる》で膝を突ツいた。

「痛い痛い、淋しいよ、さびしいよ」

丁度この時「御待遠様《おまちどうさま》」といつもの少女の声で調度《あつらい》の洋食が来た。

百十六

ある日廃兵院《はいへいいん》の応接間の方から吉村《よしむら》老夫人に面会したいといって、立派な洋服姿の紳士が訪《おとず》問れた。給仕はその旨《むね》を夫人に伝えて客を応接間に通して、お茶やお菓子を運んで引込んだ。紳士というのは五十前後の体格の好《い》い、半白の頭髪の綺麗《きれい》に分けたどことなくどっしりしたところは政治家か銀行の重役らしい人柄、しばらく四周《あたり》を見廻しておったがポケットから英字新聞を出して読み初めた。やがて夫人は静かに戸を開いて這入《はい》って来た。夫人はテーブルの前に立って軽く会釈をして座についたので紳士は急に頭を上げて椅子を立って丁寧にお辞儀をした。

「誠にしばらくでございます」

「オヤ、誰方様《どなた》……」

と夫人は驚いて客の顔に見入った限《き》りちょっと記憶が起《おこ》らなかった。客は笑って、

「ハハア……もうお忘れでしたか。山本《やまもと》です、山本兵曹です」

「オッ、山本さん」

と二度吃驚《びっくり》したのも、夫人は夫吉村と共に山本兵曹も再び帰らぬ人となったのだと心の中《うち》に決めておったからである。

「その後は別にお変りもありませんか」

と山本はまず席に就《つ》いて、

「山本さんでしたか、一体どうなすったのです」

「イヤ、どうもその後はすっかり御無沙汰いたしました。お話はゆっくり致しますが、御養子を迎えられたとかで、お目出度《めでと》うございました」

「ハイ、誠に好い人で私も安心いたしました」

と夫人が云うところへ吉村は忙《せわし》げに這入って来る。

「イヤ、ちょっとお前山本さんに御紹介しましょう」

と夫人が吉村を呼ぶ。

「これでございます。光子《みつこ》の養子で吉村浪雄《なみお》と云うんです」

と夫人が吉村に代って云ったので吉村はただ丁寧に頭を下げた。

「アア、さようでございますか。私は吉村少佐には非常にお世話に預ったもと海軍兵曹山本民造《たみぞう》というものです。何卒《なにとぞ》よろしく」

と山本も挨拶を云った。三人がテーブルを囲んで対

座した。

夫人は吉村を顧みて、

「この人は戦争の当時閉塞隊《へいそくたい》に血書して加わった勇士だと新聞にも見えたあの人です」

「アア、さようでしたか」

「イヤ、どうも恐れ入ります」

と山本は笑いながら云った。ここへ光子夫人喜ばしげに這入って来る。

「山本さんでしたか、しばらくでございます」

「やア、お嬢様でしたか、こりゃどうも失礼致しました」

と礼を交《かわ》す。老夫人は、

「もう山本さん、光はお嬢さんではありませんよ」

「ハア、そうでした、奥様でしたなア。こりゃ飛んだ失礼いたしました。もうおんぶもだっこも出来ませんなアハハハハ」

と一座は沸くように笑った。老夫人は、

「そうそう、よく山本さんにおんぶして神楽坂《かぐらざか》へ行きましたねえ」

「ハア、浅草の雷おこしが好物でしたなア」

「いいえ、ありゃ私ですよ」

と老夫人が云う。

「あア、貴方でしたか、どうもこの頃は年を取ったせいか、若い時の記憶が鈍ってしまうがありません」

と言訳をいう。

「お互《たがい》ですよ」

と夫人もつけ加えた。

百十七

「以前はこれでもこんなでもありませんでしたがな、年を取るのは早いものです」

と沈鬱《ちんうつ》な目色《めいろ》をすると、吉村《よしむら》夫人もさすがに昔を思うもののように、しんみりとした調子になって、

「本当に、月日のたつのは夢よりも早う御座います。一日々々と送っています中《うち》に、お互い様に年寄になってしまったので御座いますね」

「いや」

と山本《やまもと》はさも感慨深そうに一言返事をしたが、やがてチラと光子の方に目を遣《や》って淋《さび》しい微笑の影をその唇辺《くちべ》に浮べたが、また正面に吉村夫人を見て、

「我々が年を取るのも当り前ですよ、この方が……」

と光子を目で指して、

「まだ少《ちい》さい嬢ちゃんであったのが、それがもうこんな立派な奥さんにおなりなすって……」

と腕を組んだ。

光子《みつこ》は「立派な奥様……」と言う言葉に、ぽっと頬を染めるのであった。

吉村老夫人は我子のまだ初生々《うぶうぶ》しい有様を、さも満足らしく眺めて、

「そうで御座いますねえ」

と落ち付いた調子で云って、いかにも考え深そうな目を伏せた。

山本は組んだ腕を徐《おもむ》ろに解きながら、

「しかし、月日が早くたってくれればこそ我れ我れの胸からいろいろな苦痛も、災難も、怨恨《えんこん》も取り去ってくれます。つまり、私どもの胸に受けた痛手の傷をだんだんに癒《なお》してくれるのは、全くこの時の賜《たまもの》ですからな。その意味から言えば、一日も早く経《た》ってくれた方がいい、私は以前の事を考えますとむしろ月日が一足飛びに飛んで、あの時限り私を私の生涯の最後の日にまで持って行ってくれると好いというようなことを考えました……人間はそんな勝手なことも考えます。けれども、自然はそう人間の思う通りにはなってくれませんが徐々として休みもなく、偽りもない自然の、いつの間にかもう私の身体《からだ》もこんなところまで持って来てくれたのです」

と、指の太い少し皺《しわ》の寄ったいかにも老人らしい手を、さながら自分の苦しく過《すぎ》にし月日を眺めるといった風につくづくと眺め入るのであった。

吉村夫人も山本の苦を想うといったような述懐めいた感慨に、思わず引き入れられるといった調子で、

「ほんとにそうで御座いましたね。私なども夫の行衛《ゆくえ》が分《わか》らなくなったという事が確かになりました時には一《ひ》と思いに自害でもして死んでしまいたいと思いました。けれどもまた光子《これ》のことを思うとそんな短慮なことも出来ません。いやいやと思い返して光子の生長をせめてもの楽《たのしみ》に今日まで長らえてきましたが、それでも、いつとはなしに胸の苦しさも薄雲を剥がすように次第に取れて、今では孫の顔でも見るのが願いで御座いますよ」

とその言葉はさすがに淋しそうであった。

山本は夫人の言葉に耳を傾むけて、さもさも気の毒らしい目付をしていたが、

「ごもっともです。いやそれにつけても私だけ生きてこうして御目にかかるということはお恥《はずか》しい次第ですが……少佐殿の亡くなられた時のことをお物語りしたいと思って、実は上《あが》った次第で御座います」

それを聞いて夫人は興奮した色を見せて一膝乗り出し、

「どうぞお話しなさって下さい」

「そうでした、あの日は実に烈《はげ》しい戦いの日で……」

と山本はまた腕を組むのであった。

百十八

「敵は多勢《たぜい》を頼んで潮《うしお》のように押寄せて私達を一人残さず生捕《いけど》ろうと企てたのですけれども死者狂《しにもの》いになって私達は敵軍の中へ突進して十分ばかりも戦いましたろうか。敵も持て余して、再び砲塁《ほうるい》の奥深く退《ひ》いて出て来る気色《けしき》もないようですから、少佐殿はあくまでもふみ込んでこの砲塁を奪い取る決心を云い含めていると、敵は機関砲でポンプの水をまくように私達を目がけて砲撃しましたから堪《たま》りません。ほとんど半数以上は敵のために洗われたように殪《たお》れてしまったのでした。しばらくすると再び手に槍を提《ひっさ》げて現われて来ましたから少佐殿は非常に立腹せられ、真先《まっさ》きに進んで敵の中へ斬り込まれたのです。この時丁度私も三四人を相手に戦っていますと、敵は少佐殿の四周《ぐるり》を全く取囲んでしまって、今にも生捕《いけど》られそうですから、私は囲《かこい》を破って少佐殿を助けようと思っておる中《うち》に、もう少佐殿の影が見えなくなりました。最後に少佐殿は囲みの一方をようやくに斬り開いて、砲塁へお上《あが》りなすって、前の方にばかり敵を引受けておりました。後《うしろ》は数十丈《じょう》の崖《がけ》で私が見た時は丁度敵が群がって槍を以《もっ》て嚇《おびやか》しながら、組み付こうとしておった時で、その敵兵が斬り落されたなと思うともう少佐殿はおられなかったのです。これは必ず崖下へ落込まれたに違いないと思って、早速まつわる敵を突き退けて、跡を追って崖下へ来て見ると、果して少佐殿は気絶しておられたので、色々介抱申上げて生気付きますと、再び部下の弔い合戦をするのだと立って行かるるから色々申上げてようやく落付《おちつ》かれて、二人で自殺をしようという事になりました。当時《このとき》少佐殿は足部《そくぶ》へ創傷《きず》を受けられて血が流れているのに気が付きましたから、早速私が決死隊の印として白襷《しろだすき》をかけておったものですから、それで縛って上げました。この時砲塁の向うから露兵《ろへい》の呼び声が聞えましたから私はここに止《とど》まっておって来る奴を斬り払いますからどうか先へ落《おち》のびなさるよう申上げ、ひとまずここでお別れ致しました。小半時も待ちましたが追って来る様子もありませんから、大急ぎで少佐殿の跡を追いかけましたが、夜ではあるし、探し難《がた》い道をたどってようやく大きな建物、この建物は後で気が付きますと露西亜《ロシア》の軍政署でした。軍政署の塀を添うて暗い道を飛んで行きますと、驚いたではありませんか誰か倒れておりますから、近づいて見ますと少佐殿でした。この時はもういくら呼んでも叫んでも……駄目でした」

と語り来《きた》って感慨一時に襲って、熱い涙がはらはらと流れ落ちた。老夫人及び光子《みつこ》夫人は吉村《よしむら》少佐の働き振りを聞いて初めて潔いという気もしたが、ただもう弱々しい女心にせまって、話の中の夫及び父を案じて止めどなく流るる涙を拭いながら熱心に聞いておったのである。吉村はほとんど話も耳に入らないように筆を走らせておったが、話が途断えて三人の湿った素振を不審そうに眺め入った。ややあって老夫人は顔を上げ、涙のために赤くなった眼をして、

「でも貴方《あなた》も初めから終《しま》いまで、よくまア親切にして下すって、定めて吉村も満足で……死んだでしょう」

と再び涙を拭うのである。

百十九

「抱き起《おこ》してよくよく見ますと短刀で見事に心臓を貫いておったのです。けれども私はその御自害を非常に疑いました。不断注意深い方にも似合わず、街道の真《まん》中《なか》で御自害をなさった事です、それからその短刀です。私が十日あまり御一所《ごいっしょ》におりましたけれどもかつて見た事のない刀でした。その短刀は直《す》ぐ抜き取りまして側《そば》に落ちておった鞘《さや》に納めてその遺族の筐《かたみ》にしようと思って持って帰りまして丁度今日幸いに持って伺いました」

「どうも何から何まで色々の御心尽《おこころづく》しは誠に有難うございます」

「イヤ、当り前のことです。その時死骸を起して短刀の始末をしておりますと軍政署の露兵《ろへい》に見つかって、残念ながら死骸諸《もろ》とも捕虜になった訳で誠に少佐に対し軍隊に対して面目ない次第でした。その後開放になってから、すぐにも伺わなければならぬ責任がありましたが長崎へ着くと、もうこの不名誉の自分がどの足で日本国を踏まれよう、どの顔で皆様に会われようと思いまして、すぐに米国へ渡って今日まで御無沙汰致した訳でございます」

と語り了《おわ》って山本《やまもと》は、深く吐息を洩《もら》した。

「何のそれしきの事、何の働きもしないで捕虜になった軍人が大きな面《かお》で帰ってきますもの」

と老夫人は力を添える。

「イヤ、私はどうしても心に済まないのです」

と云いながら座を立って側のトランクを開いて紫の風呂敷に包んだ短刀を取りだす。

「これでございます」

と夫人の前に置く。

「オヤ、これは私の父が秘蔵の短刀でございました。榎本《えのもと》さんが隕石《いんせき》で鍛えたとかいう短刀です。この星《ほし》の銘《めい》を御覧なさい。もう一昔になりますが、私のまだ娘時代の時吉村《よしむら》は少尉でしたろう、その時露西亜《ロシア》へ留学に出かける門出に父が吉村へ下すった短刀です。吉村が露西亜から帰ってからほとんど十年も一緒におりましたが、かつて家の中で見ませんでした。不思議な事

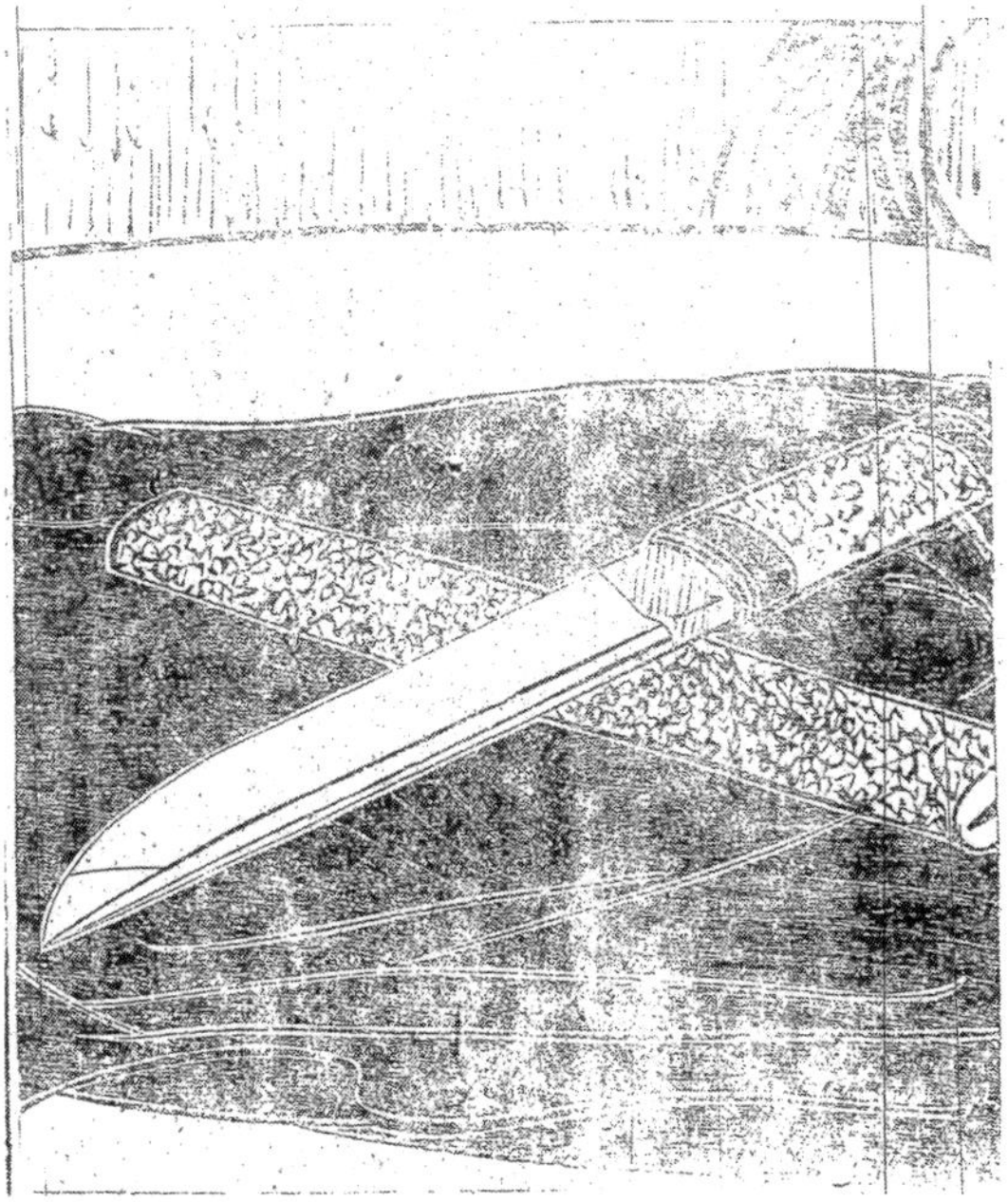

ですね」

と夫人は引きぬいたまま紫がかった輝きのある中身をじっと見据えると、痛々しいほど光った先がピリピリと夫人の神経を刺すように感じた。尖《さき》から中身へかけて五寸ほど露《つゆ》がかかったように曇っているのは夫の温かい心臓の血によって洗われた所でもあろう。じっと見据える夫人の眼は異様に変《かわ》って物凄い色をなした。光子《みつこ》夫人はまた母の病《やまい》が起《おこ》りかけたのであると思いながら、

「お母さん、私にも見せて下さい」

と無理に奪い取るようにして短刀を見たがもとより見る気ではなかったが、母から自分の手に受取った手前、形式的に眺めたのであったが、この紫がかった光は藍色《あいいろ》の水に湛《たた》えた底の知れぬ深淵にのぞんだように知らず知らず自分はこの光の深奥《おく》に引き込まれるように感じて身震いしながら目を反《そ》らした。

吉村は仕事が終えたのか、静かに歩を移して椅子にかかり、

「どうも非常に失敬しました。この短刀ですか、義父《ちち》が自害したと云うのは」

と光子から短刀を受取った吉村の手は非常に震えておった。

「御自害ではないような様子でしたがどうも分《わか》りません」

と山本は答えた。

百二十

幾度《いくた》び注意して見入っても確かに自分が二十歳の時まで肌身離さず持っておった星《ほし》の銘《めい》ある鮫鞘《さめざや》の短刀であった。

吉村《よしむら》はしばらく無言のまま幼き自分の記憶を呼び戻そうとして、心の中は非常に乱れて、茫《ぼう》としてしまい、知覚を失ったようになって椅子に凭《もた》れた。やがて何気なく夫人に向って、

「光《みつ》さん、今晩は山本《やまもと》さんを迎えて皆さんで緩《ゆっ》くり晩《ばん》餐《さん》をやりましょう。用意はいいのですか」

「ハイ、三時半ですからそろそろ致しましょう」

「そうねえ、お話はまた晩に悠然《ゆっくり》して戴だく事にして、仕度《したく》の方を手伝いましょう」

と老夫人は共に奥の間に立去った。

「しかし人間が死ぬという事ほど他愛のないものはありませんなア、少佐殿があんな風に死なれてしまったので私も非常に考えさせられました」

「ハア、そうですなア。その戦争は閉塞《へいそく》の任務を帯びた晩ですなア」

「ハイ」

「で父の死んだ場所はどこですか」

「丁度旅順《りょじゅん》市街の入口、露国《ろこく》軍政署の塀側です。何分夜の三時か四時の事ではあるし、はっきりしたことが発見されませんので誠に残念です」

と山本がさほど驚きもせず平然として云った。

吉村は実にこの平気で山本の口から漏れた言葉によって驚くべき宣告を受け取った。たしかに塀外で貴《あな》方《た》が狼狽《うろたえ》たまま殺人をした、殺された人間は貴方の義父だと云わないまでも山本の言葉は吉村には何となく絶対の力と権威の籠《こも》ったものであった。あの当時は戦争最中で一人や二人の敵を殺したからといって決して驚くべき事とも罪悪な事とも思い及ばなかったのであった。けれども敵と思ったそれが、わが同胞であり、わが義父であったとはどうしてあの場合想像が出来ようか。

「私は人殺しをしたのだ、その人は私の義父であった、私は義父を殺したのだ」

と独《ひと》り心の内で思った。吉村は慄然《ぞっ》として身を震わして顔色も追々に灰色に変《かわ》って口も微かに震いに妨げられて一言も云うことが出来なかった。

「一度《ひとた》び戦争を御覧になってみると分《わか》りますが実に非《ひ》道《ど》いものです。支那人だからって、露西亜《ロシア》人だからって人類という広い意味から云えば同胞じゃありませんか。この同胞が三寸の土地を争って御互《おたがい》に殺しっこをしておるのです。私は聖書の中にある『爾等《なんじ》全世界を得るともしその霊を失わば何の利益あらんや』という句がありますが、私はかく代えたのです。『爾等全世界を得るともその肉体を失わば何の利益あらんや』です。戦争は人間にとって大きな矛盾だと思います」

と山本は熱烈に説《と》き出すのであった。吉村も日本人にしては珍らしい山本の説に心を奪われるまではなかったがちょっと注意をして聞き入った。

「それは世界的また科学的に見た場合にはそうも云われます、が国民として考えたならばやはり戦争は避ける事が出来ますまい。同胞がお互に殺し合う位は何でもないことです。世の中には自分の父母を殺すものさえあるじゃありませんか」

と思わず口を辷《すべ》らして、自分の苦しい心持《こころもち》の一片を云い現わした。自分ながら自分の頼りない弱さを感じたのである。

百二十一

山本《やまもと》は、吉村《よしむら》のその口吻《こうふん》をさも不審そうに眺めて、

「そう云ってしまえばそんなものですがな。しかし人類がお互《たがい》いに棲息して行くにはあながち必ずしも戦争のような惨酷《ざんこく》の挙に出《い》でないまでも、もう少し何《な》んとか平和の手段でお互に生きて行けぬものですかな」

と、山本は非常に落付《おちつ》いた調子であるけれども、吉村は山本の話に耳を傾けて、そんなことに議論を上下するという考えは少しもない。ただ自分の苦しい胸の一端を、思わずも激した結果は議論めいた口調で、口をついて出たのであるから、

「そうですねえ」

と、気のない返事をして、心は絶えず暗い疑惑の雲に抑《お》し詰められるような苦しい圧迫を感じていた。

山本は、その有様を更《さ》らに不審そうに眺めるのであった。

＊　＊　＊　＊　＊

そこへ晩餐《ばんさん》の仕度《したく》が出来たので、二人は食堂へ案内された。

「せっかく久し振りにお目にかかりましても何んの御《ご》愛相《あいそう》もありませんのですよ」

と、老夫人はつつましやかに挨拶するのであった。

「イヤ、こうして皆様と一緒に御夕飯などを頂きますと、少佐殿の在世中のことなど思い出しまして涙が出ます」

と、山本は大きな目に正直な涙を光らしている。

吉村夫人も思わずホロリとした。

吉村は、山本が持って帰った短刀を見てから心は急に暗くなった。昨夜も一夜まんじりとも眠りもせずに考え明かしたのであるが、どう考えてみてもあの時自分の殺したのは正《まさ》しく光子《みつこ》の父――知らぬことと云え光子は父の敵《かたき》を夫とし、夫人は夫の敵を自分の愛する娘の聟《むこ》としているのである。何んという恐ろしい運命の仕業《しわざ》であろう。

「そんなことはない、そんな恐ろしいことは有り得る

はずがない」

　こう強く打ち消してみても、現にあの短刀は、自分が生母から譲り受けて殺すと共に、そのままにしたものではないか――しかも、時も場所も同じとこだ、自分は確かに……と、思わず背に冷たい汗が流れた。

　と、吉村は翌朝蒼《あお》い顔をして起きてどうにも自分の胸の疑惑を確めるには直接姑《しゅうとめ》に聞くより外《ほか》ないと、茶を済ますとやがて老夫人の室《へや》へと行った。

「実は、あの、昨日山本さんが持ってお出《い》でなさった、短刀のことでちょっと聞いてみたいことがあるのですが、あれは一体お父《と》っさんが不断に持っていらしったものですか」
　と、おずおず聞いた。
　老夫人は変な顔をしたが、
「ええええ、不断持っていらしったものだよ。露西亜《ロシア》へ行く時にもやはり持っておられたものだがね、何んでもお父さんには、確か私に隠した一人の男の子があるはずです。それに会って名乗り合うことが出来れば分《わか》るのですがねえ。何しろ三十五六年も前のことだから、その子供はどうなっているものか分りませんよ」

百二十二

吉村《よしむら》の胸中は老夫人の物語を聞いて再び疑惑の雲が重なり合うのである。でこの場合吉村はどうしても落《お》付《つき》のある自分になる事が出来なかった。自然に出《い》ずるべき言葉も非常に静かであったり、非常に早かったり、色々な発作的な物の云い方をしたのである。

「三十五六年前から随分古い事ですから先方も忘れているじゃないですか、それで何か名乗り合うために証拠となるべきものがあるのですか」

「さア吉村が彼方《あっち》におった時に日本人間の疑いを避けるために森山《もりやま》とか偽名してあったそうです」

「ええ、森山！　森山！　森山ですか」

「ええ、森山です何か心当りでもあるのですか」

と吉村の不審な顔を見て夫人が尋ねる。

「いいえ何にもありません」

と前《さき》の不審に比べては案外平気な顔で吉村は答えた。

「ですから名前の上からは無論名乗る事は出来ますまい。あちらで森山とでも名乗っておればこちらから探す事も出来ましょうが……で昨夜の話だとあの鮫鞘《さめざや》の短刀を後《のち》のためその女に与えたのだそうですが、吉村の自害したのを見るとまだ自分で持っておったらしいのですねえ。するとまアよくよく縁がない訳です。どんな工合《ぐあい》かで巡《めぐ》り会う外道《ほか》がないというものです」

と当惑そうに夫人は下を向く。

「あの短刀をその人の母親に与えたというのですか」

「エエ」

「その話は皆《みん》な本統《ほんとう》なんですか？」

と調子外《はず》れの声でいった。

「何《な》んです貴方《あなた》は、そんなに真面目《まじめ》に虚《うそ》をいってどうなるとお思いです」

と少しむっとして夫人は云った。

「アアそうですねえ」

と落胆《がっかり》したような調子で吉村は口を閉じたまま、ほとんど人形のようにしばらくは身動きもせずに沈黙を守った。吉村の心内《こころうち》は火の車で引廻《ひきまわ》されるように烈《はげ》しく種々《いろいろ》な苦悶と絶驚《ぜっきょう》とによってほとんど絶望にまで達したのである。義父を殺したと思いの外、日頃心胆《しんたん》を

砕いて探し廻っておった生《うみ》の父を殺したのだ。この恐るべき悪《にく》むべき罪悪を行った上、腹違いとは言え肉身の妹と同棲して子供まで成したではないか。
愛妻光子《みつこ》は我が妹であったのだ。嗚呼《ああ》何たる穢《けが》れ、何たる呪詛《のろい》であろうか。
一方において若き仁愛《じあい》に富める吉村は社会より多大の尊敬と、廃兵《はいへい》よりは神に近き人とまで讃《たた》えられながら一方においては生の父《おや》を殺し、肉身の妹と関係して一子を挙げた、人面獣心であった。神の摂理は人間を愚弄《ぐろう》する力ではあるまいか。神の光りは闇黒《まっくろ》に等しいものではなかったろうか。恐るべき過去の罪禍《ざいか》は、恐るべき疑惑を生んで、吉村の信仰を蹂躙《ふみにじ》ったのである。三十有五年の夢ここに初めて醒めてみれば四囲《い》は、呪《のろ》詛《い》の焔《ほのお》を以《もっ》て十重《とえ》二十重《はたえ》に囲まれおったのである。彼《か》れにとっては日の光りも見苦しき自分を眺むべき呪《のろい》の光りである。温和であった銀の月の光りも苦しき自分の存在を思わしむる光りである。彼れが半生の光輝ある生活も今は雲のごとく消え去って、失われたる自分を自分とも思わずほとんど喪神自失の界《さかい》に埋《うず》められたのであった。

百二十三

吉村《よしむら》は自分の寝室に愛児一《はじめ》を抱《いだ》いて寝ることは毎晩の例であったが、この三日前からはほとんど忘れたようにただ独《ひと》り寝室に錠を閉《とざ》して眠るのであった。そしてこの三日間はあてもない苦悶と恐ろしさに全く眠れなかったのである。今しも寝返りを激しく打った吉村は、ハッと驚いたように半身を起して、凄いほど血走った眼を大きく開けて寝室の四囲《あたり》を見廻した。青ざめた顔は不眠症のために痩《や》せ衰えて、充血した二つの眼は黒く薄暗い室《へや》の中に輝いておった。彼《か》れはしばらく寝台の上から、室内を捜すように眺め廻しておったが、山の手線の彼方《かなた》で遠く汽車の汽笛が鳴り響いたので初めて我に帰ったようにホッと吐息を漏《もら》して、崩れるように再び枕についた。が更《ふ》け渡って静まり返った夜はますます吉村の神経を刺戟《しげき》して身体《からだ》が深い淵に引張り込まれるように思われる。そしてこの静かに闇《くら》い夜の蔭には体《てい》の知れぬ怪物が何か潜《ひそ》んでおって、自分の眠りを妨げるのだ、こう思うと再び目を開けて見なければ済まない。

「オイ誰だ」

と小声で呼んでみたが、依然として時を刻む時計の音に、夜はますます深く寂寞《せきばく》の中《うち》に進んで行く。彼れは振返って背中の方の闇を見た時に、真暗《まっくら》い中に霧のように動いたものを見出《みいだ》した。じっと目を据えると真暗いテーブルの影が測り知れない深い深い穴に見える、そしてその穴の奥深く青白く光るもの、それは大きな人の頭の白骨であった、そしてますます近く彼れに迫るのである。彼れはその白骨が近づいてほとんど彼れの顔に触れるかと思った時、彼れの心臓は圧《お》しつぶされたような苦しさと、不規則な鼓動を続けたのであった。冷《つめた》い風になぶられたかと思って、ハッとした時はもう白骨の影は跡方もなく消え失せた。戸外の廊下には足のない廃兵《はいへい》が義足をつけて歩く時に聞く微かな音を聞いた。無論廃兵のそれではない、骨と骨とが歩く度《たび》ごとにすれ合う音だ、この室をねらって忍んでくるのだ。もう戸の近くに聞える、ハンドルに触るる音だ、確かにそうだと思って彼れは鍵を以《もっ》て閉めた室の戸に

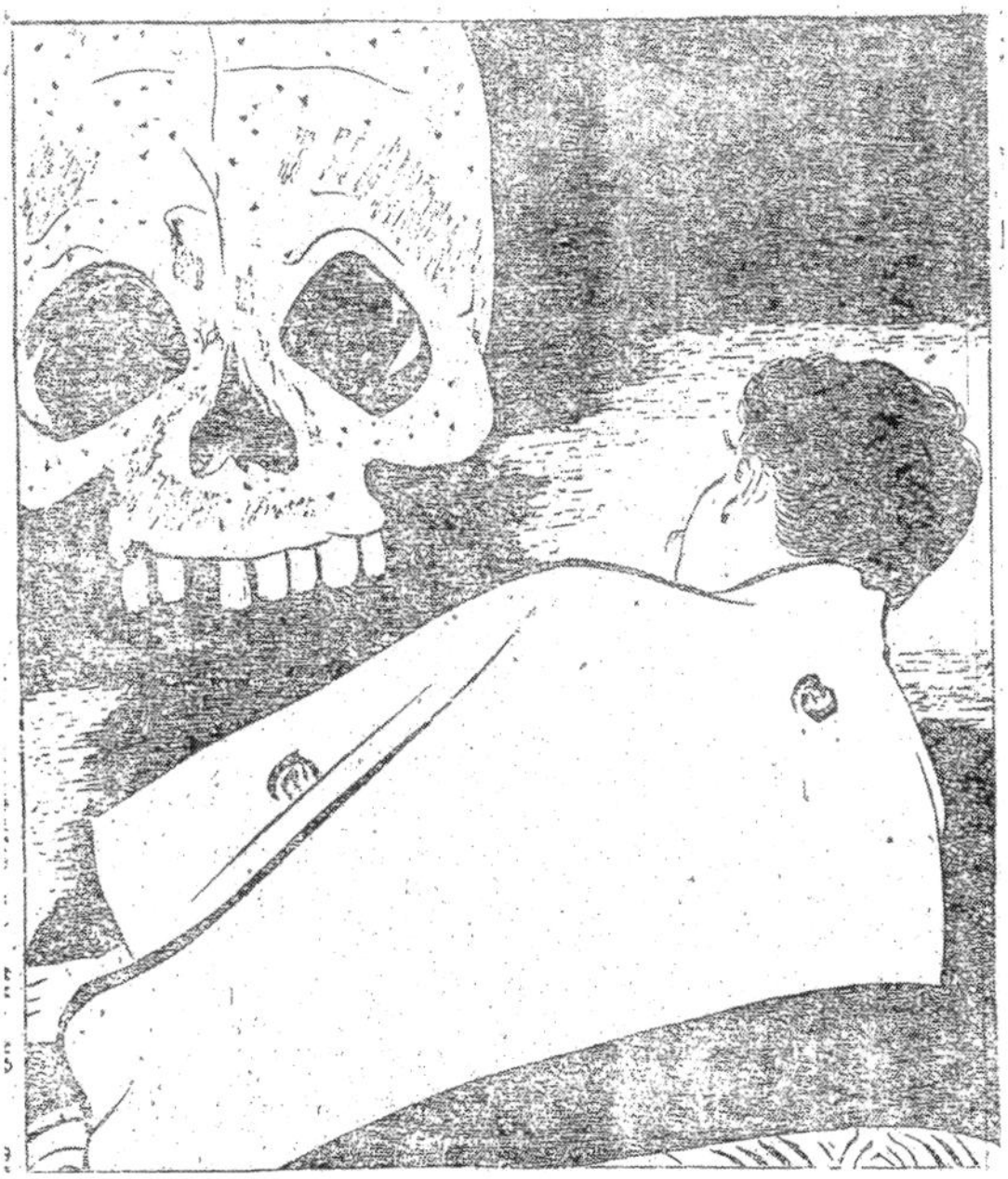

忍び寄って最も静かに注意を込めて鍵をかけた。けれども戸は自然に開かれて闇の中から寒い風が室内を遠慮なく吹きまわるのであった。
吉村はこの時まで自分は何のために、恐れ戦《おのの》くのであるかという考えも出ないほど失神しておった。白痴のように茫然《ぼんやり》して狂人のように極端な事をしたのである。だから生《うみ》の父を殺し妹と同棲した事に対して、世間や家族に負うべき自分の責任すらも考える事が出来なかったけれども、追々《おいおい》に自分から自分を見る事が出来たというのは、もう意味のある苦悶の第一歩に踏み入ったのである。すなわちこの訳もない苦悶と恐怖の囲みから自分を許したい願いが湧いたのであった。もう堪《たま》らなく彼れは信仰の念に燃えて再び温かい神の懐《ふところ》にすがって汚れたる身体をなげかけ悪《にく》むべきこの手を合せて泣き伏したのであった。しばらくは身動きもせず黙禱《もくとう》を続けておったが平静に帰った時分は新たな感情が溢れるように漲《みなぎ》って果ては震いを帯びた声さえ微かに聞えて、神の御前《みまえ》に懺悔《ざんげ》するのであった。

百二十四

吉村《よしむら》は感情の昂《たか》ぶるままに身を震わし起き上って寝台から辷《すべ》り降り、跪《ひざまず》いて微かながらも戦《おのの》く声をふり絞るようにして祈ったのである。物音を秘めた夜の空気は、淀みない言葉を明瞭《はっきり》と室《へや》の四囲《まわり》に響かせたのであった。

「全能なる我神よ、いかに知らざればとて、我生《わがうみ》の父を殺せしこの私、この手が腐り落つるとも厭《いと》いません、この胸が張裂くるとも厭いません、この足が粉々に砕け失せても構いません、よしこの身体《からだ》が焦熱地獄の湯《ゆ》釜《がま》の中に投げ込まるるとも何の恨みがありましょう。されど神よ、いつまで我はわが犯せる恐ろしき罪業《ざいごう》にによって苦しまなければならないのでしょうか。私が憐れなる廃兵《はいへい》は私を神の使徒と信じわが愛する同胞は我等《ら》を最も善良な国民の一人として尊敬しております。ああ、いかに知らざればとて、われは過去十年の間、彼等《ら》を欺いたのであります。今更《いまさら》彼等の前にわが類い稀《ま》れなる大罪悪を告白すべく、私の心はあまりに弱くあります。この場合私はいかなる責《せめ》を負う事さえも考える事が出来ません。願わくば神よ、あなたの御手《みて》によりてこの穢《けが》れに充てる身体を判ぜられ、一日も早くこの苦しき罠《わな》の中より免《まぬが》れしめ給《たま》え……ああ、神様よ、運命の恐ろしい呪詛《のろい》の炎に焼かれつつあるこの憐れなる身体と精神とを顧《かえり》みたまえ、いかなる前世の約束なればかくも恐ろしき殺人罪を敢《あえ》てした上に、血を分けたわが妹と汚《けが》らわしき夫婦の契《ちぎり》を結ばなければならなかったでしょう。ああ道ならぬ契の中に生《うま》れし一人子《ひとりこ》は黒白《あやめ》も判《わか》らぬ盲目《めくら》であります。呪詛に充ちたるこの父母の醜さを見せまじとの神様の御心でございましょう……神様よ、いつまでこのわれは苦悩の中に悶えなければならないでしょうか。速《すみや》かにこの世より汚れの塊りに等しき我を取除きたまえ……」

と吉村は疲れた身体を寝台に投げかけて、しばらく顔を上げなかった。やがて身を起《おこ》そうと立上ったが身体は夥《おびただ》しい脂汗《あぶらあせ》をかいて、血走った上に昂騰《たかぶ》った眼は既に灯《ともしび》の光りも認むることが出来なかった。頭が湧き返るようになって再びそこに倒れて起き上ろうともしなかった。物という物、ことごとく眠っておる、真夜中であるという感じは、鼠《ねずみ》が天井の上を忍ぶ足音にも聞かれる。この無言の境を音もなく吉村の室へたどり付いた大男があった。この黒い影はしばらく室の内部を伺って、なおも忍び入るのである。やがて金庫の側《わき》に立止まって寝台の方に注意すると、吉村が怪《あや》しくも取乱した体《てい》で、床の上に身動きもせず、眠っておる事に気が付いてギョッとした。なおひそかに金庫の側に身をひそめて吉村の寝息を伺った。厚い覆いのある電灯の薄暗い光は定かに大男を見る事が出来ないが、洋服姿から推《お》せば、確かに岡見《おかみ》の姿であった。この姿の再び金庫の前に立ってポケットの中から合鍵を出して金庫の扉《ドア》に持って行った時、

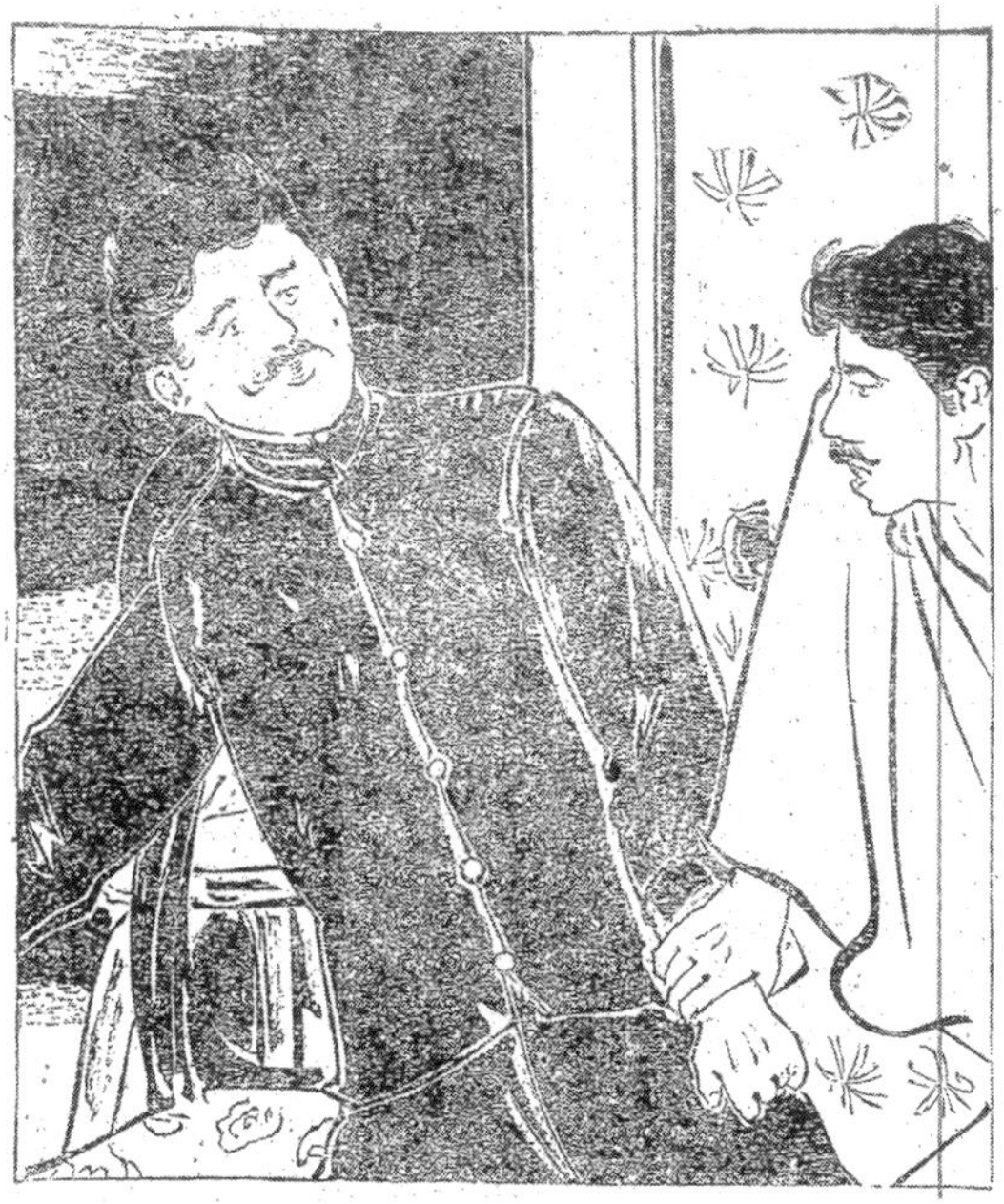

「お父さん」

と吉村はけたたましく叫んで跳ね起きて戸口をじっと睨《にら》んだ限《き》り動かない。盗賊は腰を抜さんばかりに驚いてしばらくは金庫の前に、蹲《うずくま》ったきり動くことが出来ず真正面に恐ろしい血相の吉村の顔を眺めて凝《じっ》としておった。

「お父さん、許して下さい」

と戸口の方へ歩み寄って、暗《やみ》を睨みながら、

「お父さん、私はもう何《な》んにも貴方《あなた》に申上げる事が出来ません。恨めしいでしょう、ただ貴方の子の林浪雄《はやしなみお》と、貴方の娘の吉村光子《みつこ》とが結婚をしまして盲目の児《こ》を産んだ事を記憶して下さい。お父さん、何とか仰《おっ》しゃって下さい」

と影を追っかけやるように室中を狂い廻って金庫の側へ来た時、盗賊は驚いて立上った。

吉村は盗賊の手頸《てくび》を固く捕えて、

「お父さんッ」

「院長ッ貴方どうなすったんです」

と云われて吉村は再び我れに帰って、

「アア、岡見さんですか、貴方どうしてここへ」

「イヤ、貴方の室が騒々しかったものだから宿直部屋から見に参ったのです」

百二十五

「栄光」の女将《おかみ》お時《とき》は、自分が露西亜《ロシア》の日本亭へ奉公していた時、両親《ふたおや》に別れた哀れな孤児《みなしご》で、日本亭の小主人であった浪雄《なみお》を育て上げ、同僚の妬《そね》みに妨げられて、心を残して別れた限り、今日まで折に触れてこの痛ましい追懐《ついかい》に泣いたことが度《き》々《たびたび》であった。当時の小主人が今の廃兵院《はいへい》長吉村《よしむら》浪雄である事を聞いた時は、もう矢も楯《たて》もたまらない会ってみたいの一念で、毎日気を揉《も》んでいたけれど、吉村は真面目《まじめ》な慈善事業家、自分は芸者家の女将、世間の手前を憚《はばか》って、どうしても会うことが出来なかったのだけれども、固い縁の結び目はそんな世間の体裁に解き放されるようなことはなかった。女将は終《つい》に吉村を訪問したのだ。給仕に導かれて吉村の部屋に入るや否や、

「浪雄さん、よく達者で立派になって下すった」

と、嬉《うれ》し涙を流すのであった。

「オヤッ、お時さん、よく尋ねて下さった」

と、吉村はしばらく無言であった。

「あの後《のち》のことは、もうただ日本へ帰りたいばかりで途中いろいろの目に会いましてようやく日本へ帰りました。商売の事で種々《いろいろ》考えた末、女手一つでやる事でございますし、立派な事は素養のない身の悲しさに何事も思い断《とま》り身分相応な芸者屋を初めました。自分では通り一片の芸者屋とは違ったやり方をしているつもりでございます。初めて貴方《あなた》のお名を伺った時、会いたくは思いましたが、私の今の身を考え、もしも貴方の御身《おんみ》に触《さわ》りはすまいかと世間の手前を思い毎日心《こころ》許《もと》なく思っておったわけですの。でも私は貴方の今日まで聖書を離さずにいて下さったことは、本当に嬉《うれ》しい事でございます。ただ私のような腐った者の中から貴方のような立派な芽生えを見ることは全く神様のお力だと思います。私はもっとも神様の前には芽生えの後の腐った殻のようなものでございます」

と扮装《なり》に似合わぬ宗教談を初めた。

「お時さん、僕の小さい時は、いろいろご面倒かけましたねえ。僕は何故いつまでもあの時の浪雄でいなかったろう、アア時の進《すす》みというものは恐ろしいものだ」

と、つくづくと嘆息《ためいき》を洩《も》らして、再び言葉をつづけ、

「もうこの浪雄は貴方と口を利《き》くことも出来ないほど、落ちぶれた。何も云うて下さるな、言われれば言わる

るほど嘘も言わねばならぬ。立派な種から芽生えした浪雄は、実を結ぼうとして、時ならぬ霜に逢うて、もう枯れるばかりだ」

と、蒼くなった顔を反《そむ》ける。

「何故貴方はそんなことを仰言《おっしゃ》るの。私はもうこんなに立派になった貴方とお会いしたことを、何より嬉しく思っておるのです。私こそ身分を考えると、この後も御交際が出来るだろうかとそれを思うと心配しているのです」

「人間には身分なぞは何《な》んにもなるものではありません。そんなことは心配なさるな、小さい時の聖書の先生で、いつまでも可愛がって下さい」

と、話しているところへ、給仕が這入《はい》って来て、

「岡見《おかみ》さんがちょっと御面談したいことがありますが、御都合はいかがでしょう」

「ウム、今ちょっとお客さんだが、急ぎなら直《す》ぐ会いましょう」

「ハ」

と、給仕が恭々《うやうや》しく一礼して立去ると、お時は
「貴方、私、岡見と云う男を知っているのですよ。岡見さんも工合《ぐあい》が悪いでしょうから、ちょっと私を別室に置いて下さい」

と立てば、

「それじゃ、ちょっとの間でしょうから、その幕の向うの部屋へ入っていらっしゃい」

と、お時は絞り上げた幕を下して次ぎの小さな部屋に隠れた。

百二十六

お時《とき》が隠れると共に入ってきたのは岡見《おかみ》である。

「ヤヤ、まあ掛け給《たま》え」

と、吉村《よしむら》は椅子をすすめた。

「お邪魔しますが、実は少し内談がありまして……」

と、腰を下すと、まずジロリと吉村の顔を眺めた。

「と云うと……？」

「外《ほか》でもないですが、貴方《あなた》の一身上のことについてです」

「私の一身上について内談？　何も私の一身上に関して君から内談を受ける用件はないと思うが……」

「そんな事はないはずです。だが、それはどうでも好《い》いとして、実は少々金を拝借したいのです」

「さあ、それは出して出せぬ事もないが一体どうする金ですか」

「どうすると云って、それを貴方に聞かれるはずはありません。貴方は私に金さえ渡せばそれで好いのです、使うのは僕の自由だ」

「そんなことは、たとえどれだけの金でも渡されません」

吉村はキッパリと断ると、岡見は少し笑《えみ》を含んで、

「しかし院長、貴方も、今の社会的地位の名誉を、私の要求するだけの金で買うと思えば安いもんじゃありませんか」

「君の言われることは、私にはちっともわからない」

「わからないはずはない、胸に問うてみれば分《わか》ることです」

「分りません、何か知らんがそんな強迫がましいことは止《よ》して、どうです。お互いにこうしている以上は、困る時は助け合うのは当然のことですから、卒直《すなお》に用途を明らかにしてこれだけの金が、これこれのことに入用だからと、打ち明けることにしては？」

「ハハハハ分りませんか、じゃ卒直に言いましょう。私は貴方の秘密を残らず握っているのです」

「私の秘密？」

「白《し》らばくれるのはお止しなさい。昨夜金庫の側《そば》で私は、貴方の神に対する懺悔《ざんげ》を聞きました。しかし、御

安心なさい、聞いたのは私一人です。貴方の名誉、地位、それは今となっては皆胸一つにある、言わば貴方の死活は私の掌中に握っている。どうです、何も知らない世間は貴方のことを慈善家だと云って何も知らぬ廃兵《はいへい》どもは貴方のことを神とまで云って、貴方の名誉を表彰するために銅像まで立てて、その除幕式も二三日の間に迫っている今日です。その貴方は……」

と、殊更《ことさら》に言葉を切って、吉村の顔をまじまじと見詰めた。これだけ云えば、吉村がどんなに驚き、どんなに慌《あわ》てて、自分の要求する金額を直《す》ぐにも前へ並べるだろうと思ったのに、案外にも吉村は慌てず、騒がず、眉も動かさず瞑目《めいもく》していたが、いつまで経《た》っても岡見が言葉を次がぬので、

「その私が？……」

と云って、静かに眼を開いて岡見を見るのであった。

「院長、貴方はそれが聞きたいのですか、では云いましょう、貴方は……」

と、その途端に後《うしろ》の室《へや》の幕を絞って現われたのはお時で、

「岡見さん、お珍らしい処《ところ》でお目にかかりましたね」

と云って、岡見の前に立った。

百二十七

岡見《おかみ》は、女将《おかみ》のお時《とき》の姿を見るとさすがに狼狽《あわ》てて、

「や、お時さんか」

と顎《あご》の、あたりを撫《な》でる。

「え、お時です。見たら分《わか》るじゃありませんか」

とお時は冷やかに云って、傍《そば》の椅子に腰を下ろした。

吉村《よしむら》は一語も吐かずに、二人を見るでもなく、また、その会話《はなし》を聞くでもなく、瞑々黙々として静《しずか》に眼を閉じている。

「女将は、どうしてこんなところへ来ているのだ。意外だよ」

と岡見は、ばつが悪そうに云った。

「どんな所へ来たって、私の自由じゃありませんか。人間というものはどこでどんな人に会うか分ったものではありません。だから悪いことは出来ないのですよ」

と、終りの言葉に力を入れて云う。

岡見は、いかにも当惑したというような様子で、

「困るな女将、少し院長に用談があるから、少し控えていてくれんか」

と頼むように云う。

「だから、人間というものは悪いことは出来ないものだと云うではありませんか。まだ分りませんかねえ」

「何がさ」

と、白《しら》っぱくれる。

「何がさもないものですよ、貴方は院長を強迫して金にしようとするのでしょう。お止《よ》しなさい、貴方《あなた》はそういう不正なことをして取った金を、碌《ろく》でもない道楽の金に使ってしまうのでしょう、罰があたりますよ」

急所をさされて、さすがの岡見もギクリとしたが、

「何を云うのだ」

「根のないことは云いません、実際のことを云うのです」

「実際のこと？」

「ええ、誰《だ》れが嘘を云うものですか、何《な》んならあの妓《こ》の手から来ている証書をここでお目にかけましょうかね」

と、お時は静かに……しかしながら皮肉に云うのであった。

「証書」と聞くと同時に、岡見はますます慌《あわ》ててし

まった。

「そんなものを見る必要はない、オオ僕は大変な用事を忘れていた」

と、チョッキのポケットから時計を出して見て、

「これや間に合わぬかもしれぬ」

と、独言《ひとりごと》のように云ったが、慌《あわただ》しく立ち上って吉村に向い、

「では院長、今の話の続きは後刻《ごこく》参りますから解決して下さい」

と、云い捨ててドアを排して、あたふたと出て行った。

吉村は口も開かぬ。その後《うしろ》を見ようともせぬ。顔色も動かさず、あたかも石で彫った像のように黙々としている。

お時は岡見の後を見送って、やがて吉村の方へ面《おもて》を向け、

「ねえ、浪雄《なみお》さん、今岡見の云うことを聞くと、貴方には秘密があるって強迫してるじゃありませんか。どんな秘密か知りませんが、小さい時からお馴染の私に打ち明けて下さいませんか、また力にならない限りもありません。膝とも相談と云うじゃありませんか」

と、真心を籠《こ》めて云った。

吉村はやおら目を開けて、

「有難う。だが、時が来たら総《すべ》て分ります。私は、私の秘密を社会に向って告白せねばならぬ」

と、断乎《だんこ》として云った吉村の顔はあたかも土のごとくであった。

百二十八

今日は社会からは慈善家の模範として仰がれ、多くの哀れなる廃兵《はいへい》からは神とまで崇められ、一世の人望と渇仰《かつごう》とをその双肩に集めている廃兵院長吉村《よしむら》の名誉を表彰するために立てられた銅像除幕式の当日である。空はあくまで晴れ渡ってうららかな日影はさながら院長吉村のために祝意と感謝の意を表するもののように、柔らかなあたかも慈母の愛に満ちた瞳にもたとえるように光りをたたえて地上の総《あら》ゆるものに注いでいる。銅像の除幕式を行う式場には赤と白とのだんだら染めの幕を張り廻《めぐ》らして、今日の吉村の名誉を祝そうとする人々は、まだ朝の十時というにもうこの式場目がけて続々として繰り込んで来る。式の始まる一時間前には、さすがに広い場内ももはや立錐《りっすい》の余地もないという有様であった。

来賓席には朝野《ちょうや》の貴顕《きけん》紳士、貴夫人令嬢がひしひしと詰めかけ、廃兵席には、手を失い、足を失い、明《めい》を失った多くの哀れな廃兵が、さながら箱の中にでも詰められたように、身体《からだ》を小さくして一パイに押し寄せている。普通の人々の席も満堂《まんどう》人を以《もっ》て溢れているという有様で、式の始まるのを今や遅しと待ち構えている。

式場の左手は鉄の鎖を以て囲まれ、その中央には大理石を高く築き上げて、その上に立てられた銅像は真《ま》白《しろ》い幕を以て蔽《おお》われている。吉村の挨拶と共にこの幕が下《おろ》されれば、屹然《きつぜん》として立ったこの銅像は、長久《とこしえ》に衆人に仰ぎ見られるところとなるのである。

式は今、既に始まろうとしている。家族席には吉村老夫人、光子《みつこ》、哀れな盲目《めくら》の子一《はじめ》も母の傍《かたえ》におとなしく控えている。

やがて、式場の前方中央に設けられた演壇の上に、当日の式場を主催する人物が現われて、只今から式を初める旨《むね》を述べ、簡単に吉村が今日まで哀れな同胞のために尽してくれた慈愛を感謝し、その博愛の心をたたえて、

「かかる吉村氏のごとき人物を我々同胞の中《うち》より出しましたということは、我々同胞全体の名誉でもあり、

矜《ほこ》りでもあります。かくのごとき人物の名誉を表彰するために今日のごとき挙のあるということは誠に至当の事で、また一面にはこういう挙に対して我々は熱誠を尽すことの出来るのは、我々の光栄とするところであります。只今、吉村院長が一場の御挨拶をなさいますから、私はほんの開会の簡単なる言葉を述べるに止《とど》

めておきます」

と壇を下った。人々の盛んなる拍手の音はそれを送ったのであるが、あたかも吉村院長の登壇を待ち憧《こが》れるもののようにも聞かれたのである。

間もなく壇の上に現われたのは当日の主賓吉村院長である。人々の盛んなる拍手の音は満場割れんばかりに鳴り溢れた。吉村はその拍手の音の徐《おもむ》ろに静まるのを壇に立ったまま緘黙《かんもく》して待っていた。

吉村老夫人も、光子も、かくのごとき歓声に迎えらるる我が聟《むこ》、我が夫のりゝんたる姿を、さも満足気に打ちまもったのである。

けれども見よ、固く口を緘《かん》して突っ立った吉村の顔を。顔色は蒼白にして深く刻まれた眉間の皺《しわ》には堪え切れぬ苦悶の色を帯び、頬の肉は痛ましくこけている。今日のこの歓びを受ける人とは到底思われない、暗い顔をして、固く緊《しま》った唇の辺《あたり》には今や何事をか説《と》かんとする決心の色を帯びている。

百二十九

その憔悴《しょうすい》した顔色を見ても、怪《あや》しく狂おしく光った瞳の色を見ても、いかに吉村《よしむら》がこの数日来《すうじつらい》の夜も昼も人知れぬ、苦悶に胸を掻き毟《むし》られたかが分《わか》る。運命の不思議なる憎しみは、あたかも惨忍《ざんにん》なる悪魔の黒き爪のごとく、吉村の柔らかな心臓を掻き破ったのであった。

人々は、初めてこの吉村の凄いような表情に気が付いて、いまだ一語も吐かないのに急に満場水を打ったような静かさになって、不審そうに吉村の顔を打ち眺めるのであった。

吉村は人々の静まるのを待って、

「諸君？」

と、まず口を開いた。一語、極めて沈痛な響《ひびき》を帯《お》んで、人々は今更《いまさ》らのごとく粛然として襟《えり》を正さずにはおられなかった。

場内には山本《やまもと》もいた、岡見《おかみ》もいた。女将《おかみ》お時《とき》もいた。

「諸君は、人間の運命の到底人心を以《もっ》て計るべからざる不可思議を感じたことがありますか。もし、我れ我れの一身一生を支配する運命が神の摂理であるとするならば、ああ、その神を呪わねばならぬほど、運命の手は惨酷《ざんこく》に我れ我れ人間の上に迫ってくることがあります。

しかしながら、神の心は広大だ。不可思議な……しかも惨忍な運命に弄《もてあそ》ばれて、直ちに神の摂理を疑い、神を呪い神を汚すのは、人間の小ざかしい、しかも哀れな僭越《せんえつ》であります。

オオ、神よ許して下さい」

吉村の蒼白な顔には、抑え切れぬ劇した心の血が上《のぼ》って、頬のあたりにはかすかに紅《くれない》を呈した。

人々は今日のこの歓びに対して、奇怪なる吉村の態度なり、言葉なりに、何《な》んのことかさっぱり要領が得られず狐につままれたような顔をして、呆然と吉村の口元を見詰め、更にいかなる言葉がその口から吐き出されるかと待ち伺った。

吉村はほとんど喪心《そうしん》せるかのごとく口を噤《つぐ》んで瞑目《めいもく》したが、やがて決然としてテーブルの上のコップを取ると共に、グッと一口咽《のど》を湿《うるお》して、屹《きっ》と、満堂の人々を見渡して、その瞳は怪《あや》しく輝いていた。

「諸君」

「もし、世の中に父を殺し、妹を姦《かん》してそれに子まで生《うま》せたような、大罪を犯した人間がありましたなら、諸君はその憎むべき大罪人に向っていかなる制裁を加

えられますか。八ツ裂き火焙《ひあぶり》……いやいや、そんなことでも慊《あきた》らない。しかも、その人間が社会からは慈善家と仰がれ、多くの哀れなる不具者から慈父のごとく慕われて、あまつさえその者のために……その者の名誉を表彰するために……銅像まで立《たて》られてるとしたなら、諸君はこれに対してどう考えられます。いや、その者の身にとったら、良心の苛責《かしゃく》はどんなものでしょうか。地獄に落ちて火の釜に焼かれるよりも、更に幾倍、……いや幾万倍した苦痛があるに違いありません。親を殺した大罪人、妹を姦した大罪人、それが社会的模範人物で銅像まで建ててその者の名誉を表彰する、世の中にそんな転倒したことがあり得る道理はない。けれども、事実あるのだから、これを否定することは出来ません」

と、吉村は狂おしくコップを手にして、再びグッとあおった。

百三十

吉村《よしむら》の顔色は一時興奮して薄い紅《くれない》を呈したのが、今や、全く蒼《あお》ざめて唇の色は土のごとく変り、息遣いさえ忙《せわ》しくなった。

「しかし諸君、あるいは運命の中の不可思議な悪戯《あくぎ》が、その男をしてそういう境遇に立たせたので、事実、その男には何《な》んの罪もないかも知れぬ。もし、その男の罪を憎むとしたなら一層溯《さかのぼ》って神の真理を憎まねばならぬことになる。けれどもその男自身の心様《こころさま》になったらどうでしょう。知らないことであったと平気でおられましょうか。また、人の清廉《せいれん》な良心というものは、それを責めずに許すほど寛大なものでしょうか。

いや、そんなことは今ここで問題とすることではない。その男は、その男自身のために、我が一身を処決《しょけつ》しなくてはならぬはずだ。さらば、いかにしてこれを処決するか、解決は極めて簡単です」

と、三度《みた》び盃を上げて咽《のど》を湿《うるお》した顔色はいよいよ紫色に変じ、瞳の色さえ鈍ってきたのである。

吉村はかすれるような声を、力を入れて振り絞って、

「諸君！」

「解決は極めて簡単であります。呪われたるその男の生存は、もはや、この世に生存して行く権利のないものだ。彼《か》れの生きることはすなわち神の思召《おぼしめし》ではない。彼れの眼はこの世の輝かしい光りを見ることを許されず、彼れの肺腑《はいふ》はもはやこの世の美しい空気を呼吸することを許されず、彼れの肉体はもはやこの貴重な世の中の一理《り》に存在することを許されないのであります。彼れは、彼の自身の手に滅びよというのが神の思召であります」

吉村院長は、もはやここに立っているに堪えないので、よろよろと倒れかかる膝に力を入れると共にようやくに踏みこたえてその鈍る眼光に聴衆を見て、

「諸君」

「そういう不可思議な運命に弄《もてあそ》ばれた男は、誰でしょうか、その男はどこにいるでしょうか、神からそういう機先《きさき》を受けながら、いまだに長らえているでしょうか」

「ああ諸君」

「その男とは外《ほか》でもない、この私です、吉村です。父を殺し、妹を姦《かん》した大罪人は、すなわち、ここに立ったこの男です」

満場は湧き立った。吉村老夫人も、光子《みつこ》も、ほとんど困倒《こんとう》しようとした。

吉村は、左の乳のところを右の手でシッカリと抑えて、場内の騒ぎを物ともせず、苦しい最後の声を振り絞って、

「しかし諸君」

「この吉村はすなわち神の摂理に従って、只今、ここで諸君の側《まえ》に自分の罪を懺悔《ざんげ》すると共に、自らの一身を処決しました。もう駄目です、私の三度《た》び傾けたこのコップの水には、恐ろしい毒が入っております。どんなことをしたって、私の生命は今三分と保《たも》ちません。三分の後には、眼にこの光りを眺め、口にこの空気を呼吸することはありません、総《すべ》て神の摂理であります」

と、息も絶え絶えに云ったが、見る見る一塊《いっかい》の紫血《しけつ》は彼れの唇を溢れ、そこに倒れてしまった。

この時、俄《にわ》かに銅像の幕は下《おろ》され、屹然《きつぜん》と立った吉村の像は、永遠に変ることのないその姿を現わした。

日は朗《うらら》かに照り渡っている。

百三十一

谷中《やなか》の共同墓地は昼でも何《な》んとなく陰気、物寂しい、そこらこちらの梢《こずえ》には烏《からす》が群がって、物騒がしい……とは言い悲しげに鳴いている。

そのある新しい墓の前に、花を立て水をささげて先《さ》きほどから合掌しておる婦人がある。この墓が出来てからこのかた、雨の日も、風の日も、決して一日も欠かさずこの墓に参って涙にくれ、回向《えこう》を手向《たむ》けるのはこの婦人であった。

まだ生々しい白木の墓標を見れば、墨痕《ぼっこん》あざやかに『吉村浪雄之墓《よしむらなみお》』とあった。そして墓前に蹲《ひざまず》いているのは女将《おかみ》のお時《とき》であった。

折りからそこへ、上品な老婦人と二十五六に見える若い夫人とが、六歳《むっつ》ばかりの盲目《めくら》の子の手を引いて同じようにこの墓前に来たが、お時を見ると不審《いぶか》しそうに立ち止まって眺めた。それは、言わずと知れた吉村老夫人、光子《みつこ》、一《はじめ》の三人であった。

「母《おか》ちゃん、もうお父ウさんのお墓へ来たのですか」

と、目の見えぬ一は聞く。

光子は痛々しそうに我が子を見て、

「ええ、お父ウさんのお墓へ来たのですよ」

と、云ったが、その長い睫毛《まつげ》には涙が光っていた。

今まで墓前に蹲いて一心に回向をささげていたお時は、人の気勢《けはい》に驚いて振り返ると、三人の人が立っておるので急いで会釈をすると、吉村老夫人も丁寧に挨拶を返して、少し前に進み、

「どなたかは存じませんが、悴《せがれ》の墓へお参り下さいまして有難う存じます。私は実は吉村《これ》の義理の母で御座いますが、お墓参りをして頂くとお懐《なつか》しう存じます。失礼ですが吉村とどういうお近付きで御座いますか、お名前を伺わして下さいませんか」

と、礼を厚くして云うと、お時も腰をかがめて

「ああ、浪雄さんのお母ア様でいらっしゃいましたか。初めてお目にかかります。私は、三十五六年以前露西亜《ロシア》のペテルスブルグの日本亭というお茶屋におりました時《とき》と申す者で御座いますが、実は浪雄さんのお小《ち》さい時からのお近付きで御座いまして、それでこうして

お墓参りをいたしております」

「オオ、貴方《あなた》はそれでは浪雄の小さい時のお知り合いで……」

「ええ」

「それでは、いろいろお話も伺いたいこともありますし、いかがで御座いましょう、お差支《さしつか》えありませんでしたら、私のとこまで御足労願えませんでしょうか」

「私もいろいろお話しいたしたいことがありますから、それでは御一緒に只今から、伺《うかが》いいたしましょう」

「それでは、どうぞそうお願いいたします」

と、老夫人はちょっとお時に会釈して吉村の墓前に額《ぬか》ずいた。

一も、光子に手を引かれて、

「お父ウさん、お父ウさん」

と云いながら、その小さな手を合せて拝むのである。その有様に、三人はまた今更《いまさら》のように、泣かされた。

丁寧に回向を済まして、

「では、大変我儘《わがまま》ですけれども、どうぞ宅までいらしって下さいまし」

と、吉村夫人が先に立てば、お時もその後につづいて、

「では、お伺いして三十六年前の露西亜での思い出話をいたしましょう」

四人は静かに歩いた。墓前の線香の煙は静かに緩《ゆる》く立上《たちのぼ》っている。


（完）

編集について

一、本書は、大正四年（一九一五）四月十六日から八月二十五日まで福島県内の地方紙である福島民友新聞に連載された小説『毒盃』（全百三十一回）を底本とした。これと同一の作品が、大正三年に兵庫県姫路市の鷺城新聞（その後大正八年廃刊）に「影法師」の作者名で連載されており、参考にした。

二、原文は旧字、旧仮名づかいであるが、本書では原則として新字、新仮名づかいに改めた。しかし部分的に一部の旧字を残し、また作者独特の文字遣いや送りかなについては出来るだけ忠実に再現した。

三、このために表記の揺れについては敢えて統一せず、現在の表記や読み方と異なるものも原文どおりとした。

四、ルビは原文すべての漢字に付されているが、本書では誤解のない読み方をしていただくために最低限必要と思われる部分にルビを残した。

五、改行は原文を尊重したが、句読点は読みやすいものに一部の個所で改めた。また鷺城新聞の連載と比較照合のうえ、明らかな連載順の「入れ違い」、挿し絵の「入れ違い」を正し、誤植や誤りと思われる個所については校訂を加えた。

六、挿し絵はより鮮明度の高い鷺城新聞のものを使用し、一部の欠落した部分は福島民友新聞の挿し絵に依った。

七、作品には一部において差別用語や不適切と思われる表現が含まれているが、あくまでも当時の社会意識を反映したものので、作品の歴史的な価値を尊重してそのまま表記した。

八、挿し絵の作家は誰なのか。福島民友新聞や鷺城新聞の連載にも残念ながら記載がない。また故高木健夫「新聞小説史年表」にも記載が見当たらない。専門家の判定を仰ぎたいと思う。

【解　題】

町田久次

　このたび論創社が、明治末期から大正初期にかけて書かれたであろう作家・佐藤紅緑の新聞小説『毒盃』の復刻出版をお引き受けくださるという。私にとって長い間ずっと抱き続けてきたひとつの夢が叶えられることになり、とても喜んでいる。ありがたいことだ。

　なぜなら、この小説が大正四年に福島県のひとつの地方新聞である福島民友新聞に連載されてから一世紀余り、ずっと歴史の片隅に埋もれたまま、忘れ去られた〝幻の小説〟ではないか、と思い続けてきたからだ。しかも私自身、当時の連載小説を一字一句忠実にパソコンに打ち込んでみたのだが、読んでいただければ判るように現代でも十分に面白い、味わいのある作品なのだ。

　さて近代文学や古典などにもまったく緑のない私だが、この作品を知ったのは平成二十二年、私が昭和四十六年から勤務してきた福島民友新聞（本社・福島市）をそろそろ定年で退職しようとするあたり。あの東日本大震災が起こる少し前のことである。沿革史をひも解くと福島民友新聞は明治二十八年（一八九五）自由民権運動の指導者だった河野広中の手によって創刊され、明治から大正期には全国屈指のレベルとされた「民友俳歌壇」をはじめ、多くの文人たちにより盛んな文芸の花を咲かせた輝かしい歴史を持っている。

　その福島民友新聞の初期を彩られた作家のひとりが佐藤紅緑（一八七四〜一九四九）である。そもそも同紙と深いつながりがあったように思われる。

　まず明治三十七年六月二十二日と二十五日。「戦争俳句」と題するシリーズのなかで、佐藤紅緑が日露戦争を題に詠んだ俳句を二つ紙上文芸欄で取り上げたのがその最初である。

題「廣瀬中佐の葬送」

梅が香に諸人咽ぶ涙かな　　紅緑

題「旗艦轟沈」

蛤の口開き乍ら沈みけり　　紅緑

前書きに「日露開戦以来戦争俳句を作らんとは多くの俳人の希望なり、然れども是れ實に難事に属す、疎山君編する所の戦争俳句中より佳なる者を抄出して諸氏に示す……」とあって、瀬川疎山・編の戦争俳句集から選んだもののようだ。恐らくは当時の福島民友新聞に席をおいた俳人、矢田挿雲（一八八二〜一九六一、後に報知新聞に転じて「太閤記」「江戸から東京へ」「忠臣蔵」などの作品を残す）との濃いつながりによるものと思われる。

次に登場するのが新聞小説『毒盃』で、この作品は大正四年四月十六日から八月二十五日まで百三十一回にわたって連載されたものである。

連載に先だった「連載予告」（大正四年四月十四日）も、生き生きとしたものだった。

■新小説掲載豫告

永らく愛讀を賜ひし渡邊黙禅作の「春風閣」も愈々完結を告べきを以て引續き掲載の新小説に就ては種々材料を選擇の末

毒盃　佐藤紅緑作

を採る事に決定したり。作者は現時文壇の大家、其の着想の非凡なる筆致の優婉なる共に讀者諸彦をして朝な朝な新紙の配達を待ち兼ぬるの面白味請合なりと信ず、請ふ幸ひに愛讀を給へ。

さらに二年後の大正六年七月二十二日から十二月七日まで『若草物語』という新聞小説（百三十三回）が連載されるのである。

佐藤紅緑はじつにたくさんの作品を世に残したことで知られる。だが後で調べてわかったのだが大手の中央紙ならともかく、ふたつもの新聞小説を連載した地方新聞は、河北新報、吉備日日新聞、福島民友新聞など数えるほどでそう多くない。

なおかつ驚いたことに、福島民友新聞に連載された小説『毒盃』は、佐藤紅緑の業績をもっとも詳しくまとめたと思われる昭和女子大学近代文学研究室「近代文学研究叢書」第六十六巻（平成四年発行）、さらに青森県近代文学館の佐藤紅緑没後五十年特別展「花はくれない」（平成十一年）の図録・作品一覧、その他全集ものにもまったく載っていないのだ。「これはいったい、どうしたことか！」と思った次第である。

悶々として過ごすうち、読売新聞で長くご活躍された故高木健夫氏の労作「新聞小説史稿」「新聞小説史明治編、大正編」「新聞小説史年表」という貴重な資料が存在することがわかった。ここにも福島民友新聞の連載は記録がない（そもそも同紙は調査の対象に含まれていなかった）。だが――福島民友新聞に連載された『毒盃』が、じつはその一年前の大正三年五月二十九日から十月二十四日まで姫路市の鷺城新聞に「影法師」の作者名で連載されていたことがわかったのである。この新聞を所蔵する国立国会図書館から複写を取り寄せたところ、挿し絵も含めてまったく同一の作品であった（なお鷺城新聞はこのあと大正八年に廃刊した）。

この鷺城新聞の連載は、次のような「予告」（大正三年五月二十八日）で開始された。

■新小説豫告
永々御愛讀を得たる講談「大久保彦左衛門」は愈々本日を以て完結すべきに付更に明日よりは新小説
毒　盃

影法師作

を掲載すべし。影法師とは當時小説家、劇作家として並ぶものなき某氏の匿名にして氏は現に東京、大阪、神戸各都市の新聞紙上に於て其の作を掲出し江湖の喝采を博しつゝあり、本篇は氏が心血を灌いで描出せる最近の傑作にして事件を海外に發し回を重ぬるにつれ波瀾曲折、興味湧くが如く殊に人情の機微を穿ちて餘す處なし、蓋し新緑樹陰の好讀物たるを失はず幸ひに御愛讀あらんことを乞ふ

これら以外に佐藤紅緑の新聞小説『毒盃』は、もっかのところどこにも足跡が見当たらないままである。同じく大正六年に福島民友新聞に連載した『若草物語』は、他紙の連載が見つかった。同じ題名で吉備日日新聞、『わか草』に改題した新潟日報、北陸タイムスなどである。この記録は佐藤紅緑著作年表でも明確であるが、新聞小説『毒盃』の記録はそっくり抜け落ちていると言ってよい。

ところで私をとても驚かせていることが、じつはほかにある。上記のように明治三十七年に戦争俳句を載せて、さらに大正期に『毒盃』『若草物語』というふたつの新聞小説を連載した佐藤紅緑が「福島民友新聞の主筆だった」というのである。

平成七年（一九九五）に刊行した福島民友新聞百年史は、本紙と佐藤紅緑の関係を次のように述べている。「……本紙にもかかわっている佐藤紅緑の句も紹介したい」「明治の末期、本紙で筆をとっていた佐藤紅緑が東京に出て作家生活に入り……四月十五日から本紙に小説『毒盃』の連載を開始している」「佐藤紅緑は、明治末期に本紙で活躍した記者であった」と微妙な言い回し、あるいは踏み込んだ表現をしているのである。

さらに注目されるのが昭和三十年（一九五五）五月二十一日、福島民友新聞創刊六十周年特集に掲載された元記者

後藤喜代之助氏（故人）の回想インタビュー記事である。彼は明治末期から昭和戦前期まで福島民友新聞で長く活躍された方である。その後藤氏が次のような驚くべき証言をしているのである。

「主筆佐藤紅緑のころ――羽織、ハカマにステッキを振り回して歩いていたノンキな時代だった。しかし民友には当時も相当な人材がそろっていた。早稲田文学系で記者になったのには名文家がいて、整理が掲載に一苦労したものだ。その一人に矢田挿雲さんがいた。……（途中略）当時の主筆にいまのサトウ・ハチローの父佐藤紅緑がいた。少年少女を感涙させる文章は天下一品であったが記者を育成するのも上手で、みんなから親しまれていた。そのほか長崎寒月、木村武雄、中山義助、佐藤尚一、佐藤嘲花ら有名な文人がそろい、政治、社会記事なんでもござれと張切ったものですヨ」

いったいいつのことか、はっきりしないのだが、佐藤紅緑が福島民友新聞の「主筆」だったというのである。のちに編纂された福島県史（昭和四十年）も、この記事を引用して福島とのゆかりを紹介している。すなわち明治後期の文学の項で、「民友六十年の歩みによると、矢田挿雲と共に吉屋碌々、佐藤紅緑の名がある。吉屋は女流作家吉屋信子の兄、佐藤紅緑はサトウハチロー・佐藤愛子の父である」と述べている。だがこの謎はいまだに解明されないままである。

それというのも、福島民友新聞は戦前期の昭和十六年に軍部の言論統制によって一時休刊を余儀なくされたという不幸な歴史を負っており、それまでの記録等がすべて散逸しているからである。

本書の出版に際しては論創社の森下紀夫代表、編集部の誉田英範さんに大変お世話になった。また調査の段階では青森県立近代文学館、福島県立図書館、会津若松市立会津図書館にもお世話になり、厚く御礼を申し上げたい。

平成二十八年十一月十日

町田 久次

佐藤　紅緑（さとう・こうろく）
明治から大正、昭和にかけて活躍した小説家、劇作家、俳人。明治7年（1874）青森県弘前市生まれ、本名洽六。戯曲「侠艶録」や小説「行火」で脚光を浴び、「あゝ玉杯に花うけて」「大盗伝」「鳩の家」など数々の代表作を残す。東奥日報、河北新報、報知新聞など多くの新聞とも関わった。詩人サトウハチロー、作家佐藤愛子の父。昭和24年（1949）74歳で死没した。

町田　久次（まちだ・きゅうじ）
新聞史研究家、ノンフィクション・ライター。昭和23年（1948）福島県会津美里町生まれ、新潟大学人文学部卒業。昭和46年（1971）福島民友新聞社に入社し、編集・報道記者、経理局長、取締役など歴任。平成25年（2013）福島県文学賞正賞、同準賞など受賞。著作に「吾等は善き日本人たらん」「新聞疎開」（いずれも歴史春秋社刊）。福島県会津若松市在住。

毒　盃

2017年1月10日　初版第1刷印刷
2017年1月25日　初版第1刷発行

著　　　者　佐藤紅緑
校訂／解題　町田久次
発　行　人　森下紀夫
発　行　所　論　創　社
東京都千代田区神田神保町2-23　北井ビル
tel. 03（3264）5254　fax. 03（3264）5232　web. http://www.ronso.co.jp/
振替口座　00160-1-155266
装幀／宗利淳一＋田中奈緒子
印刷・製本／中央精版印刷　組版／フレックスアート
ISBN978-4-8460-1582-4　